KB265293

벗길수록 재미있는 남자
벗을수록 재미있는 여자

시라이시 고우이찌(白石浩一)는
일본 동북대학 문학부를 졸업하고 소화여자대학교 교수로 재직하면서
심리학에 관한 저서를 집필하고 있다.
저서로는 『철학개론』, 『교육심리학』, 『부하육성 직장심리학』,
『사랑의 심리학』, 『이론심리학』, 『즐거운 심리학』 등이 있다.


김창숙은
부산에서 태어나 숙명여자대학교 사학과를 졸업한 뒤,
출판사 편집인을 거쳐, 현재 출판 편집 기획인으로 활동하고 있다.


## 벗길수록 재미있는 남자
## 벗을수록 재미있는 여자

초판 1쇄 인쇄 / 2002년 4월 25일
초판 1쇄 발행 / 2002년 4월 30일

지은이 / 시라이시 고이치
옮긴이 / 김창숙
펴낸이 / 박경일
펴낸곳 / 한국산업훈련연구소

등록 / 제1-256호(1978. 6. 24)
주소 / (130-812 ) 서울시 동대문구 신설동 104-30
전화 / 02-2234-4174~5
팩스 / 02-2234-6070
이메일 / kiti@chollian.net


값 9,000원

ISBN 89-7019-152-6        03830

# 벗길수록 재미있는 남자
# 벗을수록 재미있는 여자

시라이시 고이치 지음 | 김창숙 편역

**KITI** 한국산업훈련연구소
Korea Industrial Training Institute

# 사랑은 살아가면서 누릴 수 있는 가장 위대한 것

신은 인간에게 감당할 수 있을 정도의 고통을 준다고 한다. 언젠가 이 말이 가슴으로 다가왔을 때 그렇다면 사랑도 그런 것이 아닐까 하는 생각에 빠진 적이 있다.

평생을 두고 사랑에 목숨 거는 사람이 있는가 하면, 사랑이라는 단어를 입 밖에 내는 것을 자존심과 결부시키는 사람도 있다. 사랑이라는 주체는 하나지만 이를 실천에 옮기는 사람에 따라 사랑의 무게는 달라지는 것이다. 아마 사랑에 관한 이야기를 한다면 전문가가 따로 없을 정도로 개개인의 사랑에 관한 색깔이 다르고 모양이 다르게 나올 것이다.

특히 사랑의 가장 고민거리 중의 하나이자 사랑을 영원토록 존재하게 만든 남자와 여자의 사랑에 관해 이야기보따리를 풀어놓는다면 우리는 아마 감당하기 힘든 사랑의 홍수 속에 휘말려들게 된다.

사랑만큼 사람을 행복하게 하고 사랑만큼 사람을 슬프게 하는 것이 있을까. 남자와 여자가 만나는 순간 이미 사랑에 관한 전문가의 길로 들어선 것이다.

이것은 우리가 생명을 가진 한 인간으로 태어난 순간 절대로 벗어날 수 없는 운명의 한 가지이다. 인간이 태어나는 순간 사랑의 운명을 함께 가지게 되었다면 이제 이 운명을 어떻게 요리하느냐는 오로지 나의 영역에 속하는 일이다. 얼마나 지혜롭게 재치있게 자신만의 사랑을 만들어가느냐는 오로지 자신의 어깨에 달려 있다.

사랑의 주체는 분명하다.

남자와 여자.

이 두 사람이 함께 한 폭의 그림을 그리듯이 만들어가는 게 사랑인데, 어떤 그림이 그려지느냐는 두 사람의 사랑 색깔에 따라 달라진다. 그림을 그리기 위해서는 어떤 그림을 그릴 것인지, 어떻게 그려나갈 것인지 여러 가지 밑작업이 필요하다. 그래도 막상 작업에 들어가면 처음에 의도한 대로 그려지지 않고 전혀 다른 그림이 그려지기도 한다.

우리가 사랑이라는 그림을 그리기 위해서는 분명히 알아둘 게 있다.

남자와 여자는 같은 인간으로 태어났을 뿐 그 속성은 전혀 다르다는 사실이다. 이것을 인정하지 않는 한 지금까지도 그래왔고, 지금도 수많은 남녀들이 그렇듯이 사랑의 고통이라는 짐을 어깨에 짊어지게 된다.

분명 사랑은 행복하고 기쁘고, 입가에 미소짓게 하는 마력을 지닌 보이지 않는 힘이다. 이것은 우리가 이 지구상에 살아가면서 누릴 수 있는 가장 위대한 것이다.

사랑의 색깔을 어떻게 만들어낼지는 이제 오로지 우리의 몫이다.

이 책을 통해 남자와 여자의 심리를 잘 파악한다면 창가를 통해 쏟아지는 따사로운 햇빛이 얼마나 소중하고 가슴벅차도록 기쁜 일인지 나날이 느끼게 될 것이다.

작은 설레임으로 출발하여 큰 기쁨을 맛볼 수 있는 사람이 하나씩 둘씩 늘어나기를 기대해 본다.

2002년 4월

김창숙

## 결혼과 사랑의 함수관계

**6**



## 남자와 여자, 그리고 영원한 숙제, 사랑

**7**

# 인류가 있는 한 남자와 여자는 존재한다

8

# 벗길수록 재미있는 여자의 속성

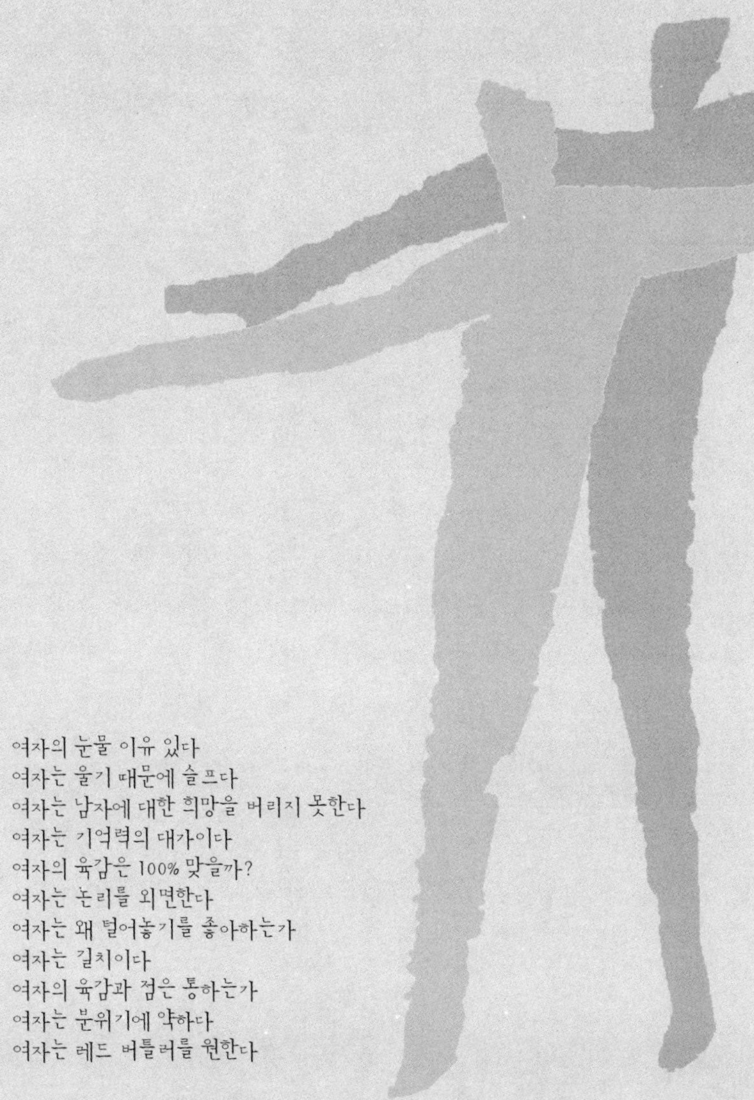

여자의 눈물 이유 있다
여자는 울기 때문에 슬프다
여자는 남자에 대한 희망을 버리지 못한다
여자는 기억력의 대가이다
여자의 육감은 100% 맞을까?
여자는 논리를 외면한다
여자는 왜 털어놓기를 좋아하는가
여자는 길치이다
여자의 육감과 점은 통하는가
여자는 분위기에 약하다
여자는 레드 버틀러를 원한다

## 여자의 눈물 이유 있다

여자가 눈물이 많은 것은 애, 어른 할 것 없이 모두 인정하는 것이다. 그렇다면 남자보다 여자의 눈물샘이 큰 탓일까. 그러나 아무리 비교를 해봐도 여자의 눈물샘이 더 크다는 보고서는 발표된 적이 없다.

한참 무슨 말을 하다가 갑자기 여자의 눈에서 눈물이 맺히기 시작하면 남자들은 어찌해야 할지를 몰라 허둥대곤 한다. 남자들은 여자가 눈물을 흘리면 순간 자신이 무슨 큰 잘못을 저지른 것은 아닌가 하는 생각이 든다.

그런데 여자가 눈물을 흘리는 경우는 일정하게 정해져 있는 것은 아니다. 여자들도 자신이 흘리는 눈물의 원인이 무엇인지 모를 때가 있다.

한 주부는 평소에 성격이 남자답다는 얘기를 많이 들을 정도로 전혀 자신에게 여자 같은 기질이 없다고 생각했다.

그런데 결혼한 이후 여자의 눈물이 폭포처럼 쏟아진 사건이 일어났다. 결혼한 지 얼마 되지 않아 그녀는 임신을 하게 되었고, 아기를 낳을 때까지 나가던 직장을 그만두고 집에서 쉬기로 하였다.

따스한 햇살이 집안을 비추던 어느날, 남편은 출근하고 집에는 그녀 혼자였다. 첫 아기를 가진 여자는 태교의 중요성에 대해 하루종일 듣고 생각하고 지내던 터라 그날도 집안을 정리하고 편안하게 따뜻한 햇살을 맞으며 음악을 들어야겠다고 생각했다.

CD플레이어에 CD를 꽂자 집안 가득 음악이 퍼지기 시작하고, 여자는 청소기를 돌려 마음속의 먼지를 쓸어내듯 구석구석 먼지를 빨아내고 여기저기 닦고 있었다.

바이올린 선율이 낮게 깔리다가 갑자기 피아노 건반 소리와 함께 티파니의 굵으면서도 낮은 북소리가 온 집안을 가득 메우는 순간, 갑자기 여자는 코 끝이 시큰거리고 가슴이 미어지는 것 같더니 눈물이 맺히는 것이다. 한 번 흐르기 시작한 눈물은 걷잡을 수 없이 흘렀고 결국 여자는 청소하던 것도 멈추고 엉엉 소리내어 울기 시작했다.

그때 출근했던 남편이 잊고 간 서류 때문에 다시 집으로 왔다가 아내의 눈물이 범벅이 된 모습을 보게 되었다.

"자기야, 왜 그래? 무슨 일 있어? 어디 아파?"

"아니…… 몰라……. 엉엉."

남편의 모습을 본 여자는 이제 걷잡을 수 없는 눈물 바다를 이루었다. 그날 남편은 아내를 달래느라 한참 땀을 흘려야 했고, 여자는 왜 우는지 묻는 남편에게 어떻게 설명해야 할지 몰라 난감했다.

어느 누가 이런 여자의 마음을 이해하고 달랠 수 있는가.

아주 짧은 시간이지만 그 동안 여자의 가슴속에 떠오른 수많은 생각들을 어떻게 한 마디로 표현할 수 있겠는가.

평소 감정이 메말랐다고 생각하지만 근본적으로 여자가 가지고 있는 속성은 달라지지 않는다. 다만 자라면서 씩씩한 딸로 자랐을 뿐이다. 그러던 것이 사랑이라는 감정을 느끼고 결혼해서 아이를 가진 여자의 마음은 참으로 복잡할 수밖에 없다.

특히 자신의 몸 속에서 생명이 자라고 있다는 것은 그동안 느껴보지 못한 모성의 감정이 생기는 것이고, 자신을 낳아준 부모, 특히 엄마에 대한 애틋함이 눈물샘을 자극하게 된 것이다.

어떻게 이런 복잡한 여자의 감정을 남자가 이성으로, 논리적으로 이해할 수 있는가. 남자가 여자처럼 아이를 잉태할 수 없는 한 이런 감정을 남자들은 영원히 느낄 수 없을 것이다. 다만, 여자의 이런 마음을 이해할 수는 있다. 최소한 함께 사랑의 결실로 생명을 만든 사람이라면 여자의 마음에 변화가 왔다는 것을 받아들이고 이런 마음을 편하게 해주도록 노력은 해야 한다.

그런데 회사에 가다가 서류를 가지러 온 남편은 아내의 상태를 이해해 줄 마음의 여유가 없었다.

"아기를 가지면 다 그렇대."

이러면서 여자가 울던 말던 책상 위에 놓여 있는 서류를 챙겨들고 쑥 나가버린 것이다.

그때 방 안에 앉아 있던 여자는 무인도에 홀로 떨어진 느낌을 갖게 된다. 조금 전까지 따사로운 햇살에 몸과 마음을 맡겨 마음 편하게 마음가는 대로 눈물짓던 여자의 마음은 어느새 시베리아에서나 맛볼 수 있는 찬 바람에 꽁꽁 얼어붙는 것이다.

'무슨 남자가 저래. 내가 저 사람을 믿고 내 인생을 맡기려고 했단 말이야?'

'그래, 어차피 사람은 모두 혼자일 뿐이야.'

여자의 실망과 낙담은 이제 그 끝을 알 수 없는 곳까지 마구 뻗어나 간다.

여자한테 결혼은 지금까지 살아왔던 인생과 전혀 다른 새로운 인생 이다. 그리고 그 인생은 결코 혼자 꾸려가는 것이 아니라 항상 곁에서 든든하게 자기를 지켜줄 남자와 함께 가는 것이라는 믿음을 굳게 갖고 있다. 그러므로 남자의 말 한 마디에 여자의 마음은 큰 기쁨을 느끼기 도 하지만 그만큼 상처 또한 크게 받는다.

**사실 여자에게 있어서 눈물이란**

**때로는 남자의 사랑을 확인하기 위한 애교 섞인 유혹이기도 하지만**

**대부분은 호르몬의 영향으로 일어나는 생리적인 현상이다.**

어린 시절 여자인지 남자인지 모르게 성격이 거의 비슷하게 자라다 가도 청소년기가 되면서 성호르몬이 분비되면서 남녀의 구별이 일어 나게 된다.

여성호르몬의 분비가 많아지면서 여자에게는 외형적인 변화뿐만 아 니라 내부적인 변화도 일어나는데, 여자의 눈물 역시 이런 현상 가운데 하나이다.

남자들이 도무지 여자들이 왜 우는지 모르겠다라고 하지만 이런 생 리적인 현상을 이해한다면 여자들의 마음을 이해하는 것이 한결 쉬울 것이다.

앞의 예처럼 여자가 평소에 흘리지 않던 눈물을 흘리고 있다면 남자는 좀더 다른 표현으로 여자의 마음을 위로해 주어야 한다. 분명 여자와 남자는 서로 다른 종족이므로 이를 이해하려는 노력이 뒷받침되어야 서로 다른 두 종족인 남자와 여자의 사랑의 깊이는 한결 깊어지게된다.

"아기를 가지니까 엄마 생각이 많이 나나 보다. 그래 장모님도 아마 자기를 가졌을 때 이런 마음이었을 거야. 그런데 어떡하지. 나 지금 회사 가다가 들어온 거거든. 자기야. 이따 점심 때 회사 근처로 나와. 점심 같이 먹으면서 기분전환시켜 줄게."

이런 표현이라든가 아니면 이왕 기분 좋게 해주는 것 좀더 발전시켜서 아내를 달래보자.

"자기야. 이따 점심시간에 장모님 모시고 함께 나와. 오늘 내가 두 모녀 점심 대접 멋지게 해줄게."

아무리 급해도 말 한 마디하는데 몇 시간이 걸리는 것도 아니고, 단 몇 마디의 말로 아내의 마음을 위로해 준다면 남편에 대한 아내의 사랑은 더 깊어지고, 이런 마음은 여자 뱃 속에 있는 아기에게 영향을 미쳐 사랑을 느끼는 아이로 건강하게 자랄 것이다.


## 여자는 울기 때문에 슬프다

여기서 여자들의 눈물과 관련된 연구들을 자세히 살펴보면 여자들이 왜 눈물이 많은지 알 수 있을 것이다.

남자들은 우는 과정과 절차가 복잡하지만 여자들은 매우 단순하다.

한 번 울려고 마음먹으면 곧바로 눈물이 쏟아진다.

1884년 심리학자인 W. 제임스가, 1885년에는 랑게가 인간의 감정의 기원을 연구하여 같은 학설을 발표하였다.

'인간은 슬프기 때문에 우는 것이 아니라 울기 때문에 슬퍼진다'

이것이 제임스·랑게의 학설이다.

두 사람은 '감정'과 동시에 관찰되는 생리적 변화가 격렬하다는 점에 착안했다. 또한 알콜이나 아편을 사용하면 신체에 유기적인 변화가 상승하여 '기쁨'의 감정이 발생하며, 어떤 종류의 버섯을 먹으면 까닭 없이 '노여움'의 감정이 일어난다는 사실에 주목했다.

이와 같은 것들을 통해 '감정은 신체적 변화의 느낌'이라는 결론이 내려진 것이다. 혈행조직과 내장기관의 활동이 생리적 변화를 일으켰다는 감각, 그것이 감정이다. 일정한 자극에 의해 먼저 감정이 생기고 그 다음에 신체적 변화가 일어나는 것이 아니라 오히려 그 반대라는 것이다.

그러나 이 감정의 말초기원설은 셰링턴, 더너, 캐논, 버드 등에 의해 부정되었다. 만일 제임스·랑게설이 옳다면 내장과 중추를 연결하는 감각신경을 절단하면 감정은 일어나지 않아야 한다. 그래서 캐논 등은 개를 실험 대상으로 삼아 내장의 모든 기관 변화의 흥분을 전달하는 자율신경계의 대부분을 절단시켜 보았다. 그러나 노여움이나 공포 등의 감정은 그대로 나타났다.

그리고 개나 사람이나 노여움의 감정에 사로잡히면서 부신으로부터 아드레날린을 분비한다고 하여 아드레날린을 주사하여 정말 화를 내는지의 여부를 실험해 보았더니 이것 역시 이렇다할 변화를 볼 수 없었다.

이와 같은 반증을 근거로 캐논 등은 감정을 일으키는 기관을 뇌의 중앙부, 대뇌와 연수의 중간에 있는 시상하부로 가정했다. 자극이 시상하부에 전달되면 그 부분이 강하게 흥분되어 대뇌피질에 보내져 감정을 의식하게 된다. 그러나 시상하부에서 근육, 혈관, 분비선 쪽으로도 흥분이 전해진다.

이렇듯 전자처럼 시상하부에서 대뇌피질로 보내져 의식하면 감정의 의식을 일으키고, 후자처럼 시상하부에서 근육, 혈관, 분비선 쪽으로 흥분이 전해지면 신체적 변화를 일으킨다. 때로는 대뇌피질에서 시상하부로 이동하여 대뇌피질이 감정에 사로잡힌 행동을 억제하는 경우도 있다. 갑자기 화가 나거나 심한 슬픔을 느끼면서도 폭행이나 울음을 터뜨리는 행위를 꾹 참고 넘어가는 것은 바로 이 때문이다.

하지만 흥분이 지나쳐 대뇌피질의 통제가 불가능할 때도 있다. 폭력을 휘두르거나 이것저것 헤아리지 않고 울부짖는 것도 이런 탓이다.

어쨌든 시상하부는 각각의 감정에 일정한 유형을 제공해 주는 기능을 갖고 있다는 사실에 착안하여 '중추기원설'을 주창하게 된 것이다.

이 학설은 앞의 학설과 달리 감정을 일으키는 자극은 대뇌피질로부터도 전달된다는 것을 인정했다.

특히 인간과 같은 고등동물에게는 이 경로가 크게 작용한다고 할 수 있다.

애인을 안고 싶다. 키스하고 싶다. 애무하고 싶다는 감정은 여자가 나체 상태라든가 미니 스커트를 입고 있다든가 우연히 여자의 가슴이 몸에 닿았다든가 하는 말초신경의 자극에 의해 촉발되는 경우도 있지만 이러한 감정은 대부분 대뇌에서 발생한다.

즉, 섹스의 욕구나 만족은 깊이 생각해 보면
하반신이라기보다는 대뇌 쪽인 것이다.

여자의 불감증은 슈테켈의 말을 빌리면 '척수에 대한 대뇌의 승리'인 경우가 적지 않다. 남자를 하나의 경쟁 상대로 보는 '남성대항형' 의 여자는 쾌감을 굴욕으로 보기 때문에 억제가 지나치게 작용하는 것이다.

그런가 하면 남자 중에는 브레이크가 고장난 사람도 없지 않다. 과음을 하면 대뇌피질이 마비되기 때문에 시상하부에 대한 통제력이 약해져 격한 감정이 거침없이 행동으로 연결되는 것이다.

술의 힘을 빌려 여자를 자기 것으로 만들려고 하는 남자도 있다. 이런 사람은 대체적으로 기가 약한 사람으로 자아의 뚝, 즉 자기통제력이 약한 인물이다. 그래서 알콜이 들어가면 사람이 변하여 호색가가 되는 것이다.

그렇다면 제임스 · 랑게의 '울기 때문에 슬퍼진다' 는 이론이 왜 여자에게 적용되는지 살펴보자.

우선 울어 본다. 그리고 우는 표정을 지어 본다. 그리고 눈물을 머금어 본다. 이렇게 하는 과정에서 왠지 모르게 마음이 슬퍼지는 듯한 심정에 빠져들게 된다. 바로 이러한 심리가 여자에게는 있는 것이다.

여자가 눈물을 흘리는 것은 남자가 휘파람을 부는 것과 일맥상통한 점이 있다. 외롭고 적적할 때, 심심할 때, 기분 전환을 하고 싶을 때 여자는 눈물을 흘리고, 남자는 휘파람을 분다. 이 둘 사이에 공통점이라면 극히 간단한 것이라는 점이다.

여자의 눈물을 강조하다 보니 남자는 눈물을 흘리지 않는 냉혈 인간으로 묘사된 듯한 인상을 받는다. 물론 남자도 인간이므로 눈물을 흘린다. 그러나 여자의 눈물이 감각적이고, 지극히 감정적인데 비해 남자의 눈물은 대의명분이 뚜렷하다. 남자에게 있어서 대의명분이 빠진다면 아마 그들의 존재 가치가 흔들리는 위기를 맞을 것이다.

## 여자는 남자에 대한 희망을 버리지 못한다

판도라의 상자에 대한 이야기는 잘 알 것이다.

판도라의 상자는 제우스가 인간의 모든 죄악과 재앙을 넣어 인류 최초의 여신인 판도라에게 주었다는 상자이다. 그런데 판도라가 호기심으로 상자를 열자 모든 재앙이 마구 쏟아져 나온 것이다. 깜짝 놀란 판도라가 급히 상자를 닫았으나 이미 모든 재앙은 밖으로 나온 이후였고, 단 한 가지 미처 밖으로 빠져나오지 못하고 남아 있던 것이 있으니 바로 '희망'이다. 그래서 모든 여자들은 보이지 않는 희망을 안고 끊임없이 판도라의 상자를 열려고 하는 것이다.

이런 탓인지 여자들의 희망을 향한 열정은 끊임없이 이어지고 있다. 내가 만난 남자는 최소한 이러저러한 남자일 거라는 희망, 결혼과 함께 그 희망이 산산이 부서지는 현실을 살면서도 금방 잊고 다시 내 남자에게는 내가 원하는 것들을 충족시켜줄 능력과 에너지가 있다고 믿는다.

그리고 그 희망을 좇기 위해 여자들은 전혀 지칠 줄을 모른다. 여자들이 가장 큰 희망을 거는 것 가운데 하나가 자기의 노력 여하에 따라 남편을 멋지고, 성공한 남자로 만들 수 있다는 착각이다.

그 예로 많은 여자들이 자신의 바보 온달을 장군으로 만든 평강공주가 되기를 기꺼이 원하고 그런 자질이 있다고 생각한다.

내 남편만은, 나아가 내 자식만은 내 희망대로 만들 수 있다는 착각 속에 빠지는 것이다. 그러나 남자들은 그렇게 여자들의 뜻대로 만들어지지가 않는다.

간혹 무슨 대담 프로에 나와 어느 성공한 남자의 이면에는 아내가 있는 것처럼 말하는 사람도 있다. 그러나 그것은 여자의 희망대로 되어진 것보다는 여자의 희생을 밑바탕으로 이루어진 성공이라고 표현하는 것이 정확하다.

그렇다면 왜 이렇게 여자들은 남자에 대한 희망을 포기하지 못하는 것일까. 어찌 보면 남자에 대한 희망을 품는 것 자체가 여자의 살아가는 이유가 될지도 모른다.

이런 현상은 결혼에 대한 환상이 클수록 강하게 나타난다. 결혼한 이후 남자에 대한 희망을 버리지 못하다가 자신의 희망이 불가능한 것으로 인식되어도 절대로 그 희망을 포기하지 못한다.

남편에 대한 희망이 어느 정도 이루어지거나, 가망이 없다고 생각되면 여자의 희망 대상은 자식에게로 자연스럽게 넘어간다.

'부모된 도리'라는 그럴듯한 명분을 내세워 아이들의 인생을 자신이 희망하는 대로 이끌고 나가려고 한다.

이런 현상이 강하게 나타나다 보니 사회적으로 '마마보이'라는 단어까지 등장하게 되었다. 그런데 이런 '마마보이'가 등장하게 된 데는 남편의 책임 또한 피할 수 없다.

힘겨운 사회 생활 때문이라는 이유로 가정에서의 역할을 등한시하기도 하고, 자신에게 향할 여자의 희망이 버거워 그대로 눈감고 마는 경향도 있다.

이렇게 남자들이 여자들의 희망을 짓밟기 시작하고, 그것이 여자들 가슴에 불가능하다는 생각을 뿌리깊게 내리면 여자들의 생각은 자신도 걷잡을 수 없는 곳으로 파급되기도 한다.

자신이 영원한 울타리이자 자신의 인생이라고 생각한 가정에서 희망을 볼 수 없다면 그것은 여자들을 가정 밖으로 내몰게 되는 것과 같다.

가끔 남자들이 자기 아내가 너무 밖으로 돈다고 걱정하는 것을 보면 안타깝기 그지없다.

분명 여자에게는 누가 강요해서가 아니라 스스로 결혼과 가정에 자신의 모든 인생을 걸 것을 맹세했다.

그것은 남자들이 그렇게 강요해서도 아니고 여자 스스로 그렇게 생각하고 있었던 것이다. 그러나 그 생각의 뿌리에는 남편에 대한 신뢰와 희망이 든든하게 깔려 있을 때 튼튼하게 가정이라는 나무를 잘 키울 수 있는 것이다.

그런데 여자들이 희망의 대상을 다른 곳에서 찾기 위해 가정 밖으로 나가기 시작했다는 것은 분명 함께 가꾸어나가야 할 가정에 대한 남자들의 역할이 제대로 이루어지지 않았기 때문이다.

**남자들은 여자의 이런 마음 상태를 파악하고 있어야 한다.**
**여자는 스스로 가정을 등지기 위해 먼저 행동으로 옮기지 않는다는 것을.**

이제 여자들의 희망이 가정 밖에 있지 않다는 것을 여자뿐만 아니라 남자들도 함께 깨달아야 한다. 분명 함께 시작한 가정이라면 이것을 지키기 위한 노력도 함께 해야 하고, 그 노력의 대가도 함께 즐겨야 한다.

# 여자는 기억력의 대가이다

부부싸움 안한 부부는 이 세상에 한 쌍도 없을 것이다. 상담에 응한 부부들을 별도로 조사해 보면, 남자들이 혀를 내두르는 것 가운데 하나가 여자들의 기억력이다.

"한참 말다툼하다 보면 어느새 왜 싸우게 되었는지를 잊게 됩니다. 왜냐하면 아내가 꼭 지난날의 일을 끄집어내어 저를 코너로 모니까 저도 모르게 화가 치밀곤 합니다."

"정말이에요. 어떻게 여자들은 그렇게 내가 무슨 말을 어떻게 한 것까지 기억하고 있는지 모르겠어요. 어떨 때는 내가 정말 그 말을 했는지 안했는지 모를 때가 더 많아요."

왜 여자들은 과거의 아주 사소한 일까지 기억해내는 놀라운 기억력을 발휘하는지 이유를 살펴보자.

첫째, 이미 심리학적 실험결과에서도 나타났듯이 '기계적 기억력'에 있어서는 남자보다 여자쪽이 훨씬 뛰어나다는 사실이다.

둘째, 여자들은 생활 공간이 한정되어 있기 때문이다. 남자들이 가정생활을 비롯하여 직장생활, 대인관계 등 활동 영역이 넓은 데 비해 여자들은 가정이라는 한정된 생활 테두리 안에서 모든 것들이 가정과 연관된 생활을 하고 있다는 것이다.

남자에게 사소한 일일지 모르지만 여자에게 있어서는 아주 중요한 일로 인식되기 때문이다. 남자는 큰 카테고리를 생각하지만 여자는 큰 카테고리를 이루고 있는 작은 나사들의 중요성을 강조하는 것이다.

셋째, 여자들은 지나간 과거를 소중히 여겨 그것을 그리워하는 습성을 지니고 있기 때문이다. 말하자면 회고 취미는 남자보다 여자가 훨씬 풍부하다.

여자들은 기억의 창고에서 추억의 앨범을 끄집어내어 뒤지는 것을 좋아한다. 그러나 남자들은 앨범을 뒤지는 것보다도 더 많은 사진을 찍고 싶어하는 생리를 가지고 있다. 즉, 과거를 즐길 여유가 있다면 새로운 것을 개척하려는 욕구가 더 강하다.

그리고 남자들 특성 중에는 사소한 것을 잊어버리려고 하는 심리가 있다. 특히 자신에게 불리하거나 나쁜 것은 깨끗이 잊으려고 하는 경향이 있다.

"그때 분명히 약속했잖아요."

"내가 그런 약속을 했던가……?"

그런 남자의 태도에 여자들은 남자들이 일부러 그런다고 생각하여 사소한 말다툼이 큰 부부싸움으로 번지기도 한다. 그러니 여자들이 기억하고 있는 것을 강하게 부인하려고 하다가는 오히려 남자들이 낭패를 보게 될 확률이 크다.

남자들은 중요한 사항만을 논리적으로 기억하려고 하지만 여자들은 감각적으로 강하게 인상지어진 것만을 기억하려고 한다.

이렇게 서로 다른 기억에 대한 사이클을 두고 서로 자신의 말만 고집하기 때문에 부부싸움은 끊이지 않고 계속되는 것이다. 이런 경우의 해결점은 일단 서로의 기억을 믿어주고 인정해 주는 노력이 필요하다.

사실 여자는 분명히 기억하고 있는데 남자가 그런 거 기억하지 못하겠다는 식으로 발뺌을 하면 여자는 남자로부터 무시당했다는 생각이 들고 손바닥 뒤집듯하는 남자의 태도에 불신을 갖게 된다.

남자의 의도가 그것이 아니더라도 자신의 말 한 마디 때문에 여자는 남자를 오해하게 되는 것이다. 여자의 기억력에 대한 뛰어난 감각을 인정하는 태도가 무엇보다 필요하다.

## 여자의 육감은 100% 맞을까?

왜 여자들은 뛰어난 육감을 지니게 되었을까? 동물적 감각이 뛰어난 것일까? 아니면 어린시절부터 육감을 키우는 교육을 받은 것일까?

요즘처럼 성문화가 개방화되고 러브호텔이 주택가로 파고 드는 시대를 살면서 여자들의 육감은 이제 그 뛰어난 감각을 무지막지하게 발휘하고 있다. 아니, 최소한 여자들은 자기의 육감이 딱 들어맞는다고 생각하고 스스로에게 강요하면서 남자들을 코너로 몰아세우고 있다.

이제 남자들은 회식자리에서나 여자들과 함께 있는 자리를 피할 수 없는 모임에 참석한 날은 아내와 함께 동반하든지 아니면 철저하게 여자 냄새를 없앨 수 있는 방법을 찾도록 해야 할 것이다.

이렇게 남자들의 간담을 서늘하게 하는 여자들의 육감은 이제 육감의 선을 뛰어넘어 신통력의 위치에까지 올랐다고 해도 지나치지 않을 정도로 여자들은 자신의 육감을 100% 믿고 있고, 남자들은 그 육감을 피하기 위해 끊임없이 머리를 싸매고 있다.

그렇다면 여자들은 어떻게 뛰어난 육감을 발휘하게 된 것일까.

첫째 원인을 보면, 남자는 논리적 사고력이 뛰어난 데 비하여 여자는 감각적 직관력이 탁월하다는 데 있다. 어떤 사실에 대하여 진상이나 실태를 파악하려고 할 경우 남자들은 논리의 계단을 한 계단 한 계단 올라가며 이치를 따져가며 추리해 나간다. 그러므로 계단이 중간에서 끊어지거나 막혀버리면 앞으로의 전진을 단념하지 않을 수가 없게 된다.

그러나 여자들은 미적지근하거나 흐리멍텅한 절차는 밟지 않는다. 아예 처음부터 논리 따위의 지혜는 중요시하지 않는다. 순간적으로 떠오르는 인상을 중요시하는 것이다. 상대방의 눈초리라든가 얼굴 표정이라든가 말하는 어투나 억양 등이 평소와 다르다는 점을 느끼면 그대로 남자가 방어할 사이도 주지 않고 육감 실력이 발휘되는 것이다.

둘째 원인은, 여자들은 생활 공간이 한정되어 있기 때문이다. 여자들은 남자들보다 비교적 활동 범위가 한정되어 있으며, 그날그날의 생활도 단조롭고 생활 내용도 단순하다. 그러므로 여자들은 한 가지 일, 즉 자신을 중심으로 한 가족, 특히 남편의 일과가 가장 큰 관심거리일 수밖에 없다. 영역이 한정되어 있다 보니 남편의 태도 여하에 따라 주부가 생각할 수 있는 한정된 영역 내에서 연관성을 찾게 되는 것이다. 이처럼 여자들은 유추 해석도 민감한 편이다.

셋째 요인은, "내가 생각해도 신통하게 육감이 잘 적중한다"라고 여자들은 말하는데, 실제로는 잘 맞지 않는다는 사실을 알아야 한다.

그런데 왜 여자들은 자신의 육감을 100% 믿고 맞는다고 생각하는 것일까?

인간들의 머리 속에는 하루에도 수십 번, 아니 수천 번에 이르는 상념이나 잡념이 물거품처럼 생겨났다가는 사라지곤 한다. 그리고 그 대부분은 망각의 세계로 떠내려 가는 것이다. 가끔 망각 작용에 고장을 일으킨 사람만이 잡념공포증의 포로가 되기도 한다. 육감 역시 이처럼 적중하는 것도 있지만 맞지 않는 것도 있는데 남자들은 양쪽 모두를 잊어버리는 경향이 있다. 그런데 여자들은 맞은 것만을 잘 기억하는 성향을 지니고 있다. 그래서 적중률이 대단히 높다고 생각하는 것이다.

# 여자는 논리를 외면한다

괴테가 한 말 가운데 여자와 논리의 연관성을 다룬 대목이 있다.

"여자들이 남을 사랑하거나 미워하는 행위에 대해서 우리 남자들은 아무런 반대도 있을 수 없다. 그러나 어떤 사물에 대하여 판단을 내리거나 의견을 말할 때 이상할 정도로 도무지 납득이 가지 않는 것들이 있다."

이 말처럼 여자의 판단이나 의견에는 논리성이 결여된 것들이 많다. 가끔 아내의 이야기에 귀를 기울이고 있으면 앞부분의 이야기와 뒷부분의 이야기가 서로 맞지 않거나 모순된 내용을 아무렇지도 않게 말하고 있는 것을 볼 수 있다고 의견을 내놓는 남편들이 있다.

그렇다면 그 이유는 무엇일까? 대부분 남자들은 사고나 판단을 논리적으로 구성하려고 하지만 여자들은 논리 그 자체에 대해서는 그다지 중요시하지 않고 있으며, 감각이나 직관에 의해서 설명하려고 하는 경향이 짙다. 게다가 자신의 감정까지 곁들이는 속성이 있는데, 바로 여기에 이유가 있다고 할 수 있다.

한 가지 예를 들어보자.

부부가 모처럼 외식을 하고 저녁 때 집에 돌아왔는데, 집을 비운 사이에 좀도둑이 침입하여 온 집안이 아수라장이 되어 있었다. 이를 본 남편과 아내의 반응은 서로 다르다.

"이놈이 대체 어떻게 침입했을까? 현관문은 안에서부터 단단히 잠가 놓았고 부엌문도 분명히 잠가 놓았는데, 음 맞아 화장실 창문을 잠그지 않았군."

이것은 남편의 말로, 두뇌가 좋건 나쁘건 논리의 경로를 과학적으로 합리적으로 세워보려고 한다.

그러나 아내의 경우는 다르다.

"조금 전 골목길을 들어설 때 옆을 스치고 지나간 인상이 나쁜 그 남자가 범인인지도 몰라요. 왠지 머리를 푹 숙이고 가는 것이 이상했어요."

이렇게 순간적으로 머리를 회전시키는 것이 여자의 직관력이다.
대부분 직관이 빗나가는 경우가 많지만
어설픈 논리적 견해를 뛰어넘어 정확히 맞추는 경우도 있다.

가끔 직관력이 맞는 경우가 있다 보니 여자들은 자기 스스로 육감이 뛰어난 것을 100% 신뢰하는 경향이 강하게 나타난다.

특히 여자들의 직관력이 발휘되는 때에는 남편의 회사 동료와 관련된 말을 할 때이다. 집들이나 집안 행사로 남편의 회사 동료들을 만나게 된 것이 전부인 아내이지만 그 짧은 시간 동안에 본 자신의 직관력을 믿고 이를 바탕으로 남편에게 조언하는 경우가 있다.

"자기야. 앞으로는 송대리하고는 절대로 가까이 하지 않는 것이 좋겠어요. 그런 사람과 가까이 지내면 승진이 늦어질 거예요."

"왜 그런 말을 하지? 그 친구 성격이 얼마나 좋은데."

"성격만 좋으면 뭐해요. 지난번에 우리 집에 왔을 때 보니까 빈 손으로 오질 않나, 또 말은 왜 그렇게 많은지……. 하여튼 그런 사람과 가까이 지낸다는 게 소문이라도 나면 자기 출세에 지장이 있을 것은 뻔한 일이야. 그러니 내 말대로 해요."

여자들이 감정이 풍부하고 정서에 뛰어난 점은 참으로 훌륭하다. 그러나 그들이 비논리적으로 사물을 판단하게 되면 여자의 장점, 즉 감각의 예리함이나 직관의 슬기로움도 헛된 것이 되고 만다는 사실을 잊어서는 안 될 것이다.


## 여자는 왜 털어놓기를 좋아하는가


여자들이 자기와 마음이 통하는 사람을 만났을 때 얼마나 깊숙한 얘기까지 주고 받는지를 남편들이 알면 아마 기절하고 말 것이다. 그러나 이런 일이 일어나지 않는 것은 여자들의 입이 무거워서가 아니라 여자들은 자신들의 속내를 털어놓는 대신 이것을 자신들만의 이야기로 국한시킬 줄 아는 특별한 재능을 갖고 있기 때문이다.

함께 자신의 속내를 털어놓을 수 있는 사이가 되면 그 사람하고의 영원한 우정은 쉽게 깨어지지 않는다.

왜 여자들은 이렇게 남편이 아닌 누군가에게 털어놓기를 좋아할까?

이 질문에 대해 여류 실존주의 작가인 보바르는 이렇게 말하고 있다.

"여자의 우정이란 남자들이 갖고 있는 우정과는 매우 다른 성질을 지니고 있다……. 여자들은 '여인의 운명' 이라는 테두리 속에 갇혀 있다고 생각하기 때문에 그녀들이 맺게 되는 우정의 본질은 내면생활의 일종의 공범이라는 생각을 가지고 교제하는 것이다."

프랑스의 평론가인 앙드레 모르와도 여자들의 우정에는 '친해지려는 성격' 이 내포되어 있다고 말했다. 이 '공범자적 의식', '친해지려고 하는 감정' 을 조성하는 데에는 숨김 없이 터놓고 이야기하는 것이 중요한 매체가 된다는 것이다.

친구의 경우도 이런데 하물며 연인의 경우라면 더더욱 그렇다. 사랑하는 사람이 따뜻하고도 친절하게 대해 주면 자신의 어린 시절부터 지금까지의 있었던 일 모든 것을 털어놓고 이야기하고 싶다는 생각에서 벗어나지 못한다. 사랑하는 사람의 가슴에다 얼굴을 파묻고 지금까지 그 누구에게도 털어놓지 않았던 이야기를 늘어 놓을 때 여자들은 일종의 자기 도취에 빠져든다.

이런 관계는 결혼 이후에도 지속되어야 여자는 계속 남자에게 자신의 모든 것을 맡기고 의지하는 자세를 유지하게 된다. 그러나 결혼 이후 남자가 여자의 이야기를 듣는 자세가 나쁘다던가 건성으로 듣는다는 느낌을 받으면 여자는 크게 실망하고 그 대상자를 찾아 집 밖으로 나가게 된다.

가끔 여자들이 시장바구니를 들고 삼삼오오 모여 앉아 무슨 이야기를 열심히 하는 것을 듣다 보면 깜짝 놀랄 때가 있다.

어쩌다 아내가 이웃집 여자와 주고 받는 말을 남편이 듣게 되어 부부싸움으로 번지는 경우가 있다.

"어떻게 그런 집안 일을 밖에 나가서 할 수가 있니?"

"내가 무슨 못할 말을 했어요? 당신은 뭐가 그렇게 켕기는 것이 많아요?"

여자들은 자신의 이야기를 들어주는 상대방이 바뀌었을 뿐 자신들의 태도에는 변함이 없다고 생각한다.

특히 여자는 태어나면서부터 거짓말을 잘하는 속성을 지니고 태어났기 때문이 아니라 공상력이 풍부하기 때문이다.

또한 여자들은 이야기를 하고 있는 중에 공상과 사실의 경계선을 모호하게 만드는 특기를 지니고 있기 때문에 같은 남자들은 그 사이의 괴

리감 때문에 여자의 이야기를 들어주는 자세에 성실함이 빠지는 것이다.

그러나 같은 여자들끼리는 그런 것에 신경을 쓰지 않으므로 나이가 들어가면 갈수록 여자들끼리 모여 끊임없는 이야기 세계를 펼쳐나가는 것이다.


## 여자는 길치이다


여자가 얼마나 길눈이 어두운가에 대해서는 이미 여자의 방향감각이 둔하다는 내용을 실은 책이 널리 알려진 것만 봐도 잘 알 수 있다.

도대체 얼마나 길눈이 어두워 '여자는 길치다' 라는 말이 생길 정도로 방향 감각이 둔한 것일까.

부인하고 싶지만 버스를 거꾸로 타서 목적지와 반대 방향으로 간 경험을 여자들이면 한두 번씩은 있을 것이다. 게다가 약간만 복잡한 곳에 처음 가게 되면 목적지를 찾지 못해 몇시간 동안 제자리에서 돌고 돈 경험을 한 여자들이 적지 않다.

여자들은 한번 방향 감각을 잃으면 동서남북 자체를 분간하지 못하고 완전히 허둥대곤 한다.

왜 여자들은 동서남북을 찾지 못하는 것일까.

방향 감각이란 시각중추, 운동중추, 인지작용, 기억작용 등이 종합된 것이라고 할 수 있다. 이와 같은 생리적 조건은 태어날 때부터 여자가 남자보다 뒤떨어져 있다는 근거는 어디에도 없다.

이것은 후천적으로 생겨난 남녀의 차이라고 박에 볼 수 없다.

남자들은 외부에서 활동하는 반면 여자들은 내부를 지킨다는 생활 양식을 우리 인류들은 조상 대대로 되풀이해 왔기 때문에 자연히 방향 감각에 핸디캡이 생긴 것이다. 즉, 남자는 사냥감을 쫓아 멀리까지 갔다가 되돌아올 때 자신들만의 독특한 독도법을 사용하기 시작했다고 보는 것이다.

또한 여자들은 남에게 의지하려는 의타심이 강하기 때문에 남자를 믿고 자신은 기억해 두려고 하지 않기 때문이라고 해석하는 사람도 있다.

심지어 여자는 원래 로맨틱한 성격을 가지고 있기 때문에 '이 길은 언젠가 와본 길 같다' 라는 추억을 더듬는 정서를 지니고 있기 때문이라고 호의적인 해석을 내리는 사람도 있다.

남자들이 길을 잘 찾는 것은 아마 술에 만취해도 집을 잘 찾아가는 것을 보면 알 수 있다.

흔히 남자들의 술버릇을 보면 1차, 2차, 3차까지 가게 되면 이미 정신은 술에 취해 맨정신의 모습은 찾아볼 수가 없다. 그런데 특이한 것은 아무리 취해도 자기 집은 희한하게 찾아간다는 것이다.

이것을 두고 남자들은 귀소본능이 발달하게 되었고, 방향 감각이 예리해졌다는 주장도 있다.

이런 이론을 앞세우면 남자들은 모두가 정글 속에 살고 있는 동물과 비슷한 존재가 된다는 결론이어서 여자가 남자들보다 훨씬 고상한 존재라는 말이 된다.

하지만 여자라고 해서 모두 방향 감각이 둔한 것만은 아니다. 마음만 굳게 갖고 있으면 방향 감각이 강해질 수가 있다.

심리학적으로 방향 감각이라는 것은 인지구조분화와 이의 재편성,

즉 종합 정도에 따라 결정된다고 한다. 여자들은 분화의 작용이 뛰어나다. 그러므로 어떤 장소에 가게 되면 이 골목 몇 번째 집이 맛좋은 식당이라든가 하는 것을 잘 기억하고 있다. 그러나 아직까지 종합작용은 약간 떨어지는 편이다.

이것은 택시를 타고 초행길을 갔을 때 나타난다. 즉, '아, 오른쪽으로 꺾어 들어갔구나', '왼쪽으로 꺾어 들어갔구나.' 하는 식으로 기억하려고 하지 말고 중요한 지점을 기점으로 하여 마음속에 지도를 그리는 것이다.

이러한 훈련을 쌓게 되면 여자도 방향 감각이 정확해질 수가 있다.


## 여자의 육감과 점은 통하는가

남자를 대상으로 한 잡지나 주간지에는 점괘에 관한 기사를 찾아볼 수가 없는데, 여자를 대상으로 한 잡지나 주간지를 보면 꼭 빠지지 않고 나오는 기사가 있으니 바로 '오늘의 운세' 라든가 '별점으로 보는 사랑의 운세' 등등이다.

그런가 하면 요즘 여대생들이 많이 몰리는 대학교 앞에 점을 봐주는 카페까지 생긴 걸 보면 여자들과 점은 서로 상관 관계가 깊은 것 같다.

세기를 뛰어넘어 우주를 오고 가는 첨단 과학의 시대에 아직까지 점을 보러 다니는 사람들이 많다니, 그것도 대학 교육까지 받은 지성인들이 즐겨 찾는다니 도대체 여자들과 점은 어떤 관계를 맺고 있는 것이길래 여자들은 점을 떠나지 못하는 것일까.

물론 점을 보러가는 대부분의 여자들에게 물으면 그냥 심심풀이라는 식으로 대답한다.

"재미있잖아요. 맞으면 다행이고 틀리면 안 믿으면 되잖아요."

"좋다는 것은 믿고 나쁘다는 것이라도 있으며 미리 피하면 되잖아요."

이렇듯 여자들은 흥미거리의 대상일 뿐이라고 말한다. 즉, 첫째 이유는 여자는 호기심에 약하다는 점이다. 이렇듯 여자들이 느끼는 '흥미롭다' 는 심리를 분석해 보면 거기에는 미래에 대한 작은 불안과 기대 심리의 교차가 내재되어 있다.

'오늘 내 운세는 어떨까?'

'오늘 미팅이 있는데 혹시 좋은 일이 있을지도 몰라.'

이런 식의 달콤한 기대가 담겨져 있는 것이다. 이 기대감에는 특히 연애, 결혼, 취직, 전직 등의 면에서 강하게 작용하고 있다. 그러다 보니 잡지 등에 실리는 운세는 이런 면에 흥미를 갖게 하는 예측을 많이 게재하고 있는 것이다.

그리고 여자들이 점에 끌려드는 이유들을 살펴보면, 암시에 걸리기 쉽다는 데 있다.

이렇듯 둘째 이유는 권위에 약하고 신비성을 좋아한다는 데 있는 것이다. 그러므로 점쟁이들은 역사의 위인, 현존하는 유명인, 저명한 학자 등의 이름을 입에 올리거나 수염을 길게 기른다거나 도포 같은 옷차림, 장엄한 목소리, 그런가하면 기묘하게 그려놓은 부적, 쌀알, 염주, 괴상한 그림첩, 심지어 수정구, 트럼프 등의 소도구를 사용한다. 이러한 것들은 사회심리학에서 말하는 위광효과를 높이는 데 기여하는 것이다.

그러나 보다 근본적인 원인인 셋째 요인은 여자는 남자보다 장래에 대한 불안감을 훨씬 강하게 느낀다는 점이다. 여자들은 인생살이에 있어서 스스로 굳은 결의를 가지고 실행하는 결단력이 부족하다. 이 때문에 중대한 기로에 서게 되면 마지막 순간에 이르기까지 혼자서 고민하며 괴로워하다가 마침내 운명을 하늘에 맡긴다는 심정으로 남의 말에 따르게 되는 것이다. 즉, 마지막으로 그 누군가에 의존하는 경향이 있는 것이다.

그러므로 점쟁이들은 가끔 '신의 음성'의 대변자가 되기도 하며, 고민거리의 카운셀러 역할을 하기도 한다. 그 증거로 그들은 마지막에 반드시 무엇인가 희망을 안겨주는 '위로의 말'이나 '구제의 방법론'을 제시하는 것이다.

이것은 판도라의 상자처럼 끝없이 희망을 좇는 여자들의 심리와 잘 맞아 떨어지는 현상이다. 특히 카운셀러 제도가 서양처럼 발달하지 못한 상황에서는 이런 사이비 점문화가 기승을 부리게 되는 것이다.

만약 지금도 흥미롭다는 이유로 점을 보려고 하는 여자들이 있다면 자기 자신을 되돌아보는 시간을 가져보는 게 어떨까.

혹시 뭔가 모를 불안감에 사로잡혀 누군가에게 의지하고 싶은 생각이 있다면 스스로 반성의 시간을 가져야 할 것이다.

분명 여자이기 이전에 인간으로서 스스로 자립할 수 있는 마음가짐을 가지고 있어야 한다.


## 여자는 분위기에 약하다


여자가 분위기에 약하다는 사실은 남여 모두 인정하는 사실이다. 그러다 보니 자연히 남자는 분위기를 조성하는 사람이 되어버렸다.

여자들은 사랑에 빠지면 상대방으로 하여금 끊임없이 사랑한다는 말을 듣고 싶어하고 그 말을 들음으로써 사랑을 확인하려고 한다. 이런 현상은 결혼을 한 이후에도 변함없어 남자들로 하여금 고개를 갸웃거리게 한다. 남자는 결혼하기 전에는 여자를 자기 사람으로 만들려는 욕심에 온갖 사랑의 표현을 다하고 분위기를 만들어 가지만 결혼한 이후에는 목적이 달성되어 다른 목적을 향해 고개를 돌리게 된다. 물론 여기에는 여자들이 자기가 만들어 놓은 보금자리에서 자기만을 바라보며 얌전히 있을 거라는 남자들의 잘못된 생각이 깔려 있긴 하지만, 어쨌든 결혼한 이후 여자들은 끊임없이 사랑의 분위기를 요구한다.

그렇다면 왜 여자들이 분위기에 약한지 그 이유를 살펴보자.

첫째, 남자보다 여자가 훨씬 섬세하기 때문이다. 외부로부터의 자극, 즉 말, 표정, 몸짓, 소리, 색깔 등에 대한 감수성이 매우 높은 편이다. 따라서 자극을 섬세하게 받아들여 미묘하게 갖가지 굴절과 음영을 지니고 반응을 나타낸다. 그리고 마음의 주름살도 여자가 남자보다 깊고 풍부하며 진폭도 섬세하다.

둘째, 여자들의 판단 방식은 논리적이라기보다 오히려 감각적, 정서적이기 때문이다. 여자들은 이치나 도리로 해석하는 것이 아니라 느낌으로 받아들이는 경향, 즉 바꾸어서 말하면 사물을 실체의 면에서 받아들이는 것이 아니라 인상의 면에서 이해하려는 경향이 있다.

오스트리아의 심리학자인 슈왈츠는 이렇게 말하고 있다.

"남자는 두뇌라는 하나의 점을 중심으로 회전하는 원이지만, 여자는 그렇지 않다. 여자는 두뇌 외에 자궁이라는 또 하나의 원을 중심으로 움직인다."

셋째, 생리적인 이유 때문이다. 남자들은 누드사진, 스트립, 음담, 좀 심한 사람의 경우는 자기 옆을 스치고 지나가는 미인을 보고서도 성적 충동을 느낀다. 그러나 경험이 없는 여자들은 일반적으로 그런 것만으로는 흥분을 느끼지 않는다. 여자는 어디까지나 수동적인 반면 감각적이고 다원적인 경향이 강하다.

예를 들어 성감대의 분포에 있어서 남자들은 집중적이지만 여자들은 분산적이며 성기 이외의 신체 여러 곳에, 그것도 상당히 많은 부분에서 쾌감을 느끼도록 되어져 있다.

따라서 눈에 비쳐지는 것, 귀에 들리는 것, 피부에 접촉되는 것 모든 것이 합해져서 아름다운 분위기가 조성되면 도취된 기분에 사로잡히게 된다.

넷째 여자들이 분위기에 약한 근본 원인은 생리보다도 심리적인 현상에 있다. 여자들은 사랑에 빠지면 그 사랑을 더욱 더 아름답게 꾸미려고 하는 생각을 갖게 된다. 나아가서는 자신이 소설이나 드라마의 주인공이 된다는 착각에 빠지기도 한다.

이런 심리 때문에 감미로운 음악이 흘러나오는 곳이나 붉은 융단이 깔린 극장이나 홀의 특별석, 야경을 즐길 수 있는 고급 레스토랑, 라디오로부터 흘러나오는 관능적인 리듬 등이 순간적이나마 여자들의 기분을 들뜨게 만드는 것이다.


## 여자는 레드 버틀러를 원한다


성형외과 의사들의 말을 들어보면 여자들이 유명 연예인의 사진을 들고 와서 똑같이 해달라고 할 때 가장 난감하다고 한다.

눈만 고치거나 코만 높이면 마치 자신이 그 연예인이 되는 것으로 착각하는데, 왜 이런 착각을 일으키는 것일까.

사실 인생 자체가 하나의 연극과 같다고 생각하면 인생의 주인공이 바로 나 자신인 것은 분명한 사실이다. 여기에 좀더 드라마틱하고 아름다운 사랑의 여주인공이 될 수 있다는 생각을 가진다고 해서 그다지 나쁠 것은 없다.

수많은 여자들 가슴속에는 언젠가 자신도 신데렐라의 주인공이 될 수 있다는 가능성은 품고 있다. 비록 현실에서 이루어지지 않는다 해도 꿈마저 포기하고 싶은 생각은 없는 것이다.

이런 현상은 주로 영화나 드라마를 통해 대리만족을 느끼게 되는 것이다.

지금까지 인기를 얻고 있는 명화 가운데 여자들 가슴에 가장 강렬하게 남은 작품을 꼽으라면 '바람과 함께 사라지다' 일 것이다. 남북 전쟁이 일어나 고향으로 돌아가는 길목에서 비비안 리와 클라크 케이블의 헤어지는 장면을 모든 여자들의 가슴에 깊이 아로새겨져 있다. 뿌리치는 여자를 강압적으로 안아 정열적으로 한 키스는 여자 주인공으로 하여금 황홀경에 빠지게 하고, 두 사람의 사랑을 예견하게 된다.

남자의 어떤 점에 이끌려 결혼하게 되었느냐는 질문에 대한 대답 가운데 '남자가 너무 열정적으로 사랑한다고 해서' 라는 대답이 많은 부분을 차지하는 것을 봐도, 남자들의 사랑 표현 가운데 강렬한 것을 더 좋아하고, 이를 통해서 남자의 사랑을 확인한다는 것을 알 수 있다.

연애성공법의 비결은 '밀어붙이는 것' 이라고 하는 것처럼 남자들이 과감하게 공격을 하면 결국 여자는 남자의 손을 잡게 되는데 그 이유는 무엇일까?

일반적으로 남자와 여자가 사랑을 하게 되면 시소 게임을 하듯 서로 사랑을 하게 된다. 남자가 정신없이 열을 올리면 여자는 도망치려는 태도를 보이고, 그것을 보고 남자가 체념을 하면 반대로 여자가 반응을 보이면서 남자에게 다가온다. 이것은 마치 파도가 밀려 왔다가는 다시 밀려가는 모습과 같다.

그러나 여기에 역학적 조화를 무너뜨리는 남자가 나타나면 여자의 마음은 원칙과는 다른 움직임을 보이게 된다. 처음에는 화를 내지만 계속 끈기있게 사랑한다고 밀어붙이면 처음 얼마 동안은 깊은 갈등과 혼란에 빠지지만 마침내 여자는 이 남자가 자기를 얼마나 사랑하는지 감동받게 된다.

결혼한 이후 많은 부부가 서로 다투게 되는 이유 가운데 하나가 여자는 이런 남자를 끊임없이 원하는데 남자는 일단 목적을 이루었기 때문에 자기도 모르는 사이에 다른 곳으로 눈을 돌린다는 것이다.

사랑할 때의 애틋함이나 긴장감은 사라지고 매일 똑같이 반복되는 일상의 속에서 끊임없이 사랑을 추구하기를 원하는 여자의 마음을 남자들의 조금만 이해한다면 이 세상의 모든 남자는 '레드 버틀러' 가 될 수 있다.

# 벗길수록 재미있는 남자의 속성

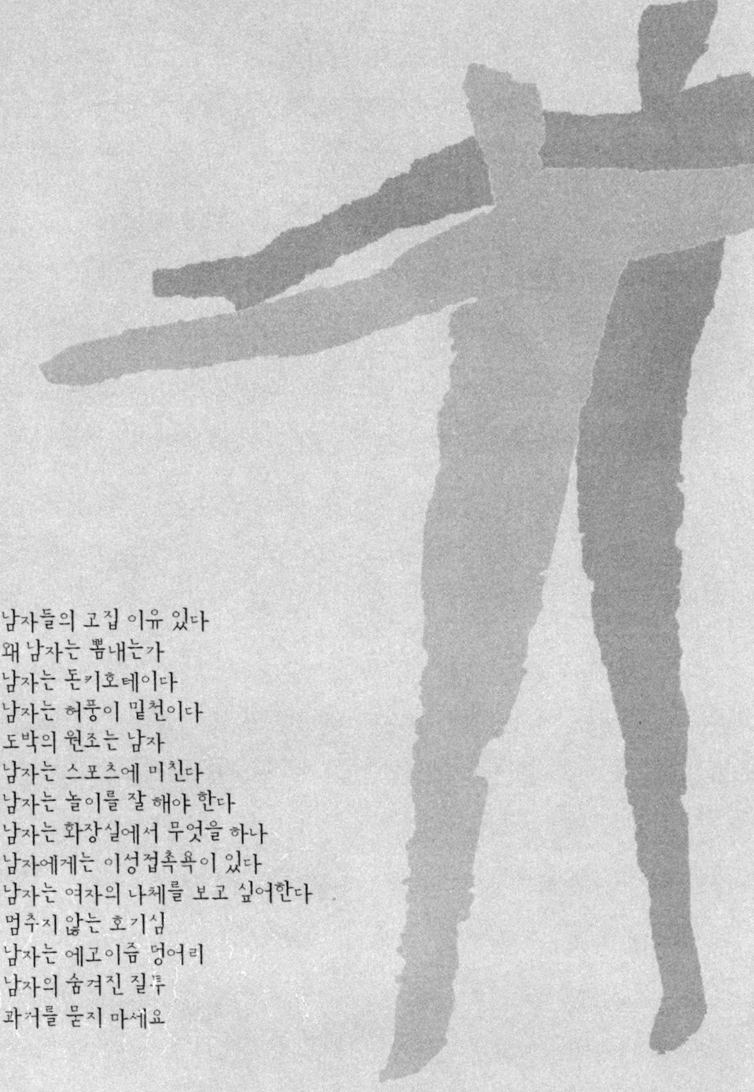

남자들의 고집 이유 있다
왜 남자는 뽐내는가
남자는 돈키호테이다
남자는 허풍이 밑천이다
도박의 원조는 남자
남자는 스포츠에 미친다
남자는 놀이를 잘 해야 한다
남자는 화장실에서 무엇을 하나
남자에게는 이성접촉욕이 있다
남자는 여자의 나체를 보고 싶어한다
멈추지 않는 호기심
남자는 에고이즘 덩어리
남자의 숨겨진 질투
과거를 묻지 마세요

# 남자들의 고집 이유 있다

고집과 아집으로 인생을 망친 대표적인 남자가 바로 히틀러이다.

히틀러의 고집은 개인적으로는 사랑하는 이를 떠나게 했고, 나아가
서는 전세계를 전쟁의 공포로 몰아넣는 결과를 초래하였다.

이렇게 요란하게 남자의 고집을 보지 않더라도 우리 주변에서 일어
나는 남자와 여자들의 불협화음을 보면 많은 여자들이 남자의 고집 때
문에 대화를 할 수 없다고 한다.

"내 얘기 좀 들어봐요."

"글쎄, 내 말이 맞다니까. 내 말대로 해."

이러면서 남자들은 자신의 고집대로 일을 처리해 나가려고 한다. 그
러면 여자는 몇번 자신의 뜻을 내비치다가는 나만 포기하면 되지 하는
생각으로 대화하기를 멈추게 된다.

한 번 꺾인 대화의 흐름을 다시 돌리기란 보통 어려운 것이 아니다. 대화란 서로의 생각이 무엇인지 충분히 알게 하고, 보다 나은 생각을 이끌어내는 삶의 윤활유 같은 역할을 한다.

이혼 부부들의 이혼 사유를 조사하다 보면 그 뿌리에는 대화의 단절이 밑바탕에 널리 깔려 있음을 알 수 있다.

그렇다면 남자들은 왜 이렇게 고집을 부리는 것일까? 그들은 자신들이 고집을 부리는지 알고는 있는 것일까? 그 이유를 살펴보도록 하자.

그 첫 번째 이유는, 남자는 여자보다 훨씬 '원리주의자'라는 사실이다.

**여자와 남자를 굳이 비교하면 여자는 다분히 감정적인 데 비해 남자는 이성적이다. 어떤 행동을 할 때에도 여자들이 감정에 치우친 행동을 많이 하는 데 비해 남자들은 그래도 이성적이라는 판단을 내리고 이성적으로 행동한다고 생각한다.**

그런데 남자들이 진짜 이성적인 판단을 내리는지는 의문이지만, 문제는 남자들은 자신들이 이성적 판단을 하고 있고, 자신들은 그 이성적 판단을 토대로 이성적인 행동을 하고 있다고 믿고 있다는 것이다. 이따금 자신들의 행동이 감정에 치우친 행동을 해도 그 근본은 이성적인 판단에서 이루어진 것이라고 강조하고 있다는 것이다.

그러다 보니 자신들도 모르는 사이에 앞뒤 행동이 맞지 않고, 이를 관철시키기 위해서 뜻하지 않게 남자들은 자신의 주장만을 고집하게 되는 것이다.

두 번째 이유를 보면, 얼토당토 않은 경우에도 자신의 뜻이 맞다고 고집을 부리는 경우를 가끔 보게 되는데, 그 내면에는 치기어린 마음이 남아 있기 때문이다. 즉, 어린애 같은 마음이 그들 안에 존재하고 있다는 것이다.

상담심리를 하는 분이 한 강연에서 들려 준 것을 보면, 남자들의 심리를 잘 이해할 수 있다.

심리치료를 받고 있는 사람 가운데 한 주부가 상담을 청해 왔다. 그녀의 남편은 가족을 사랑하고 직장에서도 열심히 일하는 사람이라고 한다. 그리고 여자도 한 가족의 아내로서 남편을 내조하고 아이들을 열심히 키우고 있다는 것이다. 그런데 아내는 가슴속에 채워지지 않는 뭔가가 있다는 것이다.

여러 차례 상담한 결과 아내는 순종형이었고, 남편은 자신의 일에만 매달리고 자신의 뜻대로 모든 일을 처리하는 성격이라는 것을 알게 되었다. 남편은 그것이 남편이 해야 할 의무라고 생각했고, 아내는 그런 남편의 그늘 아래서 가정이라는 테두리 속에서 아이들을 키워내는 것이 자신의 본분이라고 믿었던 것이다.

그 해결책으로 심리치료사는 '대화' 라는 열쇠를 가르쳐 주었고, 그 아내는 남편과 이불 속 대화를 시도했다고 한다.

그로부터 한 일 년이 지난 후 그들 부부의 삶은 많은 변화가 있었다.

때로는 자신의 행동이 아주 이성적이라며 고집을 부리고, 때로는 치기어린 행동을 하여 아내로 하여금 혼란을 가져오게 했던 그들 부부의 해결은 아주 간단했다.

여자는 남자를 대할 때 부부가 둘만 있을 때나 아침에 늦잠자는 남편을 깨워야 할 때는 가끔 엄마가 아이를 대하는 것처럼 사랑스런 목소리로 하고, 남자의 힘이 필요하거나 아이들에게 아빠의 어깨를 으쓱하게 해주어야 할 때는 남편을 왕처럼 떠받들어주었다고 한다.

그렇게 하는 것이 힘들지 않느냐고 하자, 힘들기는커녕 생활의 변화가 있어 재미있고 즐겁다는 것이다.

이렇듯 남자들은 가정이나 사회에서 자신의 위치가 확고부동하다는 것을 분명히 해두고 싶어한다. 이를 어떻게 적절히 조절하느냐가 함께 살아가는 여자들의 몫일 것이다.

고집을 부리는 남자에게 고집부려서는 안 된다고 몰아세우면 그들은 막다른 골목에 갇히는 꼴이 되고 말 것이다. 그러므로 여자가 남자들과 대화할 때 주의해야 할 점 세 가지가 있다.

"당신은 너무 째째해요."

"당신은 남자답지 못해요."

"당신은 어린 애보다도 못해요."

이런 말은 남자들의 고집이나 치기어린 성격을 고치는 것이 아니라 그들의 생존 자체를 부인하는 것과 마찬가지이다. 즉, 남자는 자신의 능력을 다른 사람과 비교하는 것을 죽기보다 싫어한다.

남자가 여자일 수 없고 여자가 남자일 수 없다는 것은 명백한 진리이다.
이를 인정한다면 남자와 여자 그들의 근본 자체를 인정하고,
어떻게 융화시켜나가느냐에 초점이 있는 것이다.


# 왜 남자는 뽐내는가

A. I. 게이츠라는 심리학자는 남자는 다른 사람으로부터 존중을 받

거나 칭찬을 받았을 때 만족감을 느끼게 되는 욕구 덩어리로, 사회적으로 인정받고자 하는 욕구가 강하며, 이것이 때로는 어린 시절 자기를 나타내고자 한 욕구가 사라지지 않고 성인이 되어서까지 나타나는 것이라고 하였다.

이따금 남편과 함께 모임에 갔을 때 평소와 다르게 허세를 부린다든가 어깨에 잔뜩 힘이 들어간다든가 하는 남편의 행동에 당혹감을 느낀 적이 있을 것이다.

게다가 어쩌다 자신과 같은 출신학교 사람이라도 만나게 되면 그날은 완전히 동문회장으로 변하게 된다. 함께 있는 사람들이 어떤 생각을 하는지 미처 생각할 겨를도 없이 그들은 모든 사람들을 자신의 동문으로 만들고 그 이야기 속으로 모든 사람들을 이끌고 들어가게 된다.

남자들이 자신을 인정받을 수 있는 이야기를 찾아 서로 퍼즐 맞추기를 하고 있을 때 여자들은 어떡하면 그 모임의 분위기를 화기애애한 분위기로 만들 것인가에 몰두하게 된다. 자신이 그 모임에서 인정받기를 원하기보다 그곳에 모인 모든 사람들이 모두 즐겁게 지낼 수 있는 이야기를 생각해 내기 위해 애쓰는 것이다.

남자들이 자기 자신을 뽐내는 데도 몇가지 유형이 있다.

첫 번째는 어떡하든지 자신의 장점을 겉으로 드러내려는 과시형으로, 허영심의 표상으로 보이기도 한다.

예를 들어 아내에게 선물을 하면서도 이태리제, 프랑스제, 스위스제니 하면서 외국의 유명한 브랜드에 자신의 이름을 함께 얹으려는 사람들이다.

이런 현상이 빛을 발휘내는 때는 서로 사랑에 빠져 연애하는 동안이다. 사랑하는 남자가 자기를 위해 유명 브랜드가 찍힌 선물을 준다면 이를 싫어할 여자는 분명 없을 것이다. 심지어 이를 사랑의 척도라고 생각하는 여자들도 있다.

그러나 결혼한 이후에 이런 현상은 곧 가정의 문제로 돌변하고 만다. 자신의 주머니 사정은 생각하지도 않고 회식 자리에서 카드를 꺼내 허세 좋게 계산하고 그 뒷감당을 못해 한 달치 월급에 맞먹는 술값 계산서 때문에 부부싸움을 하는 가정들이 생기는 것이다.

허세를 부리는 남자들의 상당수는 열등감이 강하여 그 열등감을 자신도 모르게 보상하기 위해 과시적 행동을 취한다고 한다.

두 번째는 상대방의 결함이나 실패를 지적하는 형으로, 이론으로 무장된 남자들한테서 종종 나타난다.

아주 사소한 일로 부부싸움을 하는 경우에도 이론을 논하는 사람이다. 여자는 마음이 상해 자신의 기분을 달래주기를 바라면서 남자에게 투정하듯이 말을 하는데, 이를 받아들이는 남자는 이론을 내세워 아내를 공격하는 것이다.

"지금 자기가 하는 말이 앞뒤가 맞는다고 생각하니?"

"그렇게 생각없이 말하지 말고 논리적으로 얘기해 봐."

논리와 이론을 내세워 감정이 상한 아내를 공격하면 별일 아닌 일로 투정하려던 여자의 자존심을 건드리게 되는 것이다.

감정 대 논리의 대결은 서로 결합하기가 힘이 들다. 상대방의 말 한마디에 눈물샘이 자극받는 여자에게 논리적으로 따지고 이론적으로 지적한다는 것 자체가 서로 경쟁 상대가 되지 않는 것이다.

이것은 여자의 눈물을 과학적으로 증명하라는 말과 다를 바가 없다.

세 번째는 은근히 자기 자신을 뽐내는 겸손형으로, 자기 자신을 인테리라고 생각하는 사람들한테서 나타난다.

겸손한 척하면서 자신의 학벌을 강조한다든가, 자신의 지위를 드러내려는 남자들로 이런 유형은 정치가들한테서 흔히 볼 수 있다.

이렇듯 남자들은 사회나 나 아닌 다른 사람으로부터 인정을 받고자 하는 욕구가 강한 반면, 여자들은 나를 앞세워 인정을 받으려는 것보다 함께 있는 사람들을 같은 감정의 카테고리 속에서 서로 이해하려는 이해의 욕구가 강하다.

그렇다면 감정 덩어리인 여자와 논리 덩어리인 남자는 영원히 평행선을 달려가야 하는 것일까.

**결코 그렇지 않다.**

**남자와 여자에게는 서로 자석 같은 작용을 하기 때문에 이렇게**

**서로 다른 존재이면서도 서로 하나가 되기를 갈망하고 있는 것이다.**

무엇보다 서로의 다름을 인정하고 서로를 이해하려는 노력이 얼마나 이루어지느냐에 따라 남자와 여자는 서로의 사랑을 함께 만들어 갈 수 있는 것이다.


## 남자는 돈키호테이다

남자가 여자보다 더 낭만적인 기질이 있다면 누가 믿을 것인가.

그러나 이건 사실이다. 남자가 낭만적이지 못하다고 하는 것은 단지 남자는 힘이 센 사람이라는 허울로 포장되어 그들의 가슴속에 담겨 있는 낭만적인 기질을 보지 않고 지나치기 때문이다.

이것은 남자들이 흥분을 잘하는 것만 보아도 알 수 있다. 여기서 흥분이라는 것은 여자를 보았을 때 흥분하는 정도의 것만 말하는 것이 아니다.

평소에 새로운 계획을 세우고 쉽게 호언장담하는 것을 보면 남자가 얼마나 다혈질이고 흥분을 잘하는지 알게 된다.

"자기야. 오늘부터 나 담배 끊을 거야."

"지키지도 못할 약속 또 하지 말아요. 이번이 열 번째에요."

"아니야. 이번엔 진짜라니까. 어기면 자기한테 벌금을 내겠어."

큰 소리 쳐봤자 며칠 지나지 않으면 지키지 못하고 머리를 긁적이면서 다시 담배를 피우게 되는데도 남자는 순간적인 기분에 흥분하고 마는 것이다.

남자에게 있어서 지난날의 실수나 잘못은 그저 지난날의 일일 뿐 자신이 앞으로도 그런 실수를 할 거라고 생각하지 않는다. 이것은 남자에게 낭만주의적인 기질이 있기 때문에 가능하다. 즉, 지금이 중요한 게 아니고 내일이 되면 새로운 태양이 떠오르고 그에 맞는 희망이 기다리고 있을 것이라고 생각한다.

앞날을 생각하지 않고 우직하게 돌진하는 경향이 있으며 천성이 낙천적으로 되어 있다. 따라서 맹세했던 일이 흐지부지되어 버려도 그다지 심각하게 생각하지 않는다.

일반적으로 남자는 여자보다 생활을 이론적으로 이끌고 나아가려고 한다. 납득이 가지 않는 삶은 남자는 원하지 않는다.

'하루하루를 무엇 때문에 살아가는지 알 수가 없어.'

이런 식의 생활을 싫어한다. 그러다 보니 훌륭한 사람의 전기나 자서전을 읽거나 그런 사람의 이야기를 들으면 순간적으로 의욕을 불태우게 되는 것이다.

이런 남자의 속성을 빗대어 남자들은 '슬로건을 내거는 것을 좋아하는 족속들'이라고 한다.

남자들의 이런 큰소리치는 성향에 잘 넘어가는 게 바로 여자들이다. 왜냐하면 남자는 자기가 마음에 드는 여자를 만나면 순간 흥분하여 그 자리에서 사랑의 맹세를 하기 때문이다.

사소한 일로 부부 싸움하는 모습을 잠시 들여다보면 이런 사실을 잘 알 수 있다.

"자기가 정말 이럴 줄은 몰랐어."

"내가 뭘……."

"결혼하기 전에 그랬잖아. 평생 나만 사랑하겠다고 말이야. 평생 내 손에 물 닿는 일 없도록 하겠다고 말이야."

"…… 그야 …… 그랬지……."

이런 사랑의 맹세가 결혼한 이후 왜 흔들리는 걸까. 남자의 사랑이 식어서일까. 아니면 남자의 낭만주의적인 기질이 결혼과 동시에 사라진 것일까.

**물론 남자의 사랑이 식은 것도 아니고,**

**낭만주의적인 기질이 사라진 것도 아니다.**

**다만 그 대상이 달라졌을 뿐이다.**

남자의 사랑 맹세에 여자가 넘어왔으니 그 대상이 사라진 것이다. 남자는 결혼과 동시에 사랑이 이루어졌다고 생각하여 그 대상을 자신의 사회적 지위나 다른 것으로 옮겨가는 것이다. 만약 이런 사랑의 맹세를 결혼 후에도 계속하는 남자가 있다면 그것은 끊임없이 연애하는 마음으로 사는 경우이거나 그 대상이 다른 사람에게로 옮아간 것이다. 물론 후자의 경우라면 두 사람의 사랑에 이상 전선이 생겼다고 볼 수 있을 것이다.


## 남자는 허풍이 밑천이다


남자들이 모이면 가장 많이 나누는 얘기 가운데 하나가 바로 군대 시절 무용담이다. 심지어 군대 갔다 오지 않은 사람들이 모여 군대 얘기를 시작해도 군대 갔다온 사람 못지 않게 신명나게 얘기한다. 아마 모르는 사람이 듣고 있으면 모두 군대 갔다온 사람으로 생각할 정도이다.

이처럼 남자치고 군대 시절 무용담 하나 없는 사람 없고, 그 무용담의 주인공이 아닌 사람이 없다.

왜 남자들은 이렇게 허풍을 떠는 걸까. 남자들이 멍청하고 바보스러워서일까?

허풍쟁이를 잘 관찰하면 자기 이야기에 넋을 잃고 감탄하는 모습을 바라다보면 일종의 자기 도취에 빠져버리는 것을 알 수 있다.

심리학자의 말에 의하면 허풍떠는 사람의 심리상태를 보면 허풍을 떠벌리고 있는 그 순간에는 마음이 상쾌하고 들뜨고 기분좋은 상태에 있게 된다고 한다. 또한 허풍을 떨고 있는 순간에는 공상과 현실의 영역 구분이 모호해져 자기 스스로도 허풍을 떤다는 생각보다는 진짜 이야기를 한다고 느껴져 갈수록 이야기에 박진감을 더해지게 된다는 것이다.

이것은 남자들의 자기를 나타내고자 하는 성향과 맞아 떨어지기 때문에 나타나는 현상이다. 즉, 자기를 과시하려는 욕망이 들통날 것이라는 냉정한 판단을 짓밟고 마비시키기 때문이다.

그런데 이런 종류의 허풍은 대부분 상대방에게 해를 끼치지 않는다는 것이다. 그러니 여자들은 남자가 기분이 들떠 허풍을 떨 때는 애교로 봐주는 것이 좋다.

"내 말 좀 들어봐. 오늘 회식 때 내가 부른 노래 때문에 여직원들 난리났어. 여직원들이 모두 가수 났다고 야단이었어."

"여직원들 귀가 어떻게 된 거 아녜요? 자기처럼 노래 못하는 사람더러 가수라고 한 건 그냥 예의로 말한 거라는 걸 모르세요?"

여기다 어이없어 하는 표정까지 곁들이면 한창 기분좋은 남자의 가슴엔 찬 바람이 부는 결과만 낳는다. 결코 현명한 대화가 되지 못한다.

이럴 때는 남자의 기분을 맞춰주는 것이 지혜로운 방법이다.

"맞아요. 드디어 자기 노래 실력을 인정해 주는 사람들이 생겼네요? 역시 자기는 멋있어요."

이렇게 때에 따라서 남자의 허풍을 받아주면 남자는 자신도 모르게 어깨가 으쓱해지는 기분이 들게 된다. 이것은 자연 남자로 하여금 유능감 또는 자신감을 갖게 만드는 방법이다. 여기다 한 술 더 떠서 화려한 넥타이를 매주면서 10년쯤 젊어 보인다고 하면 남자들은 내심 더욱 기뻐할 것이다.

가정에서 인정받는 남자와 인정받지 못하는 남자는 사회에서의 일에 대한 의욕도 다르게 나타난다. 가정에서 인정받는 남자는 사회에서도 자신있게 일을 하고 그에 따른 효과도 긍정적으로 나타나는데 비해 가정에서 가족으로부터 인정을 받지 못하면 매사에 의욕이 없고 어떤 일을 할 때마다 위축되고 자신감이 줄어들기 때문에 일의 결과도 만족스럽지 못한 경우가 많다.

하루종일 회사에서 일에 치이고 사람에 치이다 보면 자기 자신이 뭔가 라는 생각에 잠길 때가 있다. 그러다 회식자리에서 기분 좋게 여직원들로부터 칭찬 아닌 칭찬을 들었을 때 스트레스도 풀리고 기분 전환도 된다. 이런 기분의 연장선상에서 집으로 돌아와 약간 허풍을 떨었을 때 여자가 이를 기분 좋게 받아주고 칭찬을 해주면 남자는 누군가에게 인정받고 있다는 생각에 몸과 마음이 편안해지고 새로운 의욕이 생기게 된다.

물론 남자 자신도 자신이 허풍떠는 것을 모르지는 않는다. 여자 또한 자신이 허풍떠는 것을 알면서도 사랑하는 마음으로 자신을 인정해 주고 있다는 것도 남자는 안다.

남자들이 어딜 가서 마음껏 허풍을 떨 것인가. 결국 자신을 믿고 자신을 인정해 주는 사람 앞에서만 가능한 일이다.

이렇게 서로 사랑하는 남자와 여자이기 때문에 서로의 단점을 감싸고 보듬어줄 수 있는 것이 아닌가.

여자에게는 남자와 달리 모성 본능이 있기 때문에 얼마든지 남자의 허풍을 넓은 가슴으로 받아줄 수 있는 것이다.


## 도박의 원조는 남자

요즘은 TV를 틀으면 어느 채널을 봐야 할까 생각해야 할 정도로 방송국이 우후죽순처럼 생겨나고 있다. 케이블TV니 유선방송이니 하면서 수많은 방송국이 생겨나 이제는 선택의 폭이 크게 넓어지고 있다. 그러나 경영이 잘 안 돼 얼마 지나지 않아 채널이 없어지는 것도 부지 기수다. 그런데 이렇게 많은 채널 가운데 꾸준히 인기를 얻고 있는 방송 가운데 하루종일 바둑만 내보내는 바둑방송이 있다. 그렇다면 이 방송은 누가 보길래 다른 방송들이 인기를 얻지 못하고 채널이 없어지는 데도 꿋꿋하게 인기를 누리고 있는 것일까.

바둑방송을 보는 시청자는 단연코 남자들이다. 이들의 바둑방송에 대한 기여도는 거의 광적이라고 할 정도이다.

남자들이 이렇게 광적으로 빠져드는 것이 몇가지가 있는데, 그중에 하나가 바로 경마다. 얼굴이 상기되어 흥분된 모습으로 경마장을 빠져 나가는 군중들의 99%가 남자들이라고 한다.

바둑이나 경마 같은 것에 빠져드는 남자들의 성향을 살펴보면 도박성이 강하게 깔려 있기 때문이다.

물론 요즘 TV나 신문지상에 심심치 않게 오르내리는 주부 도박단 소식에 고개를 갸웃거리기도 하겠지만 이것은 대부분의 여자들한테서 나타나는 성향은 아니다.

남자들 가운데 99%가 도박 속성을 갖고 있다면 여자는 1%에 불과하다고 할 수 있다.

남자가 도박 속성이 강한 이유를 보면 몇 가지 이유가 있다.

첫째, 남자는 덜렁쇠의 기질이 있을 뿐만 아니라 낙천적이기 때문이다. 이런 속성을 갖고 있다 보니 요행수나 우연한 행운을 믿게 되는 것이다. 그러나 여자는 요행보다는 성실을 강조하고, 배짱이 없기 때문에 헛된 희망 같은 것을 갖지 않는다.

'만일 적중하지 않으면 어떡해.'

'괜히 했다가 안 되면 돈만 없어지잖아. 그 돈이면 예쁜 옷을 살 수 있는데.'

이런 생각이 먼저 떠올라 쉽게 덤벼들지 못한다.

그러나 남자들은 다르다.

'만약 이것이 당첨되면 횡재할 수도 있어.'

'요번 건만 잘 되면 지난 번에 잃은 것쯤은 단숨에 회복할 수 있어.'

그러면서 자신이 쌓아 놓은 희망의 성을 구체화시키기 위해 시도하게 되는 것이다. 게다가 남자들은 자신들의 도박 속성을 도박으로 인정하지 않고 나름대로 논리적인 평가를 내린 후에 결정한 것이므로 타당성이 있다고 스스로 믿고 있는 것이다.

둘째, 자신의 행운을 시험해 보고 싶은 심리가 작용하기 때문이다. 무슨 일이든 도전해 보고 싶은 것이 남자의 심리이다. 때로는 그 도전이 무모해 보일지라도 남자에게는 도전한다는 데 의미가 있고 그 결과도 좋을 것이라고 마음대로 믿고 있는 것이다.

그러나 여자는 무조건적인 도전에 의미를 부여하지 못한다. 상식이 우선시되기 때문에 도전을 강조하는 남자에게 상식을 내세워 막는다면 남자들은 결국 여자의 말을 귀담아 듣지 않게 된다.

이런 차이는 산을 정복하는 등반대원들한테서도 차이가 난다. 산악대원들한테 물어보면 남자들의 대답은 간단 명료한 데 비해 여자등반대원들은 산에 오르는 이유가 엄청나게 많다. 그것은 남자들은 오로지 도전에 의미를 부여하는 반면, 여자들은 당위성이 부여되지 않으면 산에 오르는 의미를 찾지 못하기 때문이다.

셋째, 무엇인가에 내기를 걸었을 때 이름모를 흥분을 느끼며 가슴이 설레이기 때문이다. 남자돈 결과보다는 그 과정을 즐기는 성향이 있다.

일진일퇴라든가 추격하거나 추월당하는 짜릿한 맛에 흥분과 스릴을 느끼는 것이다. 한 마디로 흥분의 도가니 속에 자신의 온몸을 맡겨 쾌감을 즐기는 것이다.

이런 과정을 통해서 남자는 복잡한 일에서 벗어나고 자신을 옥죄는 고민을 깨끗이 잊어버리고 해방감을 맛보게 되는 것이다. 남자들에게 있는 단순성은 여기서도 단연 빛을 발한다. 도박성은 남자들에게 있어서만큼은 ‘걱정 퇴치’ 또는 ‘스트레스 해소’에 크게 기여하고 있다는 사실이다.

그러나 여자의 경우 다르다. 자신이 굳게 믿고 신뢰하고 있는 상식을 깨트리는 것 자체에 죄의식을 느끼고, 이런 상태를 오랫동안 지속해야 하는데, 여자의 경우 오랜시간 동안 흥분을 참지 못하고 몸을 가누지 못하거나 심한 경우에는 현기증마저 느낀다.

넷째, 끊임없는 변화를 추구하기 때문이다. 남자는 가정을 자신이 걸어가는 기나긴 인생 속의 일부분이라고 생각한다. 그리고 인생은 끝없이 변화하는 과정으로 이루어져 있다고 믿고 있다. 그러다 보니 때로는 아무런 변화도 없는 생활에서 빨리 따분함을 느끼는 것은 여자가 아니라 남자인 것이다.

단조롭고 무미건조한 하루하루의 생활에 게임 같은 요소를 끌어들이려는 욕구에서 결국 도박에 손을 대게 되는 것이다.

그러나 일이나 자신이 좋아하는 취미 활동에 진지하게 몰두해 있거나 충실감에 넘쳐 있는 남자는 노름이나 도박에 열중하려고 하지 않는다. 가끔 손을 대긴 하지만 이것은 주위 사람들과의 분위기를 맞추기 위한 정도로 끝을 낸다.

그렇다면 남자들에게 있는 도박성을 없앨 수는 없을까.
남자들이 갖고 있는 도박성을 일로 연결한다면
그 일은 성과를 거둘 수 있을 것이다.

## 남자는 스포츠에 미친다

남자들은 때때로 스포츠나 프로야구 같은 것에 목숨 걸듯이 빠져들 때가 있다.

"오늘 친구들 모임 있는 거 알죠?"

"…… 자기 혼자 갔다 오면 안 될까?"

"안 돼요. 내가 오늘 모임 있다고 얘기했잖아요."

"알아. 실은 오늘 프로야구 하거든. 코리안시리즈니까 자기 혼자 갔다 와라."

이런 대화는 여느 가정이면 한 번씩, 아니 수시로 일어나는 일이다. 어디 프로야구뿐이겠는가. 스포츠라면 밤잠을 설쳐가면서 눈을 비벼가면서 보는 사람들이 남자들 아닌가.

이따금 부부가 같은 취미를 가져야 된다는 생각에 여자들도 남자와 함께 스포츠를 보지만 뭐가 그리 복잡한 지 함께 본 지 10분도 되지 않아서 여자는 눈앞에 펼쳐지고 있는 게임에 관해 남자에게 이것 저것 묻는다.

그러면 남자는 처음에는 자상한 마음으로 룰에 대해 자세하게 이야기해 주지만 여자가 끊임없이 물어대면 이내 짜증을 내고 만다.

남자들이 이렇게 스포츠에 광적으로 빠져드는 스포츠의 세계가 갖고 있는 평등에서 이유를 찾을 수 있다. 스포츠정신이라는 말이 있을 정도로 스포츠는 정정당당하고 누구에게나 똑같이 즐길 수 있다는 점이 있다. 즉, 공통성을 갖고 있기 때문에 사장이든 한낱 평사원이든 상하 구분 없이 함께 즐길 수 있다.

사실 남자들이 스포츠를 화제거리로 삼아 이야기하는 것을 보면 여자들의 수다 못지 않음을 볼 수 있다.

스포츠를 화제로 삼았을 경우 서로 모르는 사람과도 친숙하게 이야기를 풀어나갈 수가 있고, 사람의 신분에 상관없이 함께 즐거움을 나눌 수 있는 것이다.

스포츠만큼 단순 명쾌한 일이 또 어디 있겠는가. 회사에서 복잡한 일과에 시달리다가 야구장을 찾아 홈런 한 방에 마음껏 소리치다 보면 스트레스는 어느덧 사라지고 마는 것이다.

지금 수직 상승해야 하고, 앞으로 전진해야 하는 현대병에 걸린 남자들은 무력감, 소외감, 고독감을 뼈저리게 맛보면서 생활하고 있다. 이런 늪에서 헤어나기 위해 친근감이 넘쳐 흐르는 야구장 관중 속에 몸을 맡기고 싶다는 생각이 들게 된다. 서로 모르는 사람들과 함께 있기 때문에 자기 자신을 마음껏 발산할 수 있는 것이다. 같은 팀을 응원할 때는 같은 회사의 동료들보다 더한 동료애를 느끼는 것도 스포츠가 지닌 매력 가운데 하나이다.

현대병에 걸린 남자들은 거의 대부분이 욕구불만이라는 벽에 머리를 부딪쳐 지칠 대로 지쳐 있는 상태이다. 이렇게 지친 상태에서 스포츠는 일종의 도피작용과 대리성취를 해주는 것이다.

# 남자는 놀이를 잘 해야 한다

그런데 이렇게 스포츠에 빠져 있는 남자에 대한 여자들의 생각은 좀 다르게 나타나고 있다. TV를 보면서 열광하는 남자를 바라보는 여자의 얼굴 표정을 남자가 한 번이라도 제대로 봤다면 쇼크를 먹을지도 모른다.

몇시간씩 TV 앞에 앉아, TV 중계가 없는 날에는 라디오를 틀어 놓고 그 속으로 빨려들어갈 듯이 앉아 있는 남자들을 바라보는 여자들의 표정은, 한창 놀이에 빠져 있는 철부지 어린아이를 보는 듯하기도 하고, 어른이 어떻게 저렇게 애들처럼 소리지르고 몸으로 열광하는지 한심하고 어이없다는 표정을 짓곤 한다.

나아가 놀이에 빠져 있다거나 잘 노는 사람을 바라보는 여자들의 시각도 비슷하게 나타난다. 왜냐하면 스포츠에 빠져 있는 남자들을 자세히 관찰하면 그들이 얼마나 놀이를 즐기는지 알 수 있기 때문이다.

남자들은 일만 잘하는 사람보다는 일도 잘하고 놀기도 잘하는 사람은 더 인간적이고 함께 어울릴 수 있는 좋은 성격의 소유자로 평가한다. 정신이 건강한 사람의 특징 가운데 하나가 잘 노는 것이라고 많은 학자들은 주장하고 있다.

시대가 복잡해지고 상담도 국제적으로 발전되어 일하는 시대가 되었기 때문에 잘 노는 것도 프로비즈니스맨의 하나의 조건이 되고 있는 것이다. 따라서 놀이는 '남자의 미학'이라고까지 말할 수 있게 되었다.

남자들이 놀이를 즐기는 이유를 찾으려면 어린 시절로 되돌아갈 필요가 있다.

아동심리학자 저실드는 어린이의 발달 원리의 하나로 '전심과 이행의 원리' 를 내세우고 있다.

어린이는 주행능력이 발달되는 초기에는 술래잡기라든가 뛰어다니는 놀이에 전념하게 되며 '이 세상에서 가장 재미있는 것은 뛰어다니는 것' 이라는 생각을 갖게 되는데, 시간이 흘러 그 놀이에 흥미가 식어지면 다른 놀이로 흥미가 이행되어 뛰어다니는 것은 단지 급할 때 이동하는 수단으로밖에 사용되지 않는다는 생각을 갖게 된다는 것이다.

즉, 순간적으로 몰두하는 것은 아동심리의 특징이면서 남자 심리의 특징이라는 사실이다.

그렇다면 남자들이 놀이에 빠져 있을 때 여자들은 무엇을 하고 있는 것일까.

여자들은 돈만 있으면 백화점에 가서 이것저것 구경하면서 쇼핑을 한다. 좀더 시간적인 여유가 있으면 자수, 꽃꽂이, 피아노, 서예 등을 배우러 문화센터를 찾는다. 한 마디로 여자는 실리가 있는 취미 생활을 하려고 한다.

그런데 남자들은 실리를 따져가면서 놀려고 하지 않는다. 다만 모든 잡념을 잊어버리고 오로지 승부욕에 집착하고, 이겼을 때의 만족감에 도취되면 되는 것이다.

이렇게 여자와 남자의 서로 다른 취미와 놀이를 어떻게 함께 즐길 수 있는 방법은 없는 것일까.

놀이라는 것은 누구든 한번 흥미를 갖게 되면 그 다음에는 문제가 되지 않는다. 남자든 여자든 일단 서로 상대방의 놀이를 함께 해보겠다는 생각을 가져야 하고 그 놀이나 취미에 대해 다 알고 즐길 수 있을 때까지는 노력을 해야만 한다.

이런 노력이 이루어지면 남자든 여자든 그 놀이나 취미 생활이 갖고 있는 장점을 알게 될 것이고 부부가 함께할 수 있다면 어렵지 않게 함께 놀이를 즐길 수도 있고, 취미생활을 함께할 수 있는 것이다.

## 남자는 화장실에서 무엇을 하나

여자와 남자의 신체적 구조와 상관없이 가장 차이가 나는 것 가운데 하나가 화장실 문화이다.

여기서 말하는 화장실 문화는 요즘 유행하고 있는 화장실을 청결하고 아름답게 사용하자는 의미가 아니다. 남자들은 화장실을 갈 때 신문을 들고 가서 오랫동안  앉아 있곤 하는데 여자들은 그런 남자들이 참으로 이상하게 보인다.

게다가 화장실에서 나누는 '분뇨설담'이 술자리의 안주거리로 오르내리는 것을 보면 남자들이 화장실에서 보내는 시간에 무슨 뜻이 있는 것은 아닌가 싶기도 하다.

바쁜 아침시간에 남자들은 한 번 신문을 가지고 화장실에 들어가면 나올 생각을 하지 않는다. 물론 여자들 가운데도 이런 버릇이 있는 사람이 있는지도 모르지만 이것은 남자들의 화장실 문화와는 사뭇 다르다. 여자들의 경우 변비나 속이 불편한 경우가 아니면 거울을 본다든가 하는 화장을 고친다든가 미용에 신경쓰느라 화장실에 오래 있는 것이다.

화장실에 신문을 가지고 들어가 오랫동안 앉아 있는 현상은 대부분의 남자들한테서 나타나고 있다. 이것을 개인의 버릇이나 습관이라고 하기에는 무리가 있는 것이다.

그렇다면 왜 남자들은 냄새가 나는 화장실에서 신문을 읽는 것일까.

여기서 우리는 남자들의 생리 형태를 살펴볼 필요가 있다. 남자들에게 있어서 배설 행위는 아주 자연스러운 생리현상일 뿐이다. 몸 안에 쌓여 있는 잔재물을 몸 밖으로 방출하거나 배설할 때 일종의 쾌감이 함께 따라오게 된다.

반면에 여자들은 배설 행위 자체에 대해서는 빨리 사무적으로 처리하려고 한다. 가능한 한 혼자 처리하려고 하고 남에게 알리는 것을 부끄러워 한다. 이것 역시 여자들의 생리작용과 관계가 있기 때문이다.

화장실에 대한 생각도 남자와 여자는 완전히 다르게 나타난다. 여자들은 화장실 하면 우선 더럽다는 생각을 머리에 떠올리고 어떻게 하면 화장실을 깨끗하게 할까만 생각한다. 감히 냄새나는 화장실에서 신문을 읽는다는 것 자체를 이해하지 못하고 이해하려 들지 않는다.

그러나 남자는 신문을 둘둘 말아 화장실로 가는 것이다. 그 모습을 보면 사적인 취미를 즐기는 것처럼 보이기도 한다.

어느 누구의 간섭도 받지 않고 신문지상에 올라 있는 세상의 모든 일들과
만난다는 것은 혼자만이 느낄 수 있는 새로운 즐거움인 것이다.

이런 남자들의 화장실 문화는 집안에서 그치는 것이 아니다. 사업에 성공한 사업가는 이제 화장실 문화를 한층 격상시키는 작업을 한다. 즉, 화장실에 전화기를 놓아 좀더 사적인 즐거움을 맛보려고 하는 것이다.

이런 남자들의 화장실에 대한 애착은 어느날 갑자기 생긴 현상이 아니다. 어린 시절 남자아이들의 놀이를 잘 지켜보면 아이들이 엉덩이,

항문과 관련된 놀이를 즐긴다는 것을 알 수 있다.

정신분석학자의 말에 의하면 남자아이들이 방귀 뀌는 것을 즐거워하거나 '똥침' 놀이를 즐기는 시기는 바로 아이들이 '항문기'에 해당하기 때문이다. 이런 남자아이들의 놀이는 잠재의식 속에 자리잡아 어른이 된 후에도 화장실에 가면 잠재의식 속에 남아 있는 흥미가 고개를 들게 된다. 그것이 바로 신문을 화장실로 들고 들어가 어느 누구의 간섭도 받지 않으면서 마음 편하게 신문을 보면서 볼 일을 보는 것이다.

이제 여자들은 최소한의 공간에 잠시동안이나마 마음 편하게 신문을 보면서 볼 일을 즐기는 남자들의 마음을 동참은 못하더라도 그럴 수도 있겠구나 하고 여자와 다른 그 자체를 인정해 주는 것이 좋을 것 같다.

## 남자에게는 이성접촉욕이 있다

"당신에게 내 손을 키스시켜 준다면 그 다음엔 팔꿈치를, 그리고 그 다음엔 어깨라고 말씀하시겠지요."

러시아의 소설가 안톤 체홉의 희곡 '벚꽃 동산' 중에 나오는 말이다.

한편 연애론의 대가인 스탕달은 이렇게 말했다.

**"연애가 가져다주는 행복은**

**사랑하는 여인의 손을 처음 잡는 순간이다."**

신문지상을 통해 상습적인 성추행범을 잡았다든지, 몇 년 동안 성추행을 범한 남자가 바로 이웃에 사는 누구라든지 하는 기사를 심심치 않게 볼 수 있다. 더구나 요즘에는 회사나 학교에서 성추행범으로 몰려 남자들이 곤경에 처하곤 한다. 여자 남자 할 것 없이 성추행을 하지 않고 성추행을 당하지 않기 위해 교육까지 실시되고 있는 것이 현실이다.

심지어 성추행의 문제는 이제 부부 사이에까지 문제가 되고 있다. 아내의 동의 없이 성관계를 강요하는 것도 이혼 사유가 되는 것이다.

어디까지가 성추행의 범주에 들어가는지 구체적인 예를 들어가면서 교육을 한다고 하니 남자는 남자대로 여자는 여자대로 자신의 몸 관리에 조심해야 할 때가 아닌가싶다.

그런데 왜 성추행범은 남자만 있는 것일까. 아무리 눈을 씻고 봐도 성추행범이 여자라는 얘기는 들어본 적이 없다.

사실 여기서는 성추행범이 남자라는 것을 말하고자 하는 것이 아니다. 자기 자신을 이성적으로 컨트롤하지 못해서 성추행이라는 비정상적인 방법을 사용하든 그렇지 않든 남자들에게 있는 이성접촉욕에 대해 살펴보도록 하자.

사람이 많이 모이는 곳에서 이따금 언성이 높아지곤 하는데, 남자가 너무 몸을 밀착시켰다고 흥분하는 여자와 사람이 많다보니 몸이 좀 닿았을 뿐 일부러 그런 것은 아니라면서 얼굴을 붉히는 남자가 서로 다투는 장면을 종종 볼 수 있다. 그러나 이런 경우 대부분 남자들의 일방적인 패배로 끝난다. 자의든 타의든 남자들의 이성접촉욕은 잠재되어 있다 보니 때로는 자신도 모르는 사이에 반응을 나타내곤 하는 것이다.

남자에게 이성접촉욕이 있다는 것은 인간이면서 동물적인 요소를 갖고 있는 특성 때문이다. 즉, 성행위란 수컷이 적극성을 발휘했을 때 비로소 이루어진다는 동물학적 원리를 이해하면 성추행범이 남자일 수박에 없음을 이해할 수 있을 것이다.

그러나 모든 남자가 혼잡해서 사람들이 밀착되어 있는 상태에서 여자의 몸이 닿았을 때 기분이 좋다고 생각하지는 않는다. 더더욱 사랑을 느끼는 것은 정말 아니다.

그러므로 정도가 심하여 '혼잡' 을 빌미로 치한처럼 손을 더듬는다든가 이상한 짓을 하는 남자는 한 마디로 '이성' 이라는 브레이크가 고장난 것이며, 인간이 아닌 동물적인 욕구만 남아 있다는 뜻이므로 성추행범으로 몰려도 할 말이 없는 것이다.

정상적인 남녀 관계에서는 애정의 단계라는 것이 있다.

처음 만났는데 마음에 든다고 해서 손도 잡지 않았는데 키스를 할 수는 없는 것이다. 마음이 끌리면 어떠한 형태로든 일체감이나 소유욕을 발휘하려고 한다. 이때 여자의 몸에 자신의 몸을 닿게 하는 것은 그러한 욕구를 실현시키는 제 1단계인 것이다. 남녀의 사랑 역시 제 1단계가 성공하면, 제 2단계로 발전하고, 제 3단계로 발전하는 것이 정해진 코스이다.

마음이 끌리면 자연스럽게 스킨십을 하고 싶고 스킨십도 단계별로 나아가게 되는 것이다. 요즘은 예전과 달리 연애의 발전 속도가 빨라진 것은 사실이지만 그렇다고 해서 단계별 발전 과정이 완전히 달라진 것은 아니다. 예를 들어 손도 잡지 않았는데 애를 낳을 수는 없다는 말이다.

이따금 권태기에 접어든 부부가 늦둥이를 낳은 이후 부부 사이에 새로운 신혼을 맛보는 것을 종종 보곤 한다.

이것은 아기가 있어서 신혼 기분이 드는 것도 있겠지만 아기를 낳기까지 부부 사이에 새로 싹텄을 사랑의 감정 때문이다. 부부가 처음 만나 손을 잡았을 때의 그 감정을 잊지 않는다면, 아니 가끔 서로의 사랑이 식는 것은 아닐까 하는 생각이 고개를 들려고 할 때마다 처음의 감정을 상기시킨다면 부부 사이에 금이 가는 일은 없을 것이다.

그렇다면 이렇게 이성접촉욕을 근본적으로 갖고 있는 남자가 결혼하면서 때로는 시큰둥한 자세를 보이는 것은 왜일까.

결혼과 동시에 남자들의 이성접촉욕은 사라지는 것일까.

아니다. 앞에서도 말했듯이 남자는 새로운 것에 대한 욕망이 끊임없이 일어나는 특성을 갖고 있기 때문이다. 여자는 남자와 좀 다른 특성을 보이는데, 가정이라고 하는 하나의 공간에 대해 집착을 보이는 특성이다.

즉, 여자에게 있어서 결혼은 새로운 인생의 시작이자 그곳이 생이 끝날 때까지 자신의 보호해 줄 최후의 안식처라고 생각한다.

그러나 남자에게 있어서 결혼이라는 것은 자신이 죽는 그 순간까지 끊임없이 펼쳐갈 무수히 많은 인생의 한 과정일 뿐 결혼과 가정이 자신의 인생의 마지막 안식처라고 생각하지 않는다. 그래서 심하게 말하는 사람은 '결혼은 무덤이다' 라고 표현하는 것이다.

그러나 새로운 것을 찾아 끊임없이 눈을 두리번거리는 남자와 이를 자기만 바라보고 있으라는 여자 사이에는 영원히 건널 수 없는 강이 있는 것은 아니다. 두 사람 모두 서로에게 자극이 되고 편안함을 느낄 수 있는 노력이 뒷받침되어야 한다.

그런 노력이 있어야 가정은 안정되고 편안한 휴식처가 될 수 있고, 두 사람의 사랑 전선에는 '이상무' 라는 판정을 받을 수 있게 되는 것이다.

가정이라는 것은 철옹성 같아 보이지만 가정을 구성하고 있는
구성원들이 어떤 자세로 생활하느냐에 따라 모래성도 될 수 있는 것이다.


가정을 이루었다고 해서 구성원들이 무책임하고 방만한 자세로 있
는데도 항상 그곳에 영원히 철옹성처럼 버티고 있을 것이라고 생각한
다면 이건 분명 어느 한 사람의 희생을 강요하는 것이다. 그 희생자는
대부분 엄마이자 아내인 여자의 몫으로 남게 된다.

여자가 가정을 최고의, 최후의 안식처라고 믿고 있고, 이를 위해 몸
과 마음을 다해 정성을 쏟는다고 해서 다른 가족들, 특히 남자가 밖으
로만 돈다면 이 가정이 모래성이 되는 것은 시간 문제이다.

결혼한 이후 남자의 이성접촉욕구는 그 이성의 대상이 아내이어야
한다는 생각을 항상 잊어서는 안 되고, 여자의 현실안주 욕구는 안정된
현실을 지키기 위해서는 남편의 이성으로서의 역할을 충실하게 해야
가능하다는 사실을 잊지 말아야 한다.


## 남자는 여자의 나체를 보고 싶어한다


오랜 만에 즐거운 마음으로 부부 동반하여 모임에 참석하고 돌아온
부부가 한바탕 말다툼을 벌이고 있다. 이유는 남자의 '눈돌림'이었다.

"어떻게 아내가 옆에 있는데도 그렇게 고개까지 돌리면서 그 여자를
볼 수가 있어요?"

"내가 보고 싶어 보나? 남들 보라고 그렇게 몸매를 드러내고 다니는
데 어떻게 모른 척할 수가 있겠어."

"그런 핑계가 어디 있어요. 평소에 흑심이 있는 게 그대로 드러난 것이잖아요. 내가 속았지. 이런 남자를 하늘같이 믿고 있으니."

결혼 이후 아이를 하나 둘 낳다 보면 날씬했던 몸매는 어디론가 사라지고, 어느덧 아줌마의 몸매로 변하는 것이 현실이다. 그렇다고 남편의 눈높이가 결혼했다고 해서 갑자기 아줌마 수준으로 낮아지느냐 하면 절대 그렇지 않다는 것이다.

'킨제이 보고서'로 한 시대를 풍미했던 킨제이 박사가 실시한 33가지 종류의 자극에 대한 성적 반응 테스트 결과를 보면, 남자보다 여자 쪽이 강한 반응을 나타낸 것은 성적 묘사가 진한 영화와 격정적인 남녀의 섹스 모습을 묘사한 소설과 애무 장면의 사진, 이렇게 세 개뿐이라고 한다. 나머지 30개는 여자보다 남자쪽에서 강하게 반응을 보였다고 한다.

이 결과대로라면 남자는 여자에 비해 성에 관심이 높은 것이 사실이다. 그런데 눈여겨 봐야 할 것은 이성의 나체 사진에 대한 관심도이다. 이성의 나체 사진에 대한 반응은 남자와 여자가 큰 차이를 보인다. 여자들은 남자의 나체 사진이나 누드쇼를 보면 호기심이나 왜 저런 사진을 찍었는지에 대한 관심이 더 큰 데 비해 남자들은 여자의 누드사진이나 스트립쇼 등을 보면 호기심의 차원을 넘어 성적 도발이 일어난다.

이런 현상은 여자와 남자의 반응 느낌이 다르게 나타나기 때문이다. 즉, 여자는 촉각적인데 비해 남자는 시각적이라는 것이다. 이것은 남자와 여자의 섹스에 대한 반응과도 연관이 있다. 여자는 오르가즘을 느끼기 전에 해주는 애무를 더 좋아하는데 비해 남자는 성적 반응이 일찍 일어나 남자와 여자의 오르가즘이 서로 다르게 나타나는 것이다.

하여튼 성에 관한 한 남자는 공상적인 특성이 강하다. 속살이 비칠

듯 말 듯한 옷을 입은 여자를 보면 남자는 그 안에 감추어진 여자의 몸에 관해 이것저것 상상하게 된다.

남자가 여자에게 속옷을 선물하는 것은 입은 모습을 보고 싶어서일까, 아니면 벗기고 싶어서일까. 한 번쯤 생각해 볼 필요가 있다.

성욕이 강하게 나타나느냐 약하게 나타나느냐 하는 것은 그 사람이 지니고 있는 성욕과 이성에 대한 접근의 난이도와의 함수관계로 규정된다. 다시 말해 숨기려고 하면 할수록 보고 싶어지는 것이다.

연말만 되면 여기저기서 새해 달력이 판매가 된다. 그 가운데 항상 끼어 있는 것이 바로 여자의 반나사진으로 이루어진 달력이다.

"도대체 저런 달력은 누가 사갈까? 저런 걸 사다 방에 걸어두는 사람은 아마 변태일 거야."

"……."

이렇게 대답을 못하고 여자의 말에 긍정 반 부정 반 하던 남자도 남자들끼리 지나가다 여자 나체 사진이 찍혀 있는 달력을 보면 한 마디씩 한다.

"야. 끝내준다."

"그러게 말이야. 머리맡에 하나 걸어두면 기분 끝내줄 텐데."

이것이 남자의 심리다. 여자들이 변태라고 생각하는 남자는 결코 먼 곳에 있는 것이 아니다.

남자들이 잊고 있는 것이 있다면 그것은 '결혼'이 담고 있는 의미이다. 결혼이란 사랑의 눈높이를 함께 맞추어나가는 것을 뜻한다. 예쁜 여자들을 볼 때마다 눈높이가 달라진다면 그것은 결혼의 의미를 올바르게 깨닫고 있지 못한 것이다.

사랑의 눈높이를 조절하는 노력이 얼마나 이루어지느냐에 따라 두 사람의 사랑의 모습은 날로 달라질 것이다.


## 멈추지 않는 호기심


사랑하는 남자가 자기를 옆에 두고 다른 여자를 쳐다보는 것도 참기 힘든 게 여자의 마음인데, 쳐다보는 데 그치지 않고 다른 여자와 깊은 관계에 빠진다면 어떻게 되겠는가.

이건 가정이 아니라 남자와 여자가 함께 꾸려가는 이 세상에서 버젓이 일어나고 있는 수많은 이혼 부부들의 이혼 사유 가운데 하나이다.

남편이 미니스커트를 입은 여자를 쳐다보았다고 해서 이혼하는 여자들은 없을 것이다. 이것이 시초가 되어 남자가 바람을 피울까 봐 미리 예방하는 마음이 앞선 탓이다.

남편은 모회사 중견간부이고, 아내는 잘 나가는 남편과 공부 잘하는 아이들의 엄마인 한 부부가 이혼을 해야 할지 말아야 할지 고민에 빠진 이유는 다음과 같다.

여자라면 아내밖에 몰랐고, 아내 역시 남편의 사랑을 듬뿍 받으면서 행복한 가정을 꾸미는 데 최선을 다했고, 어느 정도 이루었다고 생각하고 있었다.

그러던 어느날 남편은 회식 자리에서 알게 된 술집 아가씨와 하룻밤 지내게 되었고, 육감이 뛰어난 아내에게 들키고 말았다.

사실 많은 남자들이 회식자리에서 술집 여자들의 서비스를 받는다는 것을 모르는 아내는 없을 것이다. 다만 그 서비스의 정도가 어느 정도인지 눈으로 직접 확인해 보지 못한 상태에서 내 남편은 그냥 술만 마시고 오는 것이려니 할 뿐이다.

그런데 이 남편은 아내가 다그치자 술집 여자와의 하룻밤 보낸 사실을 시인했고, 도리어 그 여자한테서 아내한테서 느끼지 못한 새로운 기분을 느꼈다고 말했다.

"당신을 사랑하는 마음은 추호의 변함이 없어. 나는 예나 지금이나 당신을 사랑해. 앞으로도 변하지 않을 거야. 하지만 그 여자는 당신한테 못 느꼈던 새로운 게 있었어. 그뿐이야."

"어떻게 그런 말을 할 수가 있죠?"

"나는 당신한테 거짓말을 할 생각은 추호도 없어."

사실 평소 두 사람은 부부 사이에는 서로 거짓이 있어서는 안 된다는 말을 자주 나누었고, 사실 두 사람 사이에 거짓말을 할 일이 없었다.

심리상담사에게 아내는 이런 말을 했다.

"솔직히 남편이 이렇게 말할 줄은 몰랐어요. 차라리 나에 대한 사랑이 식었다고 하면 아무 미련이 없을 것 같아요. 마음을 정리하기가 한결 쉬울 것 같아요. 아니면 차라리 나한테 거짓말이라도 했으면 아마 그냥 넘어갔을지도 몰라요. 자기는 솔직하게 말한다면서 저에게 이렇게 배신감을 안겨줘도 되는 건가요?"

그러면서 아내는 이제 자기는 솔직하게 모든 얘기를 다했으니 네 마음은 알아서 스스로 달래라는 투의 남편의 말과 행동이 너무 이기적이고 잔인하다고 하였다.

정상적인 지성을 가진 남자라면 한 쪽 가슴으로 아내를 품고 있으면서 한 쪽 팔로 다른 여자에게 손을 뻗는다면 양심의 가책을 느낄 것이다. 그러나 가책을 느끼면서도 또 다른 여자에게 손뿐만 아니라 마음까지 가는 것을 남자들은 행동으로 옮기고 있다는 것이다.

이렇게 이 꽃에서 저 꽃으로 옮겨다니는 현상을 '남자는 변덕스럽고 싫증을 잘 느끼는 동물'이라는 표현을 빌려 해석한다면 이건 진실을 외면한 것이다.

**정확히 말하면 남자는 한 여자를 철저하게
뼈 속까지 사랑하는 능력이 결핍되어 있기 때문이다.**

그렇다면 왜 사랑의 능력이 결핍되어 있는 것일까? 그것은 근본적으로 정신과 육체의 분열에서 원인을 찾을 수 있고, 여기다 항상 새것을 추구하는 심리, 미지의 것에 이끌리고 있는 성향을 들 수 있다.

남자에게는 친숙한 것에 대한 미련과 신선한 것에 대한 호기심, 이 둘 사이에서 탁구공처럼 왔다 갔다 하는 경향이 있다. 새로운 것에 대한 매력이 정신적인 것인지 육체적인 것인지 남자 스스로도 분명히 분간하기 어려울 뿐만 아니라 분간할 생각도 하지 않는다. 오로지 친숙한 것에 대한 미련을 버리지 못하고 새로운 것에 대한 호기심을 채우려고 할 뿐이다. 이런 호기심의 기원은 아주 오래 전 원시시대로 거슬러 올라가 보면 쉽게 이해된다. 즉, 남자는 많은 씨를 뿌리지 않으면 종족을 번식시킬 수 없다는 것을 본능적으로 알고 그렇게 한다고 한다.

새로운 것에 대한 호기심이 정신적인 경우라면 그다지 아내들이 걱정하지 않는다. 그저 옆에서 건강을 해치지 않을 정도로 신경만 쓰면 되는 것이다. 그러나 호기심의 대상이 육체적인 경우, 특히 아내의 신경을 자극하는 여자라면 이건 가정이 흔들리는 위기에 이르는 결과를 초래하기도 한다.

남자들은 미리 걱정하고 예방하려고 하지 않는다. 생각이 몸을 따라

가지 못하는 경우도 있는 것이다. 그러므로 이와 같은 상태에 빠지게 되면 남자는 조리에도 맞지 않는 변명을 늘어놓게 되는 것이다.

어찌 보면 여자의 육감이 뛰어나서 알게 되는 것이 아니라 남자 스스로 자기도 모르는 사이에 평소와 다르게 행동하고 변명을 늘어놓기 때문에 약간의 센스가 있는 여자라면 평소와 다른 남자의 행동과 말을 눈치채게 되는 것이다.

지금은 고인이 된 모 재벌 회장의 여성 편력에 대한 질문에 대한 답을 보면 남자들의 이기적인 합리화가 얼마나 지능적인지 알 수 있다.

"나는 남자로서 할 수 있는 일을 했을 뿐입니다."

남자들이 잊고 있는 것 하나만 집고 넘어갈 필요가 있다.

남자들의 이기적인 합리화 속에는 여자의 희생이 100% 깔려 있다는 사실을 잊지 말라는 것이다.

여자들의 가정 중심 사고방식이 굳게 자리잡고 있는 한 남자의 이기적인 합리화는 계속 될 수 있지만 여자들의 가정 중심 사고방식이 서서히 깨어지고 있는 요즘 남자들 또한 여자들의 이기적인 합리화를 듣게 될 날이 멀지 않다는 사실을 잊지 않는다면 쉽게 사랑하는 여자를 희생시키면서 그 위에 몸 따로 마음 따로 식의 행동은 할 수 없을 것이다.


## 남자는 에고이즘 덩어리

여성관이 요란한 남자일수록 자기 애인이나 아내에게는 순결을 강요하고 한 떨기 코스모스처럼 살아가기를 강요한다.

자신의 동정은 헌신짝처럼 내던지면서 여자에게만 순결을 강요하는 것이 남자의 심리이다. 이것은 아무리 세상이 바뀌어도 변하지 않고 있다.

이런 남자들의 심리는 에고이즘 외에는 아무것도 아니다. 자기중심주의의 생각, 뻔뻔스러운 품성이 남자를 그렇게 만든 것이다. 좀더 근본적으로 남자의 심리구조를 살펴보면 왜 이런 현상이 일어나는지 분석해 볼 수 있다.

첫째, 남자는 여자의 처녀성에 대하여 일종의 '동경심' 을 갖고 있다. 지구의 시대를 벗어나 우주의 시대를 살고 있는 요즘 누가 처녀성을 운운하느냐고 생각할지 모르지만 그러면 그럴수록 '처녀성의 희소가치' 는 더욱더 높아질 뿐 남자들의 이런 생각에는 변함이 없다.

둘째, 처녀성을 강조하는 남자들의 심리는 결혼 이후로 이어져 자신의 결혼상대자는 순결해야 한다고 생각하는 것이다. 남자들 스스로도 자신들의 생각이 모순인 줄 알면서도 그래도 순결한 여자가 존재한다는 것을 알기 때문에 이를 더욱 강조한다.

'잃어버린 시간을 찾아서' 라는 대작으로 유명한 프랑스의 작가 프루스트는 수필집 '즐거움과 나날' 에서 이렇게 쓰고 있다.

"처녀성을 바라는 방탕아의 염원은 자신의 애정이나마 순결하게 바치려고 하는 진실이라고 할 수 있다."

셋째, 남자의 자신감 부족으로, 가장 커다란 원인이 될 것이다. 남자는 어릴 때부터 남자는 강해야 한다는 교육을 세상으로부터 받으면서 자라왔다. 여기서 세상이라고 한 것은 좁게는 가정이지만 집 밖으로 나갔을 때 학교를 비롯하여 만나는 사람 모두가 남자는 항상 자신감에 차 있어야 한다는 말을 끊임없이 들으며 살아왔기 때문에 자기 자신이 자신감이 부족하다는 생각을 스스로도 하지 못하면서 자라는 것이다.

이렇게 세상으로부터 남자는 자신감이 있어야 한다는 교육을 받다 보니 자기 속에 내재되어 있는 자신감의 부족을 겉으로 드러내는 것을 해본 적이 없는 것이다. 그것은 결국 나 아닌 다른 사람에게 완전성을 강요하게 되고, 결국 사랑에 있어서 자신의 여자만큼은 순결해야 한다는 '처녀막 숭배론자'가 되고 만 것이다.

요즘같이 의학적으로 처녀막 재생 수술이 가능한 시대를 살아가면서 처녀막이 있어야 순결하다는 논리는 시대를 거꾸로 거슬러 올라가는 어리석음을 범하는 것이다.

다만 순결이 남자보다 여자에게 있어서 얼마나 큰 의미인지를 깨닫고 여자든 남자든 순결이라는 단어로 서로를 구속하는 태도는 이제 버려야 할 때이다.

육체적인 순결이라는 것은 청소년들의 성문화가 개방적으로 흐르고 있고, 이혼이 급증하고 있는 요즘 상대방에게 강요할 수는 없는 일이다. 그렇다면 정신적인 순결을 주장하고 싶을 것이다. 정신적인 순결이란 말 자체가 얼마나 남자들의 전유물인가.

남자들은 여자들은 찾아 이곳저곳 기웃거리면서 자기 아내나 애인은 자기만 볼 수 있는 유리병 속에 넣어두고 여자의 가슴속까지 자기 마음대로 하겠다는 생각 아닌가.


**중요한 것은 순결이 남자와 여자에게 주는 사랑의 뿌리는 아니라는 것이다.**
**진심으로 사랑한다면 순결 따위 때문에**
**마음을 어지럽히는 시간 낭비는 하지 않는 것이 좋다.**


현재 두 사람이 얼마나 사랑하고 그 사랑을 지속시키는 노력을 끊임없이 할 자세가 되어 있느냐를 항상 생각하고 사랑하는 사람을 위해서 내가 할 수 있는 일이 무엇인지를 찾는다면 순결이라는 말 자체가 떠오르지 않을 것이다.


## 남자의 숨겨진 질투

여자에 대한 남자의 순결 요구는 이제 그 형태를 달리해 질투라는 모습으로 나타나고 있다.

그 일례로 가끔 신문 사회면에 등장하는 '변심한 애인 살해범'에 관한 기사들을 보면 질투가 극한 상황으로 몰리면 얼마나 무서운 현실로 나타나는지 알 수 있다.

질투라고 하면 여자들의 전유물인 것으로 알고 있는데, 남자의 질투는 겉으로 드러나지 않았을 뿐 여자보다 더 심한 현상을 보인다.

여자의 질투와 남자의 질투에는 표현 방식이 다르게 나타나는데, 여자는 질투를 불태울 경우 비교적 스트레이트하게 나타내는데 비해 남자는 직설적으로 표현하지 못하고 은근히 숨기려고 한다. 질투를 하고 있으면서도 그렇지 않은 것처럼 보이려고 하는 게 남자들의 질투 모습이다.

차라리 여자처럼 겉으로 드러내놓고 분명하게 표현하면 좋을 텐데 왜 남자는 질투를 은근히 은유적으로 숨기려고 하는 것일까? 그것은 사회풍습 때문이다. 모든 감정을 솔직하게 표현하는 교육을 받고 자란 서양의 경우 남자들은 자기의 기분을 여자에게 솔직하는 반면, 감정을 안으로 삭이는 교육을 받아온 동양의 남자는 질투라는 감정이 고개를 들어도 밖으로 표현하지 못하고 마는 것이다. 그러나 가슴속에서는 질투의 감정이 부글부글 끓는 것까지 막지 못하므로 결국 그렇지 않은 것처럼 은유적으로 나타내는 것이다.

'사회풍습에 의한 것'이라는 해석을 뒷받침하는 예를 살펴보자.

여성 문화인류학자인 마가렛 미드 여사는 25년 동안 남태평양의 원주민들의 생활문화에 대해 조사하였다.

뉴기니아에 살고 있는 챔브리 족을 보면, 남자들은 피리를 불거나 춤을 추거나 그림을 그리거나 조각을 하면서 놀다시피 하는데, 여자들은 열심히 일하며 남자들을 먹여살린다. 그뿐만 아니라 다른 부족으로부터 공격을 당하면 여자들이 일제히 무기를 들고 대항을 한다.

이 부족에서는 남자가 훨씬 질투심이 강하고, 여자에 대해 저자세로 살고 있다. 모든 결정권도 여자가 가지고 있으며 그때그때 적절한 판단을 내린다.

이렇게 사회풍습에 따라 남자의 질투심이 모습을 달리할 뿐 남자에게 있어서 질투심이 있는 것은 분명한 사실이다.


사실 사랑을 이루어나가는 데 있어서 이따금 질투심이
감초 같은 역할을 해준다. 현명한 부부라면 남자의 질투심이든
여자의 질투심이든 약간씩은 상대방으로 하여금
질투심을 유발하게 할 필요는 있다.


결혼한 지 몇년이 지나면 권태기라는 시기가 오는데 이때 약간의 질투심이 생긴다면 부부 사이에 서로에 대해 다시 한 번 돌아볼 수 있는 시간이 생길 것이다.

결혼한 부부들이라면 서로의 사랑을 확인해 보는 시간을 갖는 것은 의무에 속하는 것이 아닐까.


## 과거를 묻지 마세요


결혼한 이후 심리상담을 하는 부부들 가운데 병적인 질투의 모습을 보여서 고민하는 경우가 있다.

특히 이런 경우는 신혼여행 때 남자가 여자의 과거를 물으면서 비롯되는데, 지난 과거들은 서로 잊고 앞으로 열심히 살아보자는 말을 하면서 서로의 과거를 솔직하게 털어놓자는 남자의 제안으로 시작된다.

차라리 연애할 때 자연스럽게 서로의 과거를 알고 이를 극복하면서 사랑을 키운 남자와 여자는 결혼을 해서도 서로 보듬고 살아가는 모습을 보이곤 한다.

그러나 결혼 이후 상대방의 과거를 알게 되면 이를 아무렇지 않게 받아들이지 못하는 것이다. 결혼 전에는 결혼을 결정하기 전에 충분히 생각할 시간이 있지만 결혼한 이후에는 이미 결정난 상황이다 보니 자신의 생각이 무조건 받아들여야 한다는 쪽으로 강요당하는 것이다.

거기다 여자한테 속았다는 기분까지 들면서 상황은 걷잡을 수 없는 방향으로 흘러가 버린다. 그를 반증한 유명한 영화가 바로 '테스'이다.

이러지도 저러지도 못하는 상황에 처하면 남자들은 엉뚱한 방향으로 돌파구를 찾는다. 그 희생자는 당연히 여자의 몫으로 남게 마련이다.

그런데 왜 남자들은 여자의 과거를 그렇게 묻는 것일까?

앞에서 말했듯이 남자들이 질투심이 강하게 자리잡고 있기 때문이며, 두번째는 여자보다 남자의 독점욕이 강하기 때문이고, 세 번째는 여자의 과거를 알아야 할 권리가 있는 것으로 착각하는 심리를 가지고 있기 때문이다.

남자의 독점욕은 지금 눈앞에 있는 여자의 현재 모습뿐만이 아니라 여자의 과거까지도 자신이 독점해야 된다고 생각하는 것이다. 심한 경우에는 일 분 일 초라도 자기 이외에 어떤 것에 대해서도 마음을 주는 것을 싫어하는 심리를 나타내기도 한다.

이런 현상이 잘못 굳어져서 '의처증' 같은 병적 증세로 발전하기도 한다.

그리고 여자의 경우 한 남자를 사랑하게 되면 '현재'의 만족감에 사로잡혀 어떻게 하면 행복한 '미래'를 이룰 것인가를 꿈꾸게 되므로 과거 따위는 마음에 두지 않는다.

이런 현상들을 보면 남자들이 아무리 과거를 물어도 여자는 이런 대답을 해야만 한다.

"무슨 과거요? 나한테는 당신이 첫 번째 남자이자 마지막 남자에요. 나한테는 당신이 전부예요."

심리상담 사례를 보지 않더라도 수많은 잡지에 빼놓지 않고 등장하는 '지난 과거를 고백해야 하나요?' 라는 기사만 봐도 지금 얼마나 많은 남녀들의 지난 과거 고백 사건으로 갈등을 겪고 있는지 알 수 있다.

과거가 없는데 어찌 현재가 있으며, 미래를 꿈꿀 수 있을 것인가. 과거가 없다면 현재도 없고 미래도 없는 것이다.

물론 이 말을 보면 과거를 반드시 알아야만 앞으로의 미래를 설계해 나갈 수 있다고 생각할 것이다. 그러나 좀더 깊이 살펴보면 지금 눈앞에 있는 현실이 새로운 과거가 되고 또 다른 미래의 발판이 된다는 뜻임을 알 수 있을 것이다.

현재도 고개 한 번 돌리면 과거가 되는 것인데, 여자의 과거를 어디까지 알려고 하는 것인가. 그리고 듣고자 하는 과거를 알았다고 한들 두 사람의 미래를 설계하는데 무슨 도움이 되겠는가.



결혼 전에야 티격태격 싸우더라도 결혼이라는 일생 일대의 결정을 했을 때에는 눈에 보이는 것만 사랑하겠다는 뜻은 아닐 것이다.

혼인 서약은 왜 하는가. 분명 결혼이라는 제도가 가지고 있는 형식 안에는 아주 큰 뜻이 포함되어 있음을 세상의 모든 부부들은 잊지 말아야 한다.

검은 머리 파뿌리가 되도록 사랑하는 것이 결코 쉬운 일이 아니다. 비가 오나 눈이 오나 한 사람만을 사랑하겠다는 맹세는 너와 내가 아닌 우리라는 새로운 인생으로 태어나겠다는 것을 뜻하는 것이다.

# 남자의 말과 행동, 그리고 진실

3

남자의 매력에 이끌리는 여자
바람은 잠재울 수 있다
학력차는 문제가 아니다
안과 밖에서 다른 행동을 하는 남자
남자들은 정말 아는 것이 많을까?
남자의 시선은 항상 여자에게 향한다

# 남자의 매력에 이끌리는 여자

어쩌면 좀 철학적인 표현이 될지 모르지만, 도대체 여자는 남자의 어디에서 매력을 느끼는 것일까?

남편이 옆에서 잠들어 있다면 살며시 일어나 남편의 얼굴을 보고 나의 가슴에 손을 얹고 생각해 보자.

이 남자의 어떤 점에 반하여 몸과 마음을 다해 이 남자와의 사랑 여행에 뛰어든 것일까. 결혼한 지 오래된 부부들은 무슨 이런 질문이 있느냐고 되물을지도 모른다.

그러나 한 번쯤은 왜 내가 이 남자에게 모든 인생을 걸고 있는 걸까?

도대체 이 남자한테 어떤 매력이 있길래 내 인생을 걸고 있는 것일까.

라는 질문을 스스로 해볼 필요가 있다.

혹시 한 여자로서 한 남자를 사랑한 것이 아니라, 모성 본능을 자극받아 남편을 사랑하게 된 것은 아닌가? 물론 그렇다고 해서 여자의 모성 본능을 자극하는 형태의 남자는 별볼일 없다는 식의 말을 하려는 것은 아니다.

세상에 모든 부부들을 모아 놓고 물어보면 그 대답이 얼굴 생김새가 제각각인 것 못지 않게 제각각의 대답이 나올 것이다.

대부분의 여자한테는 모성 본능이 있고, 남자는 백 살을 먹어도 여자의 태내로 돌아가고 싶은 본능에 가까운 욕구가 있다. 실제로 대부분 남자의 잠자는 자세를 살펴보면 어머니의 뱃속에 있을 때와 비슷한 모습을 취하고 있는 것을 발견하게 된다.

한편으로는 모성 본능을 발휘하고 싶어서 좀이 쑤시는 여자도 있고, 한편으로는 모성애를 갈구하는 남자가 있기 때문에 모성 본능을 자극받아 남자와 여자가 맺어지는 일이 자연스럽게 일어난다.

그러나 결혼 전에 모성애를 자극받아 결혼을 하게 된 부부 사이에는 항상 문제가 도사리고 있다. 남자는 무슨 문제가 생기거나 자신이 해결하기 어려운 일이 생기면 아무 생각없이 여자에게 의존하려는 자세를 취한다. 이런 현상을 남자들은 당연하게 여긴다. 특히 이런 관계는 최근에 많이 탄생하는 연상의 여자와 결혼한 남자들한테 잘 보여준다.

그러나 분명 모성애와 남녀간의 사랑은 차이가 있다.

여자라면 모성애를 갖고 있는 것은 당연하지만 이것이 가정을 유지하는 부부 사이의 사랑의 뿌리가 되어서는 안 된다. 결혼한 이후 여자와 남자의 관계는 서로 같은 출발선 위에 있는 동반자의 관계이지 엄마 같은 아내가 아들 같은 남편을 데리고 이끌어가는 관계는 아니라는 것이다.

연상의 여자와 연하의 남자가 만나 사랑하게 되는 경우 자칫 이런 모성애적인 사랑으로 귀결짓게 되면 여자는 결혼 이후 어깨에 짊어지는 또 다른 무게를 받아내며 살아야 한다. 그러므로 이런 모성애로 출발한 결혼이라도 결혼이 남자와 여자에게 주는 의미를 서로 분명히 해두어야 할 필요가 있다.

여자는 비록 어린 남편이지만 그의 생각을 존중해야 하고, 자기도 모르는 사이에 무시해 버리는 습관을 버려야 한다.

남편은 비록 어리다고 해서 아내에게 항상 엄마에게 그랬듯이 의존하려는 자세를 버려야 하며, 가정은 아내와 함께 이끌어나가야 한다는 책임감을 벗어버리려고 해서는 안 된다. 그러나 반대급부 현상이 나타나 자칫 남편들이 아내가 자신을 어리게 본다는 강박관념에 시달릴 수 있으므로 항상 대화하며 서로 존중하는 자세를 유지해야 한다.

요즘 연상의 여자와 연하의 남자, 나이 많은 남자와 어린 여자의 커플이 무슨 유행처럼 번지고 있다.

여자들의 사회활동이 많아지면서 남편에 대한 의존도가 낮아지다 보니 일어나는 현상이라고 하는데, 이런 부부들일수록 서로에 대해 존경하는 마음이 뿌리를 이루지 않으면 항상 연애의 감정으로만 살 수 없는 결혼 생활이 위기를 맞을 수 있다는 것을 명심해야 한다.


## 바람은 잠재울 수 있다


결혼 생활을 한 이후 여자에게 무엇보다 참을 수 없는 것은 남자의 바람기일 것이다.

이미 고인이 된 모 재벌회장은 '남자로서 할 일을 했다' 는 식의 표현으로 자신의 바람기를 가리려고 했지만 어느 여자가 이를 인정하겠는가. 바람을 피우는 많은 남편들이 아내 앞에 무릎 한 번 꿇어보지 않은 사람이 어디 있으며, 두 번 다시 바람피우지 않겠다고 맹세 한 번 하지 않은 사람이 어디 있는가.

남편의 바람이란 여자에게 있어서 인간성과 자존심을 마구 짓밟아 버릴 뿐만 아니라 그 마음의 상처는 가슴이 메말라버리는 그 순간까지 통증을 수반한다. 육체의 상처와는 달리 마음의 상처는 겉으로는 치유된 것처럼 보여도 조금 건드리기만 하면 기다리고 있었다는 듯이 다시 도지는 법이다. 그래서 남편이 바람을 피울 바에는 차라리 술이나 도박에 빠져 버리는 편이 낫다고 말하는 여자들도 있다.

이처럼 남편의 바람이란 용서할 수 없는 행위이지만, 그런 '끼' 가 있는 남자를 사전에 가려내는 방법은 아직까지 발견되지 않았으니 그야말로 여자들의 고유한 직감을 의존할 수밖에 없다.

드라마 같은 데서 보면 아주 잘 생긴 남자가 바람을 피우는 것처럼 나온곤 한다. 잘 생겼기 때문에 여자들한테도 인기있고, 회식자리에 가도 술집여자들한테 인기를 끈다고 생각한다면 이것은 완전히 현실을 무시한 것이다.

사실 결혼하고 나면 서로의 얼굴을 보면서 사는 것은 아니다. 결혼 전에는 잘 생겼느니, 못 생겼느니, 예쁘게 생겼느니, 밉상이라느니 하는 말들로 조건을 내세우지만 결혼이후에는 얼굴 생김새는 더이상 문제 되지 않는다. 그만큼 연애와 결혼에는 큰 차이가 있다.

사실 바람을 피우는 남자들을 보면 어떻게 저렇게 착실한 남자가, 어쩌면 저렇게 못 생긴 사람이 바람을 피울 수 있을까 하고 고개가 갸우

뚱거려지는 게 현실이다. 결코 멋진 남자가 바람을 피운다는 식의 등식은 남자들의 바람에서는 성립되지 않는다.

가끔 신문지상에 사회적 지위도 있고 분별력도 있는 남자들의 바람기가 문제가 되어 이름이 오르내리는 것을 볼 수 있다.

어느 누구가 내 남편이 바람기 있을 거라고 생각하겠는가. 남자한테서 바람기가 있는가 없는가 하는 것을 겉만 보고 식별하기란 어렵다. 또 사회적 지위라든지 직업이나 성격으로 판별할 수도 없다.

이렇게 보면 남자의 바람기는 마치 운명의 장난이라는 생각이 드는데, 이런 논리로 접근하면 인간은 무력해질 수밖에 없다. 물론 여자와 다른 신체적 구조 탓으로 돌리기도 하지만 결혼한 이후 남편의 바람은 아내의 몫으로 남기 때문에 가끔은 가정 파탄이라는 비극적인 결말을 가져올 수도 있는 중요한 문제이다.

남자들이란 모두 바람기를 지니고 있다고 생각하고 초연해지는 편이 현명한 방법일지도 모른다.

아내가 있건 애인이 있건 남자들은 마음에 드는 여자를 만나면 얘기라도 건네고 싶어하는 충동을 느낀다고 한다. 어떻게 해보겠다는 생각보다는 그저 대화를 해보고 싶다는 단순한 생각에서 다가가는 것이다.

중요한 것은 남자들의 이런 생각 자체를 차단할 수는 없고, 어떻게 하면 현실적으로 바람을 피우지 않게 하느냐 하는 것이다.

남자는 평소에 책임감을 기르고, 이성이라는 브레이크의 기능을 높이는 노력을 하므로써 스스로 자제하는 노력을 해야 한다. 아내 역시 가정을 남편이 지상에서 가장 편히 쉴 수 있는 안식처로 만들어야 하며, 남편이 가지고 있는 문제를 함께 해결할 수 있는 파트너로서 다양한 역할을 해야 한다.

'바람'의 특성은 그야말로 바람일 뿐이다. 부는지도 모르게 지나가는 실바람이 있는가 하면 폭풍을 몰고 오는 바람도 있다. 특히 남자의 바람은 이를 바라보는 아내의 대응에 따라 바람의 강도가 달라진다는 점을 염두에 두고 대처해야 한다. 근본적으로 바람을 막는 것이 최상이지만, 한 번 불기 시작한 바람을 어떻게 잠재우느냐에 따라 가정의 뿌리가 흔들리느냐 건재하느냐 하는 기로에 서게 된다.

항상 잊지 말아야 할 것은 바람은 영원하지 않다는 것이다.


## 학력차는 문제가 아니다


뉴욕의 일급 증권맨 '리차드 기어'와 거리의 여인 '줄리아 로버츠'가 1주일 동안의 계약 관계에서 교제를 갖다가 급기야 결혼에 골인한다는 내용의 영화 '귀여운 여인'이 흥행한 것은 결코 우연이 아니다. '사랑' 앞에서는 넘지 못할 장벽이 없음을 보여주는 한 예이다.

명문 대학을 나온 남자가 고졸 여자와 결혼한 경우는 얼마든지 있을 것이고, 또 명문 대학을 졸업한 인텔리 여자가 고졸 남자에게 반했다고 해서 화제거리가 될 만한 세상은 아니다.

학력차이라는 게 뭐 대수냐고 누구나 생각하기 쉽겠지만, 이혼을 앞둔 부부들의 이혼 사유를 들어보면 학력차이의 비율이 꽤 높게 나온다.

사실 학력차이가 결혼 생활을 어렵게 하는 직접적인 원인이 되는 것은 아니다. 학력차이 때문에 이혼까지 가게 되었다고 말하는 부부들은 없다. 다만 그들은 서로 대화가 안 된다고 말하는데, 그 이면에는 학력차이가 자리잡고 있는 것이다.

학력 차이 때문에 부부 관계가 안 되는 것도 아니고 아이를 낳지 못하는 것도 아닌데, 그렇다면 학력 차이에서 벌어지는 대화의 단절은 그 골이 얼마나 깊길래 이혼이라는 극단적인 처방을 내리는 것일까.

사실 결혼하기 전에는 서로에 대해 마음이 끌린 상태에서는 서로의 차이를 잘 발견하지 못한다. 한 마디로 눈에 콩깍지가 씌웠는데 무슨 허물이 보이고 차이가 느껴지겠는가.

그러나 결혼을 하게 되면 그때부터는 현실이 눈 앞에 놓이게 된다. 서로 공통된 화제를 찾지 못한 부부는 서로의 부부로서의 의무만을 다할 뿐 더이상의 진전이 없게 된다.

부부 사이의 대화의 단절은 자녀교육 같은 문제에 있어서 더 큰 견해 차이를 불러일으키고 어느 한쪽의 일방적인 주장만을 고집하는 현상이 일어난다. 그렇게 되면 다른 한쪽은 더이상 자신의 견해를 말하고자 하는 의욕 자체를 상실하는 것이다.

학력 차이가 발생하는 경우의 부부 문제는 학력 그 자체가 아니라 가치관, 사고방식, 일하는 방법, 대화의 범위의 편협성 등이 대부분이다.

**문제는 당사자가 그런 부족함을 인식하지 못하고
상대방에게만 되돌릴 때 문제는 풀리지 않고 꼬이는 것이다.**

"그래 당신은 많이 배웠으니까 그렇고, 나는 못 배웠으니까 이 정도밖에 생각 못해."

이런 식의 대화로 풀어나가려고 하면 절대로 해결 방안은 찾을 수 없게 된다. 상대방의 말에 귀기울이려는 자세, 중간에 말을 끊지 않고 끝까지 들어주는 자세, 거기다 내가 상대방을 위해서 무엇을 할 수 있을

것인가를 찾는 자세를 갖춘다면 학력 차이라는 문제는 저절로 없어지
게 된다.

　부부가 서로에 대한 믿음과 사랑만 있다면 학력 차이라는 것 때문에
대화가 단절되는 위기를 만들어내지는 않는다.


## 안과 밖에서 다른 행동을 하는 남자


　우리 주변에 보면 회사에서나 사회에서 또는 이웃에게 성실한 사람
으로 소문난 남자가 자기 가족으로부터는 인정받지 못하는 경우를 보
곤 한다.

　정신의학적으로 말하면 이런 남자는 인격장애자이다. 하지만 사회
적으로는 성실한 직장인이고, 좋은 남편으로 보여지고 있으며, 자신도
그런 남편이라는 생각을 하고 있다. 다만 가정을 지키고 있는 아내나
가족들은 그런 남편과 아버지로부터 상처를 받아 행복하지 못한 삶을
살아가고 있는 것이다.

　미국의 여성 심리학자 폴라 캐플란은 자신의 저서에서 '남자로 태어
났다는 것만으로 마치 이 세상 특권을 다 차지한 것처럼 착각하고 살아
가는 남자' 들을 일컬어 '마초증후군' 이라고 하였다. 캐플란은 그런 남
자들로 인해 여자들이 겪는 정신적 고통을 해결하려면 먼저 그들을 정
신질환으로 진단하고 치료받게 하는 방법외에는 없다고 결론지었다.

　남편이 이런 성향을 갖고 있다고 해서 여자들이 처음부터 남편에게
증오심을 품게 되지는 않는다. 그들 부부도 다른 부부들처럼 처음에는
사랑으로 시작되었을 것이다. 그러나 가랑비에 옷 젖는다고 한 것처럼

아주 작은 사소한 일들로부터 받은 상처들이 하나둘 쌓여 이젠 돌이킬 수 없는 고통의 시간을 보내게 되는 것이다.

이런 부부의 결혼 생활이 이어지고 있다고 해서 그것이 두 사람의 사랑이 끊임없이 계속된다는 보장은 아무도 할 수 없다. 저항과 분노, 거부, 억압의 단계를 거치면서 여자는 남자로부터 사랑의 감정이 점점 식어가는 것을 느끼게 된다.

사실 처음 느끼는 저항은 아주 사소한 일에서 비롯되지만 이런 감정이 쌓이면 화를 내게 되는 분노의 단계가 되고, 자신의 의지와는 상관없이 밤만 되면 요구하는 성관계를 차츰차츰 이런 핑계 저런 핑계를 대면서 거부하게 된다. 마음이 멀어지면 몸도 멀어지는 법.

이런 거부의 단계가 지나면 남편은 자신의 욕구를 채우기 위해 끊임없이 강제적인 욕구 충족을 원하게 되고 계속되는 아내의 거부에 드디어 두 사람의 관계는 침몰하면서 아내는 아무런 애정도 없이 부부생활을 유지하게 된다.

어느 우화에 보면 이런 대목이 나온다.

**"나는 이제 사랑하기를 멈추었어. 그것은 아주 쉽고 간단해.**
**내가 그에 대해 무관심하면 되는 거야."**

사랑하기를 멈추고 남편의 모든 욕구에 대해 자신의 감정을 억누르고 무관심으로 일관하게 되는 것이다.

부부 사이에 이런 관계가 계속 된다면 이것은 모든 가족의 생활에도 영향을 미쳐 단란하고 행복한 가정의 모습을 어디에서도 발견할 수 없게 된다.

아무리 사랑으로 시작된 결혼 생활이라 하더라도 사태가 이 지경에 이르면 삶을 윤택하게 할 만한 에너지를 얻을 수가 없다. 결혼 생활의 행복을 충족시켜줄 에너지는 사랑이다. 그런데 사랑이 고갈되어버렸다는 것은 삶을 이어갈 에너지가 고갈되었다는 뜻이 된다.

이런 부부가 어느날 헤어진다고 친지들한테 알렸을 때 모두 뒤통수를 맞는 기분을 느끼는 것은 당연하다. 이들 부부는 철저하게 자신을 위장하고 살았기 때문에 남들에게는 전혀 문제가 없는 부부로 보여진 것이다. 이렇게 남들에게 보여지는 것은 문제의 부부들한테도 식은 애정을 안고 하루하루 메마른 감정으로 살았기 때문에 서로의 책임으로 남는다.

그러나 모든 부부가 이런 문제를 안고 있다고 해서 이혼하는 것은 아니다. 아프면 병원을 찾아 처방을 받고 치료하듯이 부부의 문제가 있으면 자기의 벽을 허물고 상대방을 들여다볼 줄 아는 아량을 가지면 얼마든지 회복이 가능하다.

내 상처가 큰데 어떻게 상대방의 상처를 들여다볼 마음의 여유가 있는가라고 생각할 것이다. 그렇다면 일단 스스로의 가슴을 들여다보는 시간을 갖도록 한다.

부부 사이에 문제가 생겼을 때는 어느 한쪽의 책임이 아니다. 원인을 제공한 쪽은 한쪽일지언정 이 문제를 함께 해결하려고 노력하지 않은 책임 역시 피할 수 없는 것이다.

자신을 돌아보고 이를 상대방에게 털어놓을 수 있어야 한다. 많은 부부들이 이때 자존심을 내세워 등을 돌리는 경우가 많다. 절대로 등을 돌려서는 안 된다. 서로에게 솔직해야 하며, 서로의 이야기에 귀를 기울이려는 노력을 해야 한다. 아무리 감정이 격해져도 상대방의 말을 끝까지 듣는 노력을 끊임없이 해야 한다. 내가 왜 화가 났으며, 내가 얼마나 아픈지를 솔직하고 차분하게 털어놓아야 한다.

서로 가슴에 품고 있는 말들을 하나하나 풀어내다 보면 두 사람이 어디에서 출발했는지 그 처음으로 돌아가게 된다. 그곳은 바로 사랑이라는 곳이다.

처음의 마음으로 돌아갈 때까지 자신을 냉정하게 들여다보는 싸움, 상대방의 말을 들으려는 노력이 수반된다면 두 사람이 처음으로 돌아가 다시 시작할 수 있는 길을 찾게 될 것이다.


## 남자들은 정말 아는 것이 많을까?

남자들은 한 가지를 알고 있으면 열 가지를 알고 있는 것처럼 말하는 성향을 갖고 있다. 특히 여러 경로를 통해 얻은 지식을 자기화시켜 나만이 알고 있는 것처럼 말하기도 한다.

"겨울 여행 하면 스위스가 최고야. 융프라우도 올라가 보고. 아니면 캐나다 쪽으로 스키 여행도 괜찮은 것 같아."

그러면 아내는 남편이 올 겨울 휴가를 해외로 갈 생각이 있나보다 라고 미리부터 마음이 들떠 있게 된다.

그러나 이것은 남자들이 자신의 상식이 얼마나 풍부한지 알려주고 싶어서 말한 것일 뿐 자기가 겨울 여행을 해외로 반드시 갈 생각이 있다는 것은 아니다.

그렇다면 여자들은 어떻게 말을 할까. 여자들은 신문이나 잡지 등에서 얻은 상식이나 지식을 자신의 것인 것처럼 말하지 않는다.

"여행 잡지에서 보니까 겨울 여행은 스위스가 좋대요. 융프라우가 굉장히 멋있다던데요. 아침에 스포츠 신문에는 스키 여행에 대한 안내가 나왔는데, 캐나다가 좋다고 하던데요."

이런 식이다. 여자들은 '~래요', '~라고 하던데요'. '~대요'라는 표현을 써서 자신이 얻은 지식을 상대방에게 전달하는 역할에 충실하려고 한다.

그러나 남자들은 많은 지식을 얻어서 그것을 자기것으로 소화시켜 자신의 지식인 것처럼 말하는 것이다.

물론 자신이 알지도 못하면서 아는 것처럼 말하는 남자들도 있지만 대부분의 남자들은 처음부터 거짓말을 해야겠다는 것이 아니라 자신이 뭔가 많은 것을 알고 있어야 한다는 생각 때문이다. 즉, 자신의 우월성을 과시하고 싶은 현상으로, '우월성'이란 곧 자신의 존재성을 의미하는 것이다.

특히 남자들은 호감이 가는 사람한테 더욱 자신의 지식을 드러내 보이려고 하는데, 이는 호감이 가는 여자 앞에서 두드러지게 나타난다. 호감이 가는 여자에게 자신이 얼마나 많은 것을 알고 있고 유식한지 보여줌으로써 자신의 존재를 여자에게 알리고 깊이 각인시키려고 하는 것이다.

이런 현상이 가장 두드러지게 나타나는 때가 바로 사랑을 고백하기 전단계로 연애할 때 많이 나타나는데, 만약 결혼한 지 오래 된 부부 사이에서도 이런 현상이 계속되고 있다면 이들 부부의 애정 전선은 '맑음'이 계속되고 있다는 증거이다.

이것은 여자에 대한 남자의 애정이 계속되고 있다는 하나의 증거이므로, 여자들은 가능한 한 남자의 이런 마음을 헤아려 열심히 들어주는 것이 좋다.

"누가 최고인 것 몰라요? 여행 갈 것도 아니면서 아는 척 좀 그만 해요."

이렇게 쏘아붙이면 남자는 여자에게 자신의 존재가 희미해지는 것으로 느끼게 된다. 그러므로 이럴 때는 남자의 마음도 헤아려서 말을 하는 것이 좋다.

"맞아. 자기는 어쩌면 그렇게 여행에 대해서 자세히 알아. 우리도 열심히 모아서 한 번 그곳으로 여행가도록 해요."

그러면 남자는 여자에게 자신의 우월성이 인정받았다는 생각이 들 것이고, 사랑하는 아내와 가족들을 위해 새로운 여행 계획을 짜게 되는 것이다.


## 남자의 시선은 항상 여자에게 향한다


아일랜드의 시인이며 작가인 오스카 와일드는 '이상의 남편'이라는 작품에서 이런 말을 했다.


"남자란 한 여자를 사랑하게 되면 그 여자를 위해서는
무엇이든지 다 해준다.
그러나 단 한 가지 해주지 못하는 것이 있다면
그것은 영원토록 한 여자를 사랑해 주지 못한다는 사실이다."


부부가 함께 외출을 했다. 오랜만에 하는 데이트라 여자는 약간 들뜬 기분이었다. 두 사람은 결혼하기 전에 연애하면서 자주 가던 카페에서 커피를 마시기로 했다.

두 사람이 간 곳은 젊은 남녀가 즐겨 찾는 카페촌으로 그곳은 항상 생기발랄한 연인들이 많았다.

차에서 내린 부부는 카페까지 가면서 많은 남녀들과 지나쳐야 했다. 기분좋게 시작된 두 사람의 기분은 카페에 들어가면서 완전히 망가졌다. 여자가 기분이 상했으니 집으로 돌아가자고 한 것이다.

남자는 영문을 모른 채 화가 난 여자를 달래볼 생각도 못하고 안절부절할 뿐이다.

"갑자기 왜 그래? 도대체 왜 갑자기 기분이 상한 거야."

"몰라서 물어요?"

"그래, 몰라. 갑자기 왜 그러는지 말해야 알 것 아냐."

남자는 자신이 여자의 화를 내게 한 것 같기는 한데 자기가 뭘 잘못했는지 전혀 감도 잡지 못하고 있다.

"어떻게 차에서 여기까지 오면서 그렇게 여자들을 쳐다봐요."

"뭐? 내가 언제?"

"아까 미니스커트 입고 있는 여자 봤잖아요. 고개까지 완전히 돌리면서 보고서는 잡아떼는 거예요."

"그야 그냥 눈에 띄니까 본 거지, 내가 무슨 다른 뜻이 있어서 본 건가."

고개까지 돌려가면서 봤다면 이제 남자는 더이상 발뺌을 해도 소용이 없다. 그러나 여기서 여자가 남자를 구석으로 몰고 가면 이제 남자는 자기의 잘못을 시인하기는커녕 도리어 남자를 치한으로 몰려는 여자를 이해할 수 없게 된다.

이런 경우에는 여자와 남자를 꽃과 나비로 비유한 표현이 그렇게 잘 들어맞을 수가 없다. 꽃은 끊임없이 향기를 보내 나비를 유혹하고, 나비는 향기를 쫓아 이 꽃에서 저 꽃으로 날아다니는 관계를 빗대어 한 말이다.

남자에게는 하나의 꽃을 사랑하면서도 향기나는 꽃에게 눈길을 돌리곤 한다. 이때 다른 꽃에게 사랑을 품느냐 하면 그건 아니다. 그저 향기가 났으니 어디서 났는지 고개를 돌릴 뿐이다.

어떤 남자는 자신이 예쁜 여자를 보고 고개를 돌렸다는 사실조차도 인식하지 못하는 경우도 있다. 남자들 표현에 의하면 그냥 눈길이 갔을 뿐이라는 것이다. 미니스커트를 입은 모습이 눈길을 끄니까 그냥 눈길만 주었을 뿐이지 별다른 생각은 없다는 것이다.

그러나 이런 남자에 대한 여자, 특히 아내나 애인의 반응은 어떨까.

'이 남자가 마음이 변했어. 나한테 사랑이 식어버린 거야.'

'혹시 이 사람 원래부터 바람기가 있는 것 아냐?'

이런 생각이 듦과 동시에 여자는 바로 남자에게 항의의 표현을 하거나 애인 사이라면 즉시 헤어지자고 한다. 사랑하는 여자를 옆에 두고 다른 여자한테 눈길을 준다는 것 자체에 남자에 대한 신뢰도는 완전히 무너져 내리는 것이다.

물론 남자들의 이런 행동은 여자로 하여금 충분히 오해를 불러 일으키고도 남는다.

향기가 난다고 모든 꽃을 다 가질 수 없는 게 사람 사는 곳의 이치가 아닌가. 나에게 맞는 사랑의 향기를 찾았으면 그 향기에 감사하고 충실해야 되는 게 남자들의 몫이다.

'마음 따로 몸 따로' 식의 행동은 독신남으로 살 사람이라면 상관없지만 그렇지 않다면 '마음과 몸은 하나' 라는 사랑의 법칙을 따르도록 노력해야 한다.

그리고 여자들은 남자들의 이런 행동에 대해 너무 민감하게 반응할 필요는 없다. 그렇다고 그대로 무시해서는 안 된다. 다른 사람으로 하여금 오해를 불러일으킬 수 있는 행동은 남자든 여자든 절대 삼가해야 할 일인 것이다.

이런 남자를 남편으로 둔 아내들이 잊지 말아야 할 것은 남자를 너무 코너로 몰아서는 안 된다는 것이다. 도망갈 구멍도 남겨 놓지 않고 몰아세우면 남자들은 숨막혀 한다.

더구나 언어 마술사의 실력을 발휘하여 남자를 몰아세우면 남자는 무슨 말을 어떻게 해야 될지 몰라 자기 방어는커녕 여자의 마음을 헤아릴 정신도 없을 정도로 생각이 멈춰버리고 만다.

자신을 변호할 수 있는 여지를 조금, 아주 조금이라도 남겨두는 아량을 베풀 줄 아는 지혜를 발휘해야 한다. 여자들도 진심으로 남자의 이런 행동을 극단적으로 몰고 갈 마음이 없다면 말이다.

# 여자도 모르는 여자의 마음 4

## 사랑은 흥정이다

여자가 주고 받는 사랑에는 일종의 흥정 비슷한 점이 있어서 약간의 거짓말이 섞인다. 그리고 남자와 여자가 항상 기쁨에 충만되어 있다고는 할 수 없으며 때로는 눈물도 흘려야 할 경우가 있다. 이런 눈물은 일반적으로 진심에서 흘리는 눈물이 아니라 진실을 가장한 거짓 눈물일 경우가 많다. 또한 사랑에는 수줍음이 수반되는 것이 일반적이다. 그렇다면 거짓이나 수줍음은 남녀의 사랑에 어떤 효과가 있으며, 어떤 가치가 있는 것일까.

우선 사랑과 거짓말의 관계를 살펴보면, 연인들끼리 속삭이는 사랑의 대화를 냉정하게 평가하면 거의 80% 정도가 진실이 아닌 거짓으로 위장되어 있음을 알 수 있다.

이런 현상은 결혼해서 부부 싸움의 원인으로 둔갑을 하는데, 사소한

것까지 기억하는 여자들은 사사건건 결혼 전에 남편이 약속했던 수많
은 공수표를 내세우며 남자를 코너로 몰아세운다.

**남자들의 거짓말은 주로 현실적인 것인데 비해
여자들의 거짓말은 낭만적이라고 할 수 있다.**

주로 남자들은 결혼하면 무엇을 해주겠다는 둥, 여자는 손 끝 하나
움직이지 않아도 되게끔 자기가 다 한다는 둥의 말로 여자를 유혹하지
만 여자의 거짓말은 좀 다르다.

"지금까지 만난 사람 중에 당신같이 이해심 많은 사람은 못 봤어요."

이런 식의 거짓말은 사실 여자가 거짓말이라고 고백하기 전에는 탄
로날 일이 없다.

그러다 보니 결혼한 이후 남자들은 자신이 뱉은 말 때문에 곤욕을 치
르는 경우가 많지만 여자들은 아무렇지도 않게 넘어갈 수 있는 것이다.

거짓말은 대부분 방어적이지만 경우에 따라서 공격적일 경우가 있
어서 상대방에게 상처를 입히기도 한다. 뜬소문을 퍼뜨리거나 사기치
는 사람이 이에 속하는데 가끔 연인에 대해 심술궂은 거짓말을 만들어
내는 사람도 있다. 약을 올리거나 골려준 다음 그 반응을 즐기는 새디
즘적인 사람도 있는데 이런 사람과는 아예 만나지 않는 것이 좋다.


## 남자의 거짓말과 여자의 거짓말

남자와 여자, 어느 쪽이 거짓말을 많이 하는가. 성별에 의한 본래적

인 차이는 없다. 다만 거짓말은 주로 방어를 목적으로 사용되기 때문에 아직까지 남자 위주의 사회에서는 자연히 여자가 더 거짓말을 많이 한다고 볼 수 있다.

남자의 경우 거짓말을 할 때 논리적으로 짜맞추려고 애쓰는 편이다.

아내에게는 절대로 정직하게 말할 수 없는 일로 다른 곳에서 하룻밤을 지내게 된 남자가 하는 행동을 보면 알 수 있다. 평소 친구들한테는 큰 소리치던 사람이었지만 밤을 꼬박 새우고 이른 아침 집으로 돌아가는 발걸음은 무겁기만 하다. 아내에게 뭐라고 변명할 것인가에 대한 생각과 작전을 짜느라고 정신이 없다.

집에 들어가자마자 심상치 않은 아내의 눈초리를 받은 남편은 이렇게 말한다.

"자기야 정말 미안해. 실은 지점에서 상무님께서 올라오셨는데 함께 회식하게 되었어. 1차 하고 2차로 호프집에 갔는데, 얼마나 마셨는지 정신을 차리지 못하니까 같이 있던 동료가 자기 집으로 데려갔나 봐. 거기서 또 술을 먹은 것 같은데 눈을 떠보니까 아침이잖아. 미안해서 아무도 몰래 빠져나오는 길이야."

그러면서 아내의 눈치가 좀 누그러진다 싶으면 더욱 큰 소리를 친다.

"의심나면 그 친구 집에 전화해 봐."

그러나 이때 남편의 말대로 전화를 건다면 아내는 큰 실수를 하게 되는 것이다. 지혜로운 여자들은 절대로 이른 아침에 남편 동료의 집에 전화거는 무례를 범하지 않는다.

다만 남편을 안심시키면서 하나하나 질문을 하다보면 거짓말이란 논리적으로 맞을 수가 없기 때문에 언젠가는 탄로가 나게 되어 있다.

견고한 제방의 뚝이 한 마리의 개미가 뚫어놓은 구멍 때문에 허물어

져 내리는 것처럼 틈을 찾아내어 여자의 육감을 동원하여 남편을 공격
하면 예상외로 허무하게 무너져 버리는 것이 남자들의 거짓말이다.

이와 같이 남자의 거짓말이 모래성 같은 논리를 바탕으로 한 것이라
면 여자들은 거짓말을 할 때 처음부터 논리 따위에는 의지하지 않는다.
여자들은 논리가 아니라 감각과 공상을 앞세워 실감있게 부풀린다.

여자는 동창회에 갔다 늦어진 이유에 대해 거짓말을 해야 할 경우라
면 우연히 오랜 만에 친구를 만난 상황이 들어간다. 특히 이것을 이야
기로 풀어낼 때면 남편들도 아내의 말에 빨려들어가 아내가 거짓말을
한다는 생각조차 들지 않는다. 단어 하나하나에 대한 묘사가 얼마나 리
얼한지 듣는 사람으로 하여금 한치의 이상함을 찾을 수 없게 한다.

**남자는 논리를 토대로 한 지능적 완전범죄를 노리기 때문에 긴장되고**
**어색한 데가 있지만, 여자는 비교적 단순한 사실에**
**분위기까지 곁들이기 때문에 그 거짓말이 진실인 것처럼 느껴지게 된다.**

거짓말을 자기 스스로 진실인 것처럼 믿고 떠들어대는 것만큼 위력
적인 것은 없다. 아내의 거짓말 가운데 논리적이지 못한 곳은 금새 발
견된다. 이때 남편들은 이렇게 말한다.

"이상하단 말이야. 자기 얘기를 듣고 있으면 진짜처럼 느껴지지만
논리적으로 앞뒤가 맞지 않는 곳이 많아."

그러나 여자들은 남자들의 이런 지적에도 전혀 당황하지 않는다.

"뭐가 앞뒤가 맞지 않다는 거예요. 마음대로 생각하세요. 난 사실만
말했으니까."

더 이상 남자들은 여자에게 공격할 빌미를 찾지 못하고 만다.

# 거짓말이 나타내는 효과

여자의 거짓말에 남자들은 도무지 여자의 말에는 당해낼 재간이 없다고 하소연한다. 남자들은 여자의 거짓말을 사실인 것처럼 받아들이려는 묘한 심리도 갖고 있다.

남자와 여자 사이, 즉 연인이나 부부 사이에 깔끔하고 세련된 거짓말은 때로는 없는 것보다는 있는 게 나을 경우가 있다. 예를 들어 아내의 헤어스타일이 달라졌을 때 이를 몰라보는 남편보다는 한껏 치켜세워주는 남편이 사랑받는다.

"자기 헤어스타일 참 멋진데, 아주 멋있어. 결혼 전 모습 그대로야."

이렇게 말하면 저녁 밥상 메뉴가 달라진다.

이런 점에 있어서 결혼 10년차 부부와 1년차 부부는 전혀 다르다.

결혼한 지 1년 정도 밖에 되지 않은 부부들, 특히 요즘같이 자기 생각을 분명하고 솔직하게 표현하는 신세대들이라면 사랑하는 사람에 대한 의사표현도 화끈하게 한다.

"자기야, 헤어스타일 바꾸니까 결혼 전 연애하던 때가 생각난다. 우리 오늘 나가서 옛날에 데이트하던 곳에서 근사하게 저녁식사하자."

주위 사람들이 있거나 말거나 자신의 생각을 분명하게 표현한다. 그러나 결혼한 지 10년 정도 된 부부라면 그나마 헤어스타일이 바뀐 것을 알아차리면 그나마 다행이다.


**여자의 마음은 나이가 먹는다고 해서 같이 늙는 것이 아니다.**

**환갑이 지난 여자도 사랑한다는 소리를 들으면 가슴이 설레이는 법이다.**

얼굴에 주름살이 가득한데 뭐가 그렇게 사랑스럽겠는가 하는 것은 젊은 사람들의 눈높이식 사랑이고 나이 지긋한 사람은 그들 나름대로 사랑의 눈높이가 있는 법이다.

아내에 대한 사랑 표현을 하지 않으면 그 실망감은 나이가 젊으나 늙으나 마찬가지이다.

말 한 마디면 천 냥 빚을 갚을 수 있고, 원수도 사랑할 수 있는 게 세상이다. 필요한 거짓말이라면 어느 정도는 해도 좋을 것이다. 누구든 반드시 한 번쯤은 맹세하는 거짓말이 있다. 그것은 모든 사람에게 공인받은 거짓말로, 결혼식을 올릴 때 주례자가 묻는 물음에 대해 스스럼없이 내뱉는 거짓말이다.

"두 사람은 변치 않는 사랑으로 한평생 동고동락할 것을 맹세합니까?"

이런 질문에 신랑과 신부는 약속이나 한듯이 "네!"라고 대답한다. 그러나 이것이 거짓말이라고 아무도 항변하지 않는 것을 보면 하루에 한 번씩 부부가 마주 앉아 서로에게 묻고 대답하는 것이 어떨까.

그렇게 못한다면 수시로 자기 자신에게 묻고 그에 대한 대답을 하면서 지내는 것이다. 사랑은 마술같기 때문에 자기 자신에게 마력을 걸면 자기 자신뿐만 아니라 상대방한테까지도 그 영향이 미친다.


## 사랑에 빠진 사람만이 눈물을 흘린다

거짓말을 하는 데에도 남자와 여자는 서로 차이를 보이고 있다. 그렇다면 눈물을 흘리는 것을 어떠한가?

여자가 눈물을 흘린다는 것은 모두 부인하지 않는 사실이다. 그렇다면 남자가 눈물을 흘리는 것에 대해서는 어떻게 생각해야 하나.

남자가 여자보다 눈물을 덜 흘리는 것은 사실이지만 남자라고 해서 눈물을 흘리지 않는 것은 아니다.

특히 남자들의 눈물을 메마르게 한 원인 가운데 하나가 굳어져 버린 관습이다. 어린 시절 울보라는 별명을 갖고 있던 남자아이도 어른이 된 후에는 눈물을 흘리는 일이 별로 없다.

이것은 성호르몬의 차이보다는 다분히 사내대장부가 눈물을 보이면 안 된다는 환경 탓이다.

우리는 가끔 실연을 당하고도 아무렇지도 않은 듯 지내다가 참고 참다가 급기야 폭발하듯이 통곡하는 남자의 모습을 드라마나 영화 같은 데서 본 적이 있다.

이것은 드라마에서만 일어나는 현상은 아니다. 다만 남자들의 눈물은 아무데서나 흘려서는 안 된다는 교육을 받은 탓에 아무리 감정이 격해져도 속으로 울지언정 겉으로 눈물이 나와서는 안 되는 것으로 훈련되어졌다.

생각해 보면 참으로 모순된 일이다. 여자는 울고 싶을 때 얼마든지 울어도 괜찮고 거기에다 '여자의 눈물'에는 측은한 동정심까지 보내준다. 또한 사랑하는 남자 앞에서는 '효과적인 무기'가 되기도 하는데 남자는 눈물을 참고 견뎌내지 않으면 도리어 경멸을 사게 되는 것이다.

그러나 좀처럼 눈물을 흘리지 않던 남자가 울음을 참지 못하고 눈물을 흘리면 그 희소가치를 인정받아 이것을 미화시키는 경향이 있다.

특히 남자가 울 정도면 얼마나 감정이 격해졌으면 저럴까 하는 동정론도 있다.

여자들 가운데 남자가 눈물을 흘리는 것을 예찬하는 사람도 있다.

그렇다면 남자 대 여자의 관계에 있어서 남자가 우는 까닭은 무엇 때문일까? 여자의 헌신적인 봉사에 감동을 받아 눈물을 흘리는 경우도 있다. 남자들은 비교적 여자의 헌신에 약한 면이 있다.

마음속으로 남자의 심정을 헤아려 주는 여자, 대가를 바라지 않고 사랑을 베풀어 주는 여자에게 남자들은 감동을 받는다.

앤소니 퀸이 주연을 맡은 이탈리아의 영화 '길'을 보면 남자의 울음이 주는 느낌이 남다르다.

앤소니 퀸이 분장한 그 짐승 같은 떠돌이 연예인, 도무지 인간성 따위는 찾아볼 수 없는 그 야만인 같은 사나이가 영화의 마지막 장면에서는 모래사장에 고꾸라져 통곡을 하고 있지 않은가. 어떤 남자라도 다소 모자라는 듯 순박한 욕심이 없는 듯하면서도 철저히 남자를 아껴주는 여자에 대해 눈물을 흘린다.

일반적으로 남자의 눈물은 그것이 어떤 성질이든 제 나름대로의 이유가 있다. 즉, 자기만이 느끼는 감동 때문에 눈물을 흘리는 것이다.

남자는 남을 동정해서 우는 일은 별로 없다. 여자들처럼 눈물을 강요하는 드라마나 비련 따위를 보고 쉽게 눈시울을 적시지는 않는다.

그러나 자신에게 마음을 쏟는 여자가 헌신적인 사랑을 보여줄 때 아무리 목석 같은 남자라도 맥없이 눈물을 흘리고 마는 것이다.


## 표정을 간수하라

감정은 아무리 감추려고 해도 얼굴에 나타나는 법이다. 특히 누군가

와 사랑에 빠졌을 때 나타나는 표정은 정말 관리가 되지 않는다. 여자
는 사랑에 빠지면 예외없이 아름다워진다. 눈동자도 빛나고 피부도 윤
기가 흐르고 모든 것에 생동감이 넘쳐흐른다. 그리고 표정에도 전과 다
른 미묘한 변화가 일어난다.

인간처럼 표정이 풍부한 동물도 드물다. 찰스 다윈은 진화론에서 인
간의 표정을 다른 동물과의 연속성과 결부시켜 설명하려고 하였다.

예를 들어 어린아이들은 큰 소리를 내며 운다. 그것은 인간이 아주
오랜 옛날 하등동물이었던 시절에 구조를 요청하는 신호였다. 태고적
에 사용했던 것이 습관화된 것이다. 무서운 상황에 처했을 때 안면이
창백해지는 것도 그만한 이유가 있기 때문이다. 인간이 아주 하등동물
이었던 시절, 적의 습격을 받아 상처를 입었을 때 출혈을 적게 하는 데
에 기여했던 것이다.

습관화된 진행으로, 유사한 것으로 이동되는 경우도 있다. '별난 놈
도 다 있다'고 마음속으로 경멸할 때의 독특한 표정, 그것은 악취를 코
로 마시지 않으려고 하는 반응과 거의 비슷하다.

이런 식으로 생각하면 냄새나는 화장실에서 숨을 들이쉬지 않고 가
급적 내쉬려고 하는 얼굴 표정과 "흥!" 하고 남을 얕잡아볼 때의 표정
이 어딘가 닮은 데가 있다.

싫어하는 상대, 미워하는 상대, 적대시하는 상대와 마주치면 인간들
은 흰 이를 약간 내비치며 냉소하는 듯한 표정을 짓기도 한다. 이것 역
시 정글에서 이빨을 드러내 보이고 으르렁거리며 투쟁하던 시절 남아
있던 흔적이라고 하겠다.

'알았다', '그렇게 하겠다'고 할 때 우리는 고개를 위아래로 끄덕이
며 긍정의 뜻을 나타낸다. 그러나 반대로 거절하거나 그렇지 않음을 표

시할 때는 고개를 좌우로 가로 젓는다.

이런 태도는 맛있는 음식을 입 속에 넣는 운동과 먹기 싫은 것을 남이 강제로 입 속에 넣으려고 할 때 거부하는 동작에서 유래된 것이다.

씁쓰레한 표정이라는 표현이 있는데 입 안에 쓴 것이 들어가면 즉시 예민한 혀 끝을 입 천장에 밀착시키는 반사운동이 그 원형이다.

이런 흥미있는 해석을 기본으로 사랑하는 남자와 여자를 관찰하면 새로운 흥미가 솟는다.

데이트만 하면 마구 이마에서 땀이 송글송글 맺히는 남자, 그에게는 원시시대의 암컷과 상대했던 조상들의 정열이 되살아나는 것이다. 담배에 불을 붙일 때 이마에 주름을 짓거나 눈을 찌푸리는 남자는 아득한 옛날 부싯돌이나 나무를 마찰시켜 불을 일으켰을 때의 모습을 연상시킨다. 원시시대에는 불씨가 꺼지지 않고 불기가 번지도록 입으로 열심히 불지 않으면 안 되었다.

사실 사람의 품성은 음식을 먹고 있을 때 비교적 잘 나타난다. 대부분의 사람은 먹고 있을 때 순진하고 선량하게 보인다. 이것을 보면 본성은 선하다고 할 수 있다. 좀더 자세히 살펴보자.

· 미소를 머금고 식사하는 사람은 성격이 원만하다.

· 대화를 즐기며 즐거운 분위기 속에서 식사하는 사람은 세련된 사람이다.

· 걸신들린 것처럼 먹어대는 사람은 품성도 약간 천박하다.

· 남이 보기에도 지나치게 격식을 따지며 먹는 사람은 대부분 허영심이 강하다.

· 옆 테이블을 곁눈질해 가면서 먹는 사람은 신뢰성이 떨어진다.

이와 같이 사랑하는 남자와 여자는 식사를 할 때 상대방의 먹는 모습을 관찰하는 것도 성격을 알아내는 하나의 방법이라고 할 수 있다.

다윈의 학설은 인간의 표정에 있어서의 사회적 요인을 거의 고려하지 않고 있다는 점에서 불충분하다.

**인간은 이 세상에 태어나면 인간 사회 속에서 자란다.**
**그리고 계속 자라면서 주변 사람들의 표정을 모방하며 배운다.**
**이렇게 해서 표정은 사회화가 되는 것이다.**

한 개인은 그 사회 특유의 패턴적인 표정을 몸에 지니게 된다. 그 하나의 예로 불행하게도 맹인으로 태어난 사람의 표정은 보통사람의 표정과는 다른 데가 있다. 다른 사람을 모방하거나 배우지 못했기 때문이다. 또 동양인과 서양인의 표정이나 몸짓도 다르다. 뺨이나 귓볼을 매만지는 동작은 서양인의 경우 멋적을 때 하는 행위이다. 그러나 동양인의 경우 행복감에 젖었을 때 그런 동작을 한다.

이렇듯 각 나라의 문화적인 차이에 따라 그 문화권에 속해 있는 인간들의 표정 관리나 몸짓도 각각 다르게 나타난다.


## 미인은 만들어진다

한 심리학자가 재미있는 실험 하나를 실시했다.

배경을 없애고 사람의 얼굴만 찍은 사진을 수십 장 만든다. 웃는 얼굴, 화난 얼굴, 놀란 얼굴, 고통스러운 얼굴, 슬픈 얼굴 등등 수많은 표정이 담긴 사진을 찍었다. 그런 다음 이렇게 가지각색의 표정이 담긴 사진을 수많은 남자와 여자들에게 보여주면서 질문을 던졌는데 그에 대한 대답은 일치하지 않았다.

질문은 다음과 같다.

"이 사진은 어떤 감정을 나타내고 있습니까?"

결과는 예상과 다르게 나타났다. 배우들이 표정이나 동작을 연구하는 기교를 '미믹(mimic)'이라고 한다. 이렇게 해서 표정을 익힌 배우나 탤런트가 명연기를 연출했는데도 불구하고 표정에 대한 평가를 잘못하는 사람이 많다. 이것은 무슨 까닭일까.

안면의 근육운동은 참으로 빠르게 바뀐다. 따라서 움직이지 않는 사진으로 판단하는 것은 무리이다. 즉, 표정의 묘미는 동적인 과정, 즉 긴장에서 이완으로, 이완에서 긴장으로 다양하게 이행되는 상태에서 찾아볼 수 있기 때문이다.

예를 들어 "참으로 멋지다."라는 감탄사를 부르짖으며 입에 올리는 미소가 있다. 그 멋진 미소는 얼굴 표정보다는 정확히 말해서 '표정의 움직임' 속에서 찾아볼 수 있다. 즉, 미소라는 '상태'가 아니라 미소를 완성해 가는 '과정'에 있다는 말이다.

그렇다면 사진이 아니라 움직이는 영상으로 찍어서 보여주면 효과적이지 않겠는가. 물론 사진보다는 확실히 효과가 있을 것이다. 그러나 토키(talkie, 발성영화)가 아니고 또 배경이나 장면들이 뒷받침되지 않는다면 역시 실감나지 않는다. 가령 경멸에 찬 표정을 하고 있는데도 그것을 굶주린 사람의 표정이라고 엉뚱하게 대답하기도 한다.

다시 말해 감정의 표출은 단순히 안면에 담겨 있는 것이 아니라 음성, 몸짓, 그리고 주변의 상황까지 곁들여진 극히 전체적인 것임을 의

미한다. 거기에다 개인차까지 더해진다.

상대방이 웃고 있을 때 사람들은 웃는 얼굴만을 보는 것은 아니다. 웃음소리를 듣고 상대방의 인품을 무의식 중에 판단하는 것이다. 또 개인차가 없는 공통의 표정이라면 놀란 표정 정도일 것이다.

그러나 그런 표정도 불과 0.5초 정도로 끝나버린다.

어떤 사람은 웃을 때 입술을 좌우로 똑같이 벌리지 않고 습관적으로 한쪽만을 벌리는 사람이 있다. 이런 웃음은 사람들에게 호감이나 좋은 느낌을 주지 못한다. 그러나 당사자는 그것을 의식하지 못한다. 어릴 때부터 습관적으로 몸에 젖어 이같은 독특한 표정을 짓는 것이다.

이런 관점에서 보면 여자의 미모가 결코 선천적이 아니라 후천적인 요소에 의해 좌우된다는 것을 이해할 수 있다. 미인인가 미인이 아닌가는 안면의 골상학적인 구조만으로는 판단하기 어렵다. 즉, 안면 골격의 형태로 판단할 수 없다는 뜻이다. 흉악하고 거만해 보이는 얼굴도 이 세상에 태어날 때부터 그렇게 만들어진 것은 아니다. 그와 같은 표정의 얼굴은 현재의 나이에 이르는 동안 후천적으로 만들어진 것이다.

그렇다. '좋은 인상의 얼굴'은 분명히 후천적으로 만들어지는 것이다. 우리가 얼마나 노력하느냐에 따라 우리의 얼굴은 달라질 수 있다. 내면적으로 인간 형성을 위해 애쓰는 사람만이 진정 마음속에서 솟아나는 아름다움을 표출할 수 있다.

우리는 주변에서 예쁜 얼굴은 아닌데 인상이 좋아 미인이라는 말을 듣는 사람들을 보곤 한다. 내면의 아름다움은 절대로 감추어지지 않는 것이다. 젊은 시절 아주 평범한 인상이었던 남자가 50이 넘은 후에 아주 중후하고 멋진 신사로 변한 모습이라든지 젊었을 때는 그 미모를 따라갈 수 없을 정도로 미인이었던 사람이 늙은 후에는 어찌 저렇게 늙을 수 있을까 하면서 고개를 내젓게 만드는 경우를 우리는 주변에서 심심치 않게 볼 수 있다.

미국의 16대 대통령인 링컨은 이런 말을 했다.

"인간은 40세가 넘으면 자신의 얼굴에 책임을 져야 한다."

그가 대통령에 취임했을 때 각료로 추천된 사람의 얼굴이 마음에 들지 않았다는 이유로 그를 채용하지 않았다는 일화도 있다.

여류 작가 올커트는 사람의 얼굴은 그 사람이 지니고 있는 덕망의 일부분이라고 했다. 덕이라고 하면 공정하고 포용성있는 마음이나 품성을 말하는데, 내면을 얼마나 충실하게 일구고 배양시켰는가에 달려 있는 것이다. 어디까지나 평소의 생활 태도나 마음가짐이 문제이다.

특히 미인이냐 추녀냐 하는 것은 얼굴이나 자태만이 아니라 온몸에서 뿜어져 나오는 동작에 의한 표출, 그리고 무의식 중에 나타나는 정서나 교양이 종합적으로 어우러진 품위에 의해 결정된다. 그러나 이것이 하루아침에 만들어지는 것은 아니다.

수많은 사업 가운데 끊임없이 성장하는 업종은 여자들의 미용과 관련된 사업이다. 특히 여자의 미모를 가꾸는데 큰 몫을 담당하는 것으로 광고되고 있는 화장품 광고의 내용을 보면 화장을 많이 하라는 내용보다 화장을 안 한 듯 자연스럽게 보일 수 있는 것에 초점을 맞추고 있는 광고가 사람들 마음을 파고 든다.

여기다 일종의 유행처럼 번지고 있는 것 가운데 하나가 성형수술이다. 수술 후유증이 심하다는 뉴스보도에도 아랑곳하지 않고 성형수술은 예약하지 않고는 병원에 갈 수 없는 게 현실이다.

이처럼 아름다워지고 싶다는 욕망은 여자들이면 누구나 갖고 있는 것이다. 아름다워지고 싶다는 생각은 젊은이들뿐만 아니라 나이 지긋한 중년 여자들한테서도 나타나고 있다.

그렇다면 누구를 위한 아름다움일까.

얼마전까지만 해도 보이기 위한 아름다움으로 인식되어 왔다. 그러나 아름다움에 대한 인식이 많이 바뀌어 거울을 들여다보면서 느끼는 자기 만족이다. 자기 만족은 그 도를 넘어 자긍심으로 이어지고 있다.

비록 만들어진 미인이지만 평생 열등감을 안고 사는 것보다는 인위적인 방법이나마 성공을 거둘 수 있다면 이 또한 새로운 방법 가운데 하나일 것이다.

그러나 중요한 것은 성형 수술로 만들어진다는 것이 아니라 내면의 정서이다. 이 세상에는 미모를 과시하는 여자들이 많다. 물론 그렇게 낳아준 부모에게 감사할 일이지만 절대로 방심해서는 안 된다.

레스피나스의 말을 빌리면 이렇다.

"자신의 미모를 자랑하는 여자는 그것밖에 자랑할 만한 것이 없다는 것을 스스로 떠벌이고 있는 것이다."

몽테뉴는 그의 '수상록'에서 다음과 같이 말하고 있다.


**"아름다운 여자에게는 권태를 느끼게 된다.**

**그러나 마음이 착하고 선한 여자에게는 결코 권태를 느끼지 않는다."**


결혼 전에는 여자의 미모에 큰 점수를 주지만 결혼 상대를 선택할 때에는 결코 미인이 최고의 조건은 아닌 게 현실이다. 요즘 젊은이들은 얼굴은 얼마든지 고칠 수 있지만 마음은 그렇지 못하다는 것을 안다.

예나 지금이나 미모의 여자를 아내로 맞아 살고 있는 남자들 중에는 '나 같은 미인과 살고 있다는 것을 감사하게 생각하라' 는 우월감이 강한 아내에게 코가 꿰여 남편으로서의 지위를 제대로 대접받지 못하는 경우가 있다.

이런 여자들은 대부분 남편을 우습게 여긴다. 그리고 필요 이상으로 밤낮 자신의 미모를 가꾸기 위해 옷이나 장식품, 미용 등에 돈을 낭비한다. 결혼한 후에도 이런 증세는 결코 나아지지 않는다.

이제 내 아내가 어떤 사람이고, 어떤 사람이길 바라는지 잘 생각해 보기 바란다.

## 사랑하면 생기는 수줍음과 부끄러움

남자와 여자가 사랑에 빠지면 평소와 다른 감정이 생기는데, 수치심이 그것이다. 의아하게 생각할지 모르지만 데이트를 할 때 기쁘기도 하고 한편 부끄럽기도 한 묘한 감정이 생기는데 상황이 진전되면 될수록 더욱 그런 감정은 강하게 나타난다.

수줍고 부끄러운 감정은 인간만이 갖는 고급스러운 감정이 아니다.

성심리학자인 하베록 엘리스는 이러한 감정은 일반동물에게서도 볼 수 있다고 지적했다.

예를 들어 발정기에 접어든 암캐는 수캐 앞에 납작 엎드린 자세를 취한다. 이 독특한 자세는 수치심의 표현이라고 한다. 코끼리는 동료가 지켜보는 앞에서는 절대로 성행위를 하지 않고 정글 깊숙이 들어가 숨어서 한다.

이를 근거로 엘리스는 수치심은 자기 방어에 기원을 두고 있다고 했다. 성행위를 하는 동안 동물들은 거의 무방비 상태가 되기 때문에 이것을 대비하기 위해 제삼자가 없는 곳을 택한다는, 수치적 행동이 생겨났다고 해석하는 것이다.

성행위만이 아니라 배설행위도 남에게 보이지 않으려고 하며 보이는 것 자체를 부끄럽게 생각하는데 이것도 근원을 캐고 들면 무방비 상태에서 유래된다고 할 수 있다.

그렇다면 무방비 상태의 대표적인 수면에 대해서는 왜 수치심을 느끼지 않는 것일까. 이 수면이라는 무방비 상태는 너무나 당연한 행위여서 대책이 서지 않기 때문에 그럴까.

전철 안에서 볼 수 있는 풍경 가운데 하나가 전혀 알지 못하는 옆사람의 어깨에 기대어 깊은 잠에 빠지는 사람을 볼 수 있다. 어깨를 제공한 사람이 몇번 몸짓으로 자세를 바로 해줄 것을 요구하지만 한 번 잠에 빠져들면 잠시 몸을 똑바로 하는 행동을 할 뿐 이내 또다시 옆사람의 어깨를 찾아 고개가 기울어진다.

이것은 잠자는 것을 당연시하는 생각 때문일까.

그런데 지구상에 존재하는 수많은 종족 가운데 성행위에 대해 수치심을 나타내지 않는 종족도 있다.

유명한 문화인류학자인 마리노 후스키의 보고에 의하면 남태평양의 멜라네시아의 트로브리안트 섬의 원주민은 사람들의 눈을 의식하지 않고 섹스를 공공연하게 즐긴다고 한다. 타히티의 주민들도 별로 부끄러워하지 않는다고 한다. 반면에 타히티 사람들은 오히려 식사하는 모습이 노출되는 것을 부끄러워한다.

브라질의 바키이리 족도 발가벗는 것은 부끄러워하지 않지만 식사하는 모습에는 수치심을 나타낸다. 식사 중에는 외적에게 무방비 상태가 되기 때문에 수치심의 본능이 작용한다는 말인가.

이들 종족의 부인들은 식사 준비가 다 되었음을 식구들에게 알린다. 남편과 아이들은 일제히 모여들어 각기 자신의 식기에다 먹을 것을 분배받아 사방으로 흩어져 벽을 바라보고 앉는다. 그리고는 각기 식기를 감싸안고 다른 식구들이 보지 않도록 식사를 한다. 이때에 손님이라도 나타나면 모두가 수치심을 나타낸다고 한다. 식사시간인 줄 모르고 찾아왔던 손님도 놀라서 밖으로 뛰쳐나와 지금의 광경을 보지 않은 것으로 치부한다.

이러한 풍습은 문명인에게는 우습게 보여진다. 그러나 우리의 주변에도 도시락을 숨겨놓고 먹는 사람이 있다. 물론 이것은 원시인의 습관을 닮은 것이 아니라 반찬의 내용물이 그 가정의 경제수준을 나타내기 때문이다. 그러니까 식사 그 자체를 부끄러워하는 것은 아니다.

그렇다고는 하지만 어떠한 모임이나 특별한 자리에서는 음식을 먹는 것이 조심스럽고 수줍은 경우도 있다.

신혼 초에 남편에게 도시락을 싸주는 신부가 있다. 직장 동료들은 그 도시락에 유난히 관심을 쏟는다. 점심 때가 되어 도시락을 먹는 시간이 되면 동료들이 우르르 몰려든다. 멋모르고 도시락 뚜껑을 여는 순간, 새신랑은 순간적으로 얼굴이 홍당무가 된다. 흰 쌀밥 위에 검은 깨로 하트를 선명하게 그려 놓았기 때문이다. 짓궂은 동료들은 일제히 함성을 지르고 당사자는 붉어진 얼굴에 화끈 열까지 오른다.

이렇듯 수치심의 내용은 가지각색이다.

자바 섬의 동쪽 끝에 있는 발리 섬 주민은 지금은 관광객들의 출입이 잦아 문명화되었지만 예전에는 여자들이 몸에 실오라기 하나 걸치지 않고 은밀한 곳까지도 드러내 놓고 다녔다고 한다. 그리고 여자의 부모들은 딸을 남에게 자랑할 때 "그곳이 무척 예쁘게 생겼다."고 할 만큼 개방적이었다고 한다. 개방적이라기보다 자연인으로 살았다는 표현이 더 옳을지도 모른다.

반면에 폴리네시아의 마누스 족은 반드시 여자아이의 허리에 나뭇잎을 엮은 치마를 두르도록 했으며 그 치마를 펄럭이면서 걷는 것을 매우 부끄러운 일로 여겼다.

미개사회에서는 남자만이 성기를 감추고 여자는 전라나 또는 반라 등 이에 가까운 모습으로 지내는 경우가 많다. 어느 미개한 지역에서 백인 선교사가 여자들에게 무엇인가로 아랫도리를 걸치도록 강요했다. 그랬더니 여자들은 대단한 수치심을 나타내면서 그의 말에 항거했다. 그러나 끈질긴 선교사의 권유에 견디지 못해 양손으로 앞을 가리고 숲 속으로 피신한 뒤 남자들 앞에 좀처럼 나타나지 않았다고 한다.

이곳에서는 여자가 벌거벗고 사는 것이 당연하였다. 이들은 피부가 의복을 대신하고 음모가 팬티 역할을 대신하는 줄 착각했는지도 모른다. 그럼에도 불구하고 그곳을 천으로 가린다는 것은 그 부분을 새삼 강조하고 일부러 더 눈에 띄도록 하는 행위라고 생각한 것이다. 그들이 백인의 권고에 저항한 까닭은 '조상 때부터 내려온 전통을 배반하는 것'이라는 생각을 했기 때문만은 아니다. 천으로 그 부분을 가림으로써 도리어 남자들의 시선을 끌게 된다는 점에 수치심을 느낀 것이다.

문명인을 자처하는 우리에게도 그런 면이 있다. 그 한 예로 목욕탕을 들 수 있는데, 모두 벌거벗고 있는 목욕탕에 혹시 팬티라도 입고 들어가는 사람이 있다면 그 사람에게 모든 사람의 시선이 집중될 것이다.

이렇듯 수치심의 내용도 여러 가지이며, 어떤 상황에서 부끄러움을 느끼는가 하는 것도 다양하지만 수치심 자체는 인간에게 고유한 것이라는 결론을 내려도 좋다.

다시 말해서 수치심을 완전히 상실한 사람은 더 이상 인간이기를 포기한 사람이라고 할 수 있다. 그런 사람들을 거리에서 어렵지 않게 마주칠 수 있기 때문이다.


## 수치와 교태의 상관관계

엘리스는 수치는 자기 방어에서 비롯된다고 주장하였다. 그러나 섹스는 종족 보존을 위해 필요한 것인데도 왜 그것은 수치심이라는 브레이크가 걸리도록 되어졌는가 하는 의문이 생긴다.

이에 대한 해답은 엘리스가 제안한 진화론적인 입장에서 보면 수치심에 의해 상대의 선택이 행해지고 자연스럽게 성적인 도태가 실현되도록 되어졌다는 것이다. 암컷이 부끄러워하며 싫어하는 포즈를 취한다. 그것을 물리치고 돌진하는 수컷이 아니면 성행위는 이루어지지 않는다. 이 단계에서 약자는 탈락되고 만다. 또 수컷이라 해도 어느 정도는 부끄러워한다. 암컷과 수컷 양쪽 모두 부끄러워한 나머지 성욕이 즉시 성행위로 직결되지 못하고 주저하는 사이에 선택이 이루어진다.

이것은 인간에게도 어느 정도 적용되는 것 같다. 사춘기가 되면 사내아이들은 부쩍 이성에 대한 호기심이나 성적 욕구가 높아진다. 상대가 누구든 상관없이 기회만 생기면 성적 욕구를 충족시키려는 충동에 사로잡힌다.

이때 만일 수치심이 작동하지 않으면 큰일이다. 즉, 내면에서 제동이 걸리기 때문에 쉽게 행동에 이르지 못하고 결국 어른이 된 후에 자기에게 맞는 상대를 고르게 되는 것이다.

그러나 해답은 또 다른 면에서도 생각할 수 있다.

수치에 의해 도리어 성적 욕구가 강해진다는 사실이다. 앞에서 암컷이 수컷 앞에서 엎드려 있는 상태를 엘리스는 수치로 보았지만 그 자세는 실은 수치가 아니라 도발이라고 보는 편이 낫다. 이것은 학습에 의한 것이 아니라 본능적으로 터득하고 있다.

그러므로 이런 짓은 일종의 '교태'인 것이다.

빅토르 위고는 '레미제라블'에서 이렇게 말하고 있다.

"극단적인 천진난만은 극단적인 교태에 가깝다."

순진하고 수줍어한다든가 얼굴을 붉히며 고개를 숙이는 아가씨들, 이런 태도를 본인은 의식하지 못한다 하더라도 일종의 교태임이 틀림없다. 보다 단수가 높은 교태는 얼핏 보기에 거부하는 듯한 행동을 보인다. 거부에 의해서 상대를 애타게 만들자는 것이다. 목적은 상대방의 성욕에 불을 붙이는 것이지만.

이러한 심리의 묘미에는 옛날의 여자보다 현대의 여자들이 더 둔감한 것이 아닐까. 너무 쉽게 남자의 요구를 들어주는 행위는 남자에겐 크게 흥이 나지 않는 일이기 때문이다.

수줍음, 그것은 여자에게 있어서 소금과 같은 것이다.

프랑스의 사상가 장 자크 루소는 이렇게 말하고 있다.

"수치를 느끼는 사람일수록 달콤한 사랑을 맛볼 수 있다."

그렇다고는 하지만 수치의 도가 지나치면 문제가 생긴다. 수치심이 지나쳐 이성 앞에서 두근거리는 심장을 억제하지 못하며 얼굴이 홍당무가 되고 땀이 비오듯하며 화장실에 뻔질나게 들락거리며 입술과 눈꺼풀이 떨리는 것을 참지 못해 안면근육이 쉴새없이 경련을 일으킨다면 이것은 너무 지나친 일이다. 이것이 심해지면 그것은 자연스러운 감정의 변화를 뛰어넘어 열등감의 또 다른 현상으로 나타난다.

결론을 말하면 수줍어하지 않는 것도 민망스러운 일이지만 수줍어하지 않아도 될 때 수줍어하는 척하는 것도 혐오감을 주는 행위이다.

몽테스키외가 내린 수치심에 대한 정의를 보면 다음과 같다.

**"수치심은 모든 인간들이 지녀야 할 미덕의 하나이다.**

**그러나 때로는 수치심을 물리쳐야 하는 의지와 반대로**

**그것을 상실하지 않는 능력도 갖고 있지 않으면 안 된다."**

막스 셸러는 독일의 철학자답게 수치심을 형이상학적으로 살펴보았다. 동물들에겐 수치심이라는 것이 없다. 스스로를 부끄러워하지도 않는다. 수치심은 인간만이 갖는 심성이다. 이 수치심은 정신적 존재인 인간이 충동적 존재이기도 한 자기 자신을 되돌아보고 자기에게 있어서의 두 개의 존재성의 모순과 부조화를 느꼈을 때 생기는 정서이다.

정신적인 높은 가치를 지향하는 자신이 육체적인 저속된 것에 얽매인 모습을 발견했을 때에 생기는 감정, 그것이 바로 수치심이다.

수치심이 있는 까닭에 인간은 타락을 면할 수 있고 섹스의 폭발이나 혼란을 예방할 수 있으며 품성의 향상이 촉구되는 것이다.

수치심은 가장 인간적인 것이다. 또 비인간적이고 비도덕적인 인간을 목격했을 때에 부끄럽다는 감정이 솟아나는 것이 진실된 수치일지도 모른다. 자신이 파렴치한 행동을 했을 때 자기 자신을 부끄럽게 여기는 것, 이것도 수치심이기는 하지만 그것보다 차원이 높은 수치심은 다른 사람의 비인간성을 보았을 때에 느끼는 부끄러움일 것이다.

# 성격을 알아야 사랑에 성공한다

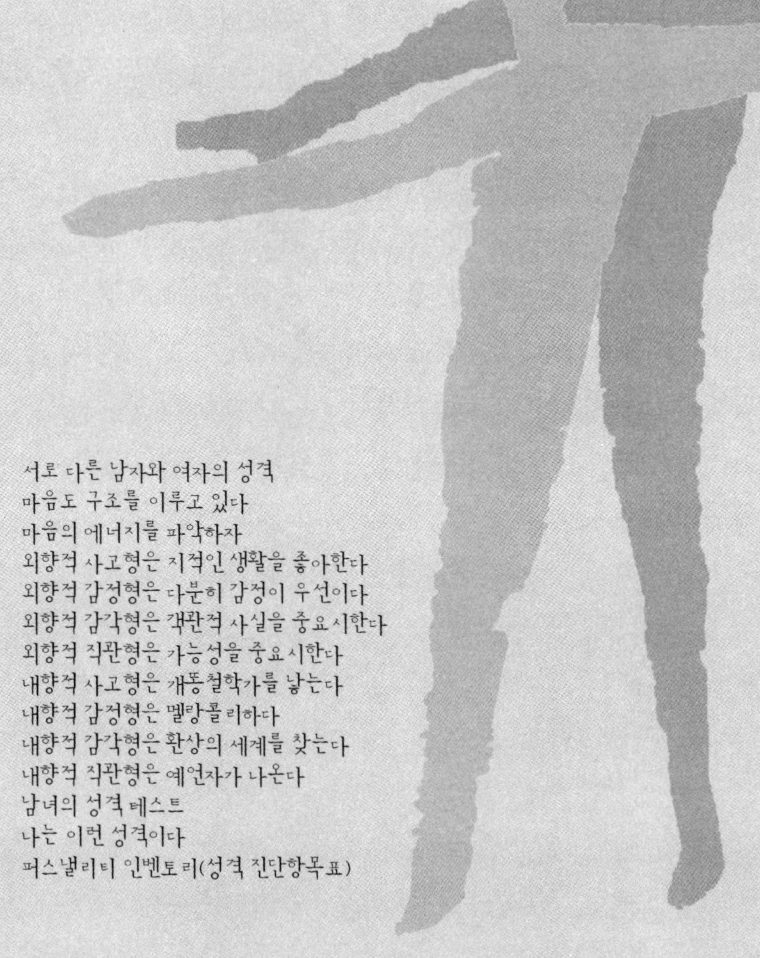

# 서로 다른 남자와 여자의 성격

서로 사랑해서 결혼한 사이이면서도 수많은 남자와 여자들이 서로의 성격을 이해하지 못해 다투고 그 골이 깊어져 이혼이라는 극약처방을 하는 경우가 생기고 있다.

이혼하는 사람들을 상대로 이혼 사유를 조사한 통계를 보면 서로의 성격 차이 때문에 헤어지는 비율이 비교적 높게 나타나고 있다.

물론 성격 차이라는 말 속에는 차마 겉으로 드러내 놓지 못하는 성의 차이도 많은 비율을 차지하고 있다. 많은 이혼 부부들은 서로 성의 차이를 극복하지 못하고 끝내 법원으로 달려가곤 하는데, 이때 서로 성의 차이 때문에 이혼한다는 말을 하지 못해 성격 차이 때문이라고 한다는 것이다.

그런데 중요한 것은 성격 차이와 성의 차이가 서로 별개의 것이 아니라는 사실이다. 서로 사랑해서 결혼한 부부가 성 문제 때문에 헤어지기까지는 서로에게 건강상으로 문제가 있기 이전에는 처음부터 성 문제 때문에 이혼하게 되는 경우는 드물다는 것이다.

서로에게 성이 문제가 되기 이전에 서로의 성격을 완전히 이해하지 못해서 서서히 두 사람의 사이가 벌어지기 시작했다는 사실을 잊지 말아야 한다.

우리는 흔히 여자들이 잘 토라진다고 생각한다. 그러나 겉으로 드러나게 표현하지 않아서 그렇지 남자들이 얼마나 작은 일에도 마음 상하고 잘 삐지고 토라지는지 모른다. 다만 남자들은 어린시절부터 '남자는 이러저러해야 한다', '남자는 대범해야지 여자처럼 잘 토라지면 못쓴다' 라고 교육을 받으면서 자라다 보니 자신의 이런 성격을 자신의 눈으로도 찾아보지 못하게 아예 자신의 등 뒤로 돌려버리고 무시해 버린 것이다.

똑같은 상황에서도 남자와 여자가 서로 다른 판단을 하고 이해하는 방법이 다른 것은 근본적으로 내재되어 있는 그들의 성격이나 기질이 서로 다르기 때문이다.

아주 작은 일에도 흥분을 잘하는 것도 여자보다 남자들한테서 더 잘 나타나는 성격이다.

"오늘부터 담배를 끊겠어. 만약 자기한테 들키면 벌금을 낼게."

이런 식의 맹세는 담배를 즐기는 남자들이면 무슨 위대한 맹세라도 하듯이 가족들 앞에서 선서와 함께 한 번씩은 큰 소리를 친다. 좀더 흥분하는 성격은 아무도 강요하지 않은 벌금을 내겠다고 스스로 각서까지 쓰는 일도 있다.

이렇듯 남자들은 앞날을 생각하지 않고 우직하게 앞으로 돌진하는 돈키호테적인 기질이 있는데, 낭만주의적인 기질을 남자들이 갖고 있기 때문이다.

서로 사랑하는 사이이면서도 사랑의 표현 방법이 다르고, 사랑에 대해 받아들이는 느낌이 다른 것도 남자와 여자가 갖고 있는 성격이나 기질이 서로 다르기 때문이다.


## 마음도 구조를 이루고 있다


스위스의 심리학자이자 정신의학자인 C. G. 융 박사가 들여다본 우리 마음의 구조를 살펴보면 남자와 여자의 성격이나 마음이 어떤 상태를 이루고 있는지 쉽게 파악할 수 있을 것이다.

인간의 마음, 즉 퍼스낼리티의 구조를 보면, 가장 바깥쪽에 있는 것이 '페르소나'인데, 페르소나는 가면이라는 뜻으로, 개인의 진짜 욕구나 성질을 나타내는 것이 아니라, 사회 관습이나 전통에 순응하기 위해 행동하는 것을 말한다. 퍼스낼리티의 중심에 있는 것이 자아인데, 이것은 의식적인 마음이며, 의식적인 인지, 기억, 사고, 감정 등으로 이루어져 있다.

그러나 의식의 깊숙한 곳에 무의식이 항상 존재하고 있다. 이 둘은 서로 별개의 것처럼 느껴지지만 항상 하나로 함께 있는데, 이 둘의 관계는 떨어질래야 떨어질 수 없는 상호관계이다. 예를 들어 눈으로 어떤 물체를 볼 때 한 곳을 집중해서 보면 집중해서 본 곳은 분명하게 보이지만 그 주변의 것들은 흐릿하게 보이는 것과 마찬가지이다.

겉으로 드러나는 의식적인 것을 강조한 나머지 무의식의 세계를 무시하거나 억압해 버리면 무의식의 저항 세력은 힘이 강해져 상호 협조의 관계를 이루지 못하고 서로 어긋나는 증상이 일어난다.

예를 들어 히스테리 증세가 심하게 나타나거나 신경질적인 성격을 가진 사람들이 그 예인데, 이런 경우에 무의식의 세계를 짓누르지 말고 자연스럽게 외부로 발산시키면 성격이 부드럽게 변하게 된다.


## 마음의 에너지를 파악하자


일반적으로 남자들은 외향적이고 여자들은 내향적이라고 보는 경향이 많다. 그러나 인간의 성격이라는 것이 어느 한 단면만을 보고 판단할 수는 없다.

남자와 여자가 서로 만났을 때 가장 많이 보는 것이 서로의 성격이다. 성격이 좋고 나쁨에 따라 인간으로서의 삶을 영위하는 데도 큰 차이가 나타난다.

심지어 남녀가 만나 사랑하고 결혼하기까지 서로의 성격을 파악하기 위해 얼마나 많은 시간과 노력을 아끼지 않는가.

성격 하나 때문에 점수를 얻기도 하고 성격이 나빠 다른 조건을 다 갖추고 있음에도 쉽게 결혼에 이르지 못하는 남녀들이 얼마나 많은가.

그렇게 많은 시간을 투자하여 서로의 성격이 맞는다고 생각하고 결혼하지만 또 얼마나 많은 부부들이 성격 차이 때문에 이혼이라는 극단의 결정을 내리는가.

이렇듯 각양각색의 사람이 있듯이 성격 또한 각양각색일 텐데 도대체 성격은 어디에서 비롯되는 것이며 어떻게 생겨나는 것일까.

융은 마음 에너지가 어떤 방향으로 향하고 있느냐에 따라 '외향'과 '내향'으로 크게 구분하고 있다. 즉, 마음의 에너지가 바깥쪽으로 향하고 있으면 외향이고, 이런 상태가 굳어져 하나의 성격을 이루고 있는 것을 '외향형' 성격이라고 한다. 반면에 마음의 에너지가 안쪽으로 향하고 있으면 내향이고 이런 상태가 굳어져 하나의 성격을 이루는 것을 '내향형' 성격이라고 한다.

이것은 굳이 심리학자가 아니더라도 쉽게 판단할 수가 있다. 남자들처럼 상대방을 대할 때 적극적으로 대하면 외향형의 인간이고, 여자처럼 상대방을 대할 때 소극적으로 대하면 내향형의 인간이다.

남자들은 주로 개방적이며 대인관계가 원만하고 주위 사람들에게 능동적으로 접근하기를 좋아하고 상대방이 자신에게 다가오는 것을 마다하지 않는다.

상대방이 어떤 문제를 안고 다가오면 그 문제를 그 사람 중심으로 생각하며 행동한다. 그리고 그 문제를 해결해 주기 위해 적극적으로 노력하고, 주위 환경 속에 있는 사람이나 일에 대해 적극적으로 반응한다. 남자들은 그 안에서 자신이 인정받는 것을 매우 큰 자랑으로 여긴다. 낯선 환경, 새로운 환경에서도 거리낌없이 행동하며, 그들과 함께 일을 하는 것을 즐거워한다.

그러다 보니 남자들은 여자들에 비해 새로운 일, 즉 사업이나 새로운 만남에 대해 어려워 하지 않는다.

그러나 주로 내향형의 성격이 많은 여자들은 자신의 단단한 껍질 속에 웅크리고 앉아 있기 때문에 그 내부를 알기란 쉽지가 않다.

"도무지 여자의 마음은 알 수가 없어."

많은 남자들이 도무지 여자의 마음은 알다가도 모르겠다고 하는 게 바로 이런 이유에서이다.

여자는 주위 사람들과 다가오는 것에 소극적으로 대처하며, 상대방이 어떤 문제를 안고 다가오면 그 문제를 해결해 주려는 노력보다는 이야기를 들어줌으로써 상대방의 마음이 풀어지기를 바라는 정도이다. 자신이 어떤 해결책을 제시해야 한다고 생각하지 않는다. 여러 가지 조언을 하기도 하지만 대부분의 여자들은 이야기를 들어주는 것만으로도 상대방의 마음이 풀어질 거라고 생각한다.

**여자는 반드시 자신이 그 문제의 중심에 서기를 바라지 않는다.
단지 주변 사람들과 사이좋게 지내면 그뿐이다.**

여자는 외부의 요구에 대해 자신을 방어하며 주위 사람들 때문에 소모되는 에너지를 최대한 억제하는 대신 자기 자신을 위해 가능한 한 튼튼하면서 안전한 토대를 구축하려고 한다.

여자들은 낯선 환경, 새로운 환경에 대해 소극적으로 반응한다. 자신이 어떠한 행동을 취해야 할 것인가에 대해서도 외부가 아니라 자신의 마음속에 있는 생각에 의해 결정한다.

특히 결혼한 후 집안에 머물게 되는 여자들의 경우 외부에 대한 관심은 더욱 사라지며, 외부에 대한 관심도 없고, 오직 우리 가족, 내 남편, 내 자식들에 대한 관심이 여자의 관심 대상의 전부가 된다. 따라서 폐쇄적이거나 비사교적이 되기 쉬우며 적극적인 활동보다는 폐쇄적인 생활을 즐기는 형태가 많은 편이다.

그러나 남자들은 다르다. 결혼을 했다고 해서 가족이 남자에게 있어서 인생의 전부는 아니다. 남자들은 인생을 규정할 때 자신의 인생에 가족이라는 새로운 생활이 더 생겨났을 뿐 자신의 꿈과 야망을 대신할 생각은 추호도 없다.

여자들은 남자들의 생각과 많이 다르다. 물론 요즘 들어 여자들의 사회 진출이 활발해지다 보니 여자들의 꿈과 야망도 서서히 그 모습을 나타내고 있다. 그러나 아무리 사회적으로 성공한 여자라도 자신의 가족을 대신하겠느냐고 물으면 여자들은 완강하게 고개를 흔들 것이다.

이것은 아이를 자신의 몸 속에 10달 동안 보듬고 생활한 사람과 이를 바깥에서 바라본 남자들과의 영원히 해결해 나가야 할 숙제가 아닌가 싶다. 어떻게 몸으로 직접 체험한 여자와 간접적으로 이를 체험해야 할 남자가 똑같은 생각을 할 수가 있을까.

당연히 다를 수밖에 없는 것이다.

남자와 여자 모두 이 사실을 인정하고 그 바탕 위에서 서로를 들여다보는 노력이 행해질 때 비로소 남자와 여자의 평행선은 서로 같은 역에서 만나게 되는 것이다.

융은 모든 인간은 이 두 가지 유형 중 어느 한쪽에 반드시 속한다고는 하지 않았다. 이 상반된 두 가지 경향이 한 사람의 퍼스낼리티 속에 함께 존재하는 것이라고 했다. 다만, 어느 한쪽이 강하여 의식에 작용하여 의식적인 태도가 되는 것이다. 강하지 못한 쪽은 의식화되지 못하고 '개인적인 무의식' 속에 잠겨버리고 마는 것이다.

외향형의 사람은 '자아'가 외향성인데 비해, '개인적인 무의식'은 내향성이다. 한편 내향형의 사람은 '자아'가 내향성이고, '개인적인 무의식'은 외향성이 되는 것이다. 따라서 내향성이 강한 사람은 자신이 대인관계에서 적응하는 것을 노력해야 하며, 외향형인 사람은 지나치게 타인 지향적일 경우 인내심을 키우도록 해야 할 것이다.

요즘 서점에 나가보면 여자들의 사회에서의 성공담 책으로 나와 있는 것을 심심치 않게 볼 수 있다. 이런 책들은 스테디셀러처럼 팔려나가고 있는데 주 고객층은 당연히 여자들이다.

특히 집안에서 아이들만 돌보다가 어느날 자신의 꿈을 이루기 위해 사회에 도전하여 성공한 여자들도 있다. 이런 사람들의 마음속 깊은 곳에는 주위 사람이나 자신도 감지하지 못하는 끓어오르는 정열을 감추어 둔 경우이다.

평소에는 말이 없고 사람들 앞에서 이야기하거나 눈에 띄는 행동을 싫어하던 사람이 어느날 갑자기 모기업에서 실시한 카피 모집에 응모하여 당선되 이후 자신의 새로운 인생을 펼친 사람도 있다.

게다가 이따금 생활설계사의 여왕으로 오르거나 기업의 판매왕으로 오른 여자들의 경우를 보면 예전에는 사람들 앞에 나서기를 두려워했다는 말을 많이 듣는다.

이처럼 인간은 많건 적건 누구나 양면성을 갖고 있다.

백이면 백, 모두 다른 게 인간이다. 게다가 지구의 반인 여자와 남자는 극과 극일 정도로 다르다.

그렇다면 남자와 여자에 대한 유형을 성격별로 파악해 보도록 하자.

과학자들은 어떤 명제가 주어졌을 때 분명하게 그 답이 나와야 한다고 생각하고 그 답을 찾기 위해 평생을 걸쳐 노력을 한다.

그러나 그 답은 새로운 과학자의 발견에 의해 오답이 되는 경우를 우리는 역사를 통해 끊임없이 보아왔다. 그런데 인간에 대한 관찰을 보면 정답이라는 게 없으면서도 분명한 그 안에서 해답을 찾을 수 있다. 인간처럼 비과학적이면서도 과학적인 게 없다는 것이다.

## 외향적 사고형은 지적인 생활을 좋아한다

남자들에게 많이 나타나는 유형으로, 자신의 활동 전체를 지성이 주는 결론에 따르려고 한다. 그 지성이 주는 결론이란 사회적으로 인정받고 객관적으로 통용되고 있는 것에 바탕을 두고 있다는 것이다.

어떤 상황을 처했을 때 자기 마음대로 판단 기준을 세워 해결하지 않고 어디까지나 객관성을 갖추고 있다. 즉, 객관적인 모든 사실이나 조건 등을 명확히 분별하여 충분히 생각한 다음에 얻어진 결론에 따라 자신이 어떤 방향으로 행동해 나갈지를 판단하는 것이다.

자기 자신뿐만 아니라 자신의 주위에 대해서도 이 기준을 적용한다. 심지어 자기가 사랑하는 여자와 사소한 문제가 생겼을 때에도 이런 성격의 남자는 이론과 논리를 내세워 여자의 문제를 해결해 주려고 한다.

여자는 단지 자신의 문제를 알리는 것을 통해, 남자로 하여금 그 문제를 해결해 달라기보다는 내가 지금 이러한 위기에 처했으니 나를 좀 위로해 달라는 뜻인데, 이를 받아들이는 남자는 그것을 파악하지 못하고 그 문제를 반드시 해결하기라도 할 것처럼 적극적으로 지성을 앞세워 여자의 문제에 관여하려고 한다.

그러나 이런 경우에 여자는 마음의 위로만 받으면 이미 문제는 어디론가 사라지고 기분이 한결 좋아지게 된다.

이런 남자의 경우 심지어 여자의 미모를 판단하는 기준까지도 사회적으로 일반화되고 있는 기준에 우선하려고 한다.

'요즘 같은 시대'라든가, '현재 처해 있는 환경'이라든가, '지금의 상황하에서는 이러이러한 자세를 취해야겠다'라는 말을 많이 사용하는데, 이런 남자들은 시대와 환경, 상황 변화에 민감하게 반응하기 때문에 시대의 흐름에 민감하며 뛰어난 능력을 발휘한다.

이런 성격의 남자는 어떤 틀에 자기 자신을 끼워 맞출 뿐만 아니라 주위 사람들에게도 자기 방식대로 하라고 요구하기도 한다. 왜냐하면 자기와 같이 생활하는 것이 행복해지는 길이고, 가장 좋은 삶의 방식이라고 믿고 있기 때문이다. 한 마디로 지성적이지 못하며 비합리적인 삶은 그릇된 방식이라고 믿는다.

심지어 여자의 미묘한 마음까지도 어떤 틀에 맞춰 생각하려고 하기 때문에 종종 부부 사이에 트러블을 일으키기도 한다.

때로는 여자가 남자의 합리적인 사고방식에 숨막혀 하는 것을 보이기도 한다. 완벽한 것 같지만 완벽하지 못한 게 바로 인간이다. 이런 인간을 어떤 틀에 맞춰 생각하고 행동하라고 강요한다거나, 특히 미묘한 감정에 의해 자신의 생각이 바뀌는 여자들에게 합리적으로 행동하고 생각하라고 강요하면 여자들은 다가갈 수 없는 벽을 느끼게 된다.

이러한 성격을 가지고 있는 남자는 결혼 전에는 매우 완벽하고 지성적이고 멋진 사람으로 보인다. 매사에 논리적이고 상식적이며 합리적으로 사고하기 때문에 여자는 남자가 하는 대로 따라가기만 해도 되는 것이다. 그러나 결혼 후 이런 남자에게서 종종 벽을 느끼게 되는 것은 왜일까.

그 이유는 이러한 유형의 남자들은 사고가 가장 높은 단계에 놓여 있으므로 감정에 속한 것은 모두 억압된다. 취미라든가 예술 감상, 친구들과의 교제 등은 제지당하기 쉽다.

틀에 맞는 생활을 추구하기 위해 개인적인 관심사가 무시되어 자신이나 가족의 건강, 경제, 애정 등에 소홀해질 경우도 있다. 주위 사람들로부터는 마음씨 고운 사람이라는 칭찬을 받지만, 가정에서 특히 자신의 자녀들에게는 냉혹한 폭군처럼 행동하거나 화를 자주 내며 냉정하게 대할 때도 있다.

이렇듯 외향적 사고형이 여자보다 남자에게 많이 나타나는 이유는 사고나 생각이라는 것이 일반적으로 여자보다 남자가 우위를 차지하기 쉬운 기능이기 때문이다.

이런 남자들의 사고방식은 능동적이며, 종합적이며, 생산적인 경향이 있다. 이렇듯 뛰어난 점을 가지고 있지만, 틀을 지나치게 강조하다 보면 아내나 가족들의 숨을 옥죄는 단점이나 결점이 나타나기도 한다.

## 외향적 감정형은 다분히 감정이 우선이다

여자들은 자신의 감정만큼 소중한 것이 없다. 특히 외향적 감정형의 여자는 자신의 감정대로 생활해 나가려고 한다. 특별히 노력하지 않아도 감정 내키는 대로 행동하는 경향이 강하다.

또한 이런 감정은 주위의 상황에 잘 적응하는데, 가치 판단도 마찬가지이다. 예를 들어 미술관에 전시되어 있는 유명 화가의 사인이 들어 있는 그림은 두말하지 않고 매우 훌륭한 그림으로 평가하고 만다.

자신의 눈으로 끊임없이 관찰하고 깊이 생각한 이후 행동하기보다 세상에 널리 알려져 가치가 있다고 인정되는 것이라면 순순히 '가치있는 것'으로 받아들이기 때문에, 이런 여자는 매우 협조적이며 사람들 사이에 부드러운 분위기를 만들어내는 능력을 갖고 있는 것이다.

동창 모임에서도 남자들은 사회, 정치나 자신의 일 등으로 얘기를 이끌어가는 반면, 여자들은 자신의 얘기를 내세우기 이전에 모임의 분위기를 함께 즐길 수 있는 분위기로 만드는 쪽으로 이야기를 모은다. 자신은 관심이 없어도 주위의 분위기를 깨뜨리는 대화는 절대로 끌어내지 않는 성향이 있다.

이런 성격의 특징이 가장 분명하게 나타날 때가 바로 결혼 상대를 고를 때다. 자신에게 맞는 상대인가 아닌가라기보다는 남자의 신분, 나이, 수입, 외모, 학력, 가정환경 등이 상식적인 요구 수준에 맞는가의 여부로 배우자를 선택한다.

자신의 기호보다는 세상 사람들의 표준에 맞추며, 무슨 일이든 상식에서 벗어나지 않으면 된다. 따라서 상식을 갖춘 남자라면 여자는 충분한 애정을 갖게 될 것이며, 좋은 아내 좋은 어머니가 될 것이다. 그리고 눈치가 빠르고 애교가 있어서 많은 사람들로부터 호감을 산다.

여자에게 사고보다 감정이 우선하기 때문에 사고는 자연히 드러나지 않게 된다. 그렇다고 해서 사고 기능을 작용시키지 못한다는 것이 아니다. 오히려 매우 현명하게 작용시키는데, 이때 여자가 생각하는 것은 이론이나 논리적으로 생각을 펼쳐나가기 위해서가 아니라 자신의 감정을 더욱 돋보이는 역할을 하는 것에 만족한다. 즉, 감정의 부속물이며 감정의 희생양인 것이다.

"도무지 이해할 수가 없어. 나름대로 논리적으로 말하는데 완전히 자기 식대로야."

"왜 이랬다저랬다 하는 거야. 도무지 자기 생각을 알 수가 없어."

이런 식으로 자신의 아내를 말하는 남자들이 있는데, 이것은 바로 여자들이 가지고 있는 외향적 감정을 이해하지 못해서 나온 말이다.

여자들의 감정이 어떻게 변하는지, 어디에 중심을 두고 있는지 안다면 여자들을 이해하지 못한다는 말도 나오지 않을 것이고, 여자더러 변덕쟁이라고 함부로 말하지 않게 될 것이다.

여자는 자기가 절대로 변덕쟁이라고 생각하지 않는다. 자신의 감정에 충실하게 행동하다 보니까 자신의 주체성이란 것이 그때그때의 감정 속에 완전히 매몰되어 버린 것처럼 남자의 눈에 비쳐진 것이다.

그렇다면 이렇게 반문할 지도 모른다. 변덕이 심한 여자들이 감정에 충실하기 때문이라고 하는데 어떻게 인간적으로 따스한 면은 찾아볼 수 없느냐고 반문할 수도 있다.

원래 감정에는 인간의 따스함이 포함되어 있다. 그런데 감정의 변화가 심해지다 보면 남자들은 여자의 감정 변화에 초점을 두지 않기 때문에 인간적인 따스함을 느끼지 못하는 것이고, 심하면 인격적으로 분열된 사람처럼 보이기까지 하는 것이다.

여자들은 보면 첫째, 감정이 남자에 비해 과정된다. 감정 표현이 지나치고 화려하여 겉치레처럼 느껴지기도 한다. 그래서 간청하는 듯한 말이나 행동에서도 받아들이는 남자쪽에서는 짐짓 시치미를 떼고 의심을 하게 된다.

"이 여자의 본심은 도대체 뭐지?"

"내가 좋다는 거야, 아니면 나를 떠보려는 거야?"

사실 전에는 조금만 달라져도 칭찬을 아끼지 않던 여자가 철저히 몸을 사리는 태도로 변하면, 남자는 그저 입을 다물고 말게 되는 것이다.

그러나 여자의 입장에서는 돈독한 인간관계를 만드는 것이 무엇보다도 중요하기 때문에 상대방의 유보적인 태도를 해소하기 위해 더욱더 과장된 감정 표현을 하게 되고 이는 결국 악순환에 빠지게 된다.

둘째, 여자가 감정에 치우치다 보면 사고의 열등성을 나타내게 되고 때로는 유아적인 모습으로 나타나기도 한다.

감정에 빠져들어 때로는 유치하기 짝이 없는 이론이나 독단적인 편견을 내놓고 이러쿵저러쿵 시비를 걸 때도 있다. 이러한 성격이 보여주는 신경증의 주된 형태가 바로 히스테리인데, 히스테리 증세가 주로 여자들한테서 나타나는 것도 이런 이유에서이다.

이런 성격의 여자는 감정에 빠지기 쉽지만 대체로 양식을 갖추고 있으며 건전한 생활태도를 보인다. 자신의 감정을 쉽게 겉으로 드러내지만, 대인관계는 원만한 편이며 사교성에 뛰어난 능력을 발휘한다. 여자들이 남자들보다 사교적이고 모임이나 분위기 메이커 역할을 잘 해내는 것도 여자들의 성격 가운데는 외향적 감정형이 많기 때문이다.

## 외향적 감각형은 객관적 사실을 중요시한다

애인과 데이트를 할 때 상대방을 무료하게 만들지 않는다거나 옷차림이나 소지품도 비교적 고급이라든가 손님이 찾아오는 것을 좋아하고, 대접을 잘하며, 즐겁게 대화를 나누는 사람들이 이런 외향적 감각형에 속한다.

감각에 의해 무엇인가를 구체적으로 즐기려고 할 때 자신이 살아 있음을 실감하여 삶에 대한 기쁨을 맛본다. 따라서 고상하게 표현했을 때에는 품격 높은 탐미주의자가 되기도 한다.

이런 성격의 소유자는 일반적으로 매우 세련된 취미를 갖고 있는 사람으로 보여 주위에 있는 사람들은 '이 정도의 취미를 갖고 있는 사람이니까 자유분방하게 살며, 생활도 남다르며, 생각도 상식을 뛰어넘는 것은 지극히 당연한 일이다' 라고 생각하게 된다.

일상에서의 생활 태도를 들여다 보면 이런 유형은 그날의 저녁식사가 맛이 있었다든가, TV연속극이 재미있었다든가 하는 것들에 큰 관심을 갖고 있으며, 보는 것, 듣는 것, 느끼는 모든 것이 즐거우며 그것으로 만족해 한다. 그런 의미에서 평범한 쾌락주의자라고 할 수 있다.

이는 현실에 충실한 사람한테서 잘 나타나는데, 어떤 이상이라든가 이념이라든가 하는 것으로 강요하게 되면 견디지 못하게 된다. 그러므로 부부 사이에도 이런 성격을 갖고 있으면 서로의 생각을 인정해 주는 믿음이 밑바탕에 깔려 있어야 원만한 부부 관계를 유지할 수 있다.

이런 성격은 감각이 우위를 차지하고 있기 때문에 남녀 사이에서 문제가 생겼을 때 시기심이나 질투심을 일으키게 된다. 이성 문제일 경우 질투심이 강하게 일어나기 쉬운데다가 그것이 심해지면 질투망상증에 걸리는 경우도 종종 있다. 이렇게까지는 발전되지 않아도 소심하고 옹졸한 사람이 되고 만다.

일반적으로 이런 유형의 사람은 도덕 따위에는 관심이 없다. 그렇다고 해서 결코 부도덕하다는 것은 아니다. 단지 도덕에 얽매여 부자유스럽게 사는 것보다 자유분방하게 살고 싶어한다.


## 외향적 직관형은 가능성을 중요시한다


이들은 객관적 사실 뒤에 숨어 있는 가능성을 꿰뚫어보는 능력이 있어서, 현실보다는 가능성을 중요시하기 때문에 끊임없이 가능성만을 추구하는 경향이 강하다. 평소의 안정된 생활이 마치 감옥같이 느껴져서 숨이 막히는 듯한 기분에 사로잡히는데, 가능성을 뒤쫓을 때에는 매우 열성적이며, 사람에 따라서는 이상할 정도로 열광적인 태도를 보이기도 한다. 그러나 더이상 비약적인 발전이 불가능하다고 생각되면 갑자기 냉담해져서 그 일을 포기해 버리는 경우가 있다.

남자의 경우 사업을 기획할 때 장래성이 있다고 생각하면 자신의 직관력에 자신감을 가지고 돌진한다. 그런 의미에서는 모험가라고 할 수도 있다. 사업이 궤도에 올라 안정되면 그 사업을 계속하는 것이 유리한데도 또 다른 사업을 시작하려고 한다. 이럴 때는 사랑하는 사람이 아무리 말려도 소용없다.

일반적으로 이런 사람의 생활 원리는 지적이지도 못하고 감정적으로 흐르지도 못하여 자신의 직관에 따를 수밖에 없다. 그러므로 일반적으로 받아들여지는 도덕이나 법률, 종교 등을 일부러 위반하지는 않지만 근본적으로 이 사람의 행동 규범은 되지 못한다.

게다가 주위 사람들의 주의나 주장, 생활 관습을 존중하는 일도 없어서 부도덕하며 냉담하여 앞을 보지 못하는 사람이라고 낙인찍히기도 한다. 기업가나 상인, 투기꾼, 정치가들 가운데 이런 유형이 많다.

그러나 이런 유형은 남자보다 여자쪽에 더 많다. 외국에서 활동중인 로비스트들은 남자보다 여자가 더 많은 것도 그 때문이다. 여자들은 모든 사교적 가능성을 이용하여 유력 인사들과 친해지는 능력이 뛰어나기 때문에 사교장에서 직관활동이 활발하게 나타난다.

남자를 사귈 때나 결혼 상대자를 선택할 때에도 가능성이 엿보이는 남자를 발견하는 데에는 재치가 있다. 이런 여자의 경우 새로운 가능성이 있어 보이는 사람이 나타나면 지금까지의 모든 것을 헌신짝처럼 내동댕이쳐 버리는데 그러다 보니 결국에는 시간만 버리는 경향이 있다.

이런 유형의 경우 남녀를 불문하고 좋은 방향으로 발전되면 사업을 일으키거나 발전하고 성장하는 사람이 된다. 다른 사람이 지니고 있는 능력이나 재능을 발굴해 내는 능력이 있기 때문에 유능한 인물을 길러 내는 사람이 될 수도 있다.

새로운 일을 시작하는 남편에게 용기와 감동을 불어넣어 주기도 한다. 그러나 정작 자신은 새로운 가능성을 따라 여기 저기 옮겨다니기 때문에 본인 자신은 결국 인생을 낭비할 확률이 크다. 사고나 감정에 의한 판단이 보조 작용을 해주지 않을 경우에는 손해를 보기도 한다.

이따금 아주 사교적인 여자가 전혀 자신과 맞지 않는 남자와 결혼을 하는 것을 보곤 하는데 그것은 자신과 전혀 다른 것에 대한 가능성을 보다 보니까 자신과 전혀 맞지 않는 이성에게 강하게 마음이 끌려 떨쳐 버릴 수가 없기 때문이다.


## 내향적 사고형은 개똥철학가를 낳는다


이런 성격의 소유자로 유명한 사람은 바로 철학자 칸트를 들 수 있는데, 자신의 내면 세계가 완전히 이론이나 논리로 똘똘 뭉친 사람들한테서 볼 수 있는 유형으로, 자신의 내면에서 이념의 세계를 만들어 발전시키는 데 매우 뛰어나다.

그러나 이런 성격은 이념을 현실에 적응시키는 일은 매우 서툴러서 실제적인 능력이나 실천하는 힘은 그다지 뛰어나지 못한 경우가 많다.

객관적인 자료를 문제로 삼지 않기 때문에 이론을 위한 이론이 되기 쉽다. 또 이념을 추구하는 방법 또한 남의 의견을 받아들이려고 하지 않기 때문에 주관적이며 완고하며 고집이 세다.

주위 사람에게는 소극적인데 심할 경우에는 전혀 무관심에 가까울 정도로 냉담하다. 그래서 상대방은 귀찮은 방해자로 대접받고 있다는 오해를 하게 된다. 그 정도가 아니더라도 이 사람은 주위 사람들로부터 오만하고 버릇없다는 인상을 받기 쉽다.

때로는 주위 사람들에게 공손하며, 애교나 친절을 나타내는 경우도 있지만 그 태도가 어딘지 어색하다. 왜냐하면 상대로부터 오해를 받을지도 모른다는 불안감 때문에 미리 그것을 막으려는 태도를 취하기 때문이다. 그러므로 공손한 것 같지만 자세히 관찰해 보면 은근히 무례하게 느껴지는 경우가 많다.

특히 이런 남자는 사교성이 부족해 여자로부터 호감을 사지 못하는 경우가 많다. 가까운 사람들은 그의 친숙한 태도나 훌륭한 내면성을 높이 평가하지만, 그렇지 않고 처음 만나는 사람들, 특히 여자들은 무뚝뚝하고 상대하기 어려운 거만한 사람이라고 느낀다.

그러나 남자 공략에 능숙한 여자가 이런 남자를 만나게 되면 사정은 달라진다. 세상 물정을 잘 모르는 순박한 남자를 겉으로는 존경하는 척하며 온갖 말로 추켜세우다가 마침내 그를 함락시키고 만다.

**이렇듯 여자에게 속아넘어간 남자들 가운데 단 한 번의 쓴 경험으로
한평생 '여성 혐오증'에 걸리는 경우도 있다.**

이것은 이런 성격의 남자는 어쩌다가 자기를 이해해 주는 사람을 만나면 이 사람을 무조건 신뢰하는 경향이 강하기 때문이다.

이런 남자들은 감정적인 면에 있어서 매우 약하기 때문에 감정 조절이 잘 안 돼 주위로부터 따돌림당하고 아무도 상대해 주지 않는 고독한

신세가 되는 경우도 있다. 물론 이것은 극단적인 예에 불과하다. 이런 성격의 소유자는 일반적으로는 자신의 사색을 조용히 밀고 나가는 장점을 가지고 있지만, 판단이 주관적이기 때문에 현실과 맞지 않는 경우도 있으며, 주위의 관심사나 인간관계에 신경을 쓰지 않아 마찰이 생기거나 괴짜라는 별명을 얻기도 한다.


## 내향적 감정형은 멜랑콜리하다

혼자 가을을 즐기는 여자라든가, 우수에 젖어 세상의 모든 고뇌는 혼자 안고 있는 것처럼 사색에 빠진 여자들한테서 가장 많이 나타나는 유형으로, 이런 사람의 감정은 내적, 주관적인 요인에 지배당한다.

그 감정의 깊이는 겉으로는 좀처럼 알기 어려우며, 입이 무겁고 남을 가까이 하지 않으며 거칠고 무례한 사람과는 잘 어울리지 않는다. 그러므로 겉으로 보기에 조용하고 근엄하여 속마음을 헤아릴 수 없는 사람으로 평가된다. 이런 성격의 여자는 가리는 습성이 있어서 처음 대하는 남자나 별로 교제가 없는 사람에게는 따스하게 대해 주지 않고 냉담한 태도를 보이거나 거부감을 나타낸다. 한 마디로 자신의 감정만을 중요하게 여길 뿐 외부에는 관심이 없다.

그렇지만 흥미를 끄는 사건이나 사람을 만나게 되면 일단 호의적인 중립적 태도를 취한다. 경우에 따라서는 약간의 우월한 태도나 비판적인 태도도 취하기도 한다. 한 마디로 우아하고 도도한 고자세의 인상을 주게 된다.

그러나 극과 극은 통하는 법, 아무리 도도하고 냉정하게 자신의 감정을 억제해도 격렬한 감정에 휩싸일 때가 있다. 그것은 바로 사랑에 빠지게 될 때이다. 즉, 여자 스스로도 의식하지 못한 이상적인 남자를 만나게 되면 짜릿한 감정을 느낄 때가 있다. 이렇게 되면 그 순간 여자는 완전히 무방비 상태에 빠져 정열의 노예가 되고 마는 것이다.

이런 여자와 결혼한 남자는 결혼 이후의 생활이 불쌍해진다. 왜냐하면 이런 유형은 뜨거운 정열의 폭풍우가 지나간 다음에는 여자는 상대방이 가장 상처입기 쉬운 곳을 골라서 아픔을 주거나 귀찮다는 듯이 다루기 쉽다. 즉, 여자는 남자와의 관계에 있어서 감정의 평온과 균형을 유지하기 위해 일부러 자기 자신을 규제하는 것이다. 그래서 일단 남자를 괴롭힌 다음에는 브레이크를 걸어 경시하는 태도를 취한다.

이따금 이런 유형의 아내를 둔 남자들이 이런 말을 하곤 한다.

"내 아내는 찬 바람이 불어."

"내 아내는 감정이 없는 것 같아. 결혼 전에는 정열적이었는데 왜 그런지 몰라."

이것은 여자를 제대로 파악하지 못해서 일어난 현상이다. 이런 성격의 여자는 단지 감정을 억제하고 겉으로 표현하지 않을 뿐, 실은 뜨거운 정열을 갖고 있다. 정열뿐만 아니라 동정심도 갖고 있는 가슴 따뜻한 여자이다.

예를 들어 누군가를 동정한다고 할 때 그것은 형식적인 것이 아니라 매우 깊은 동정심을 나타낸다. 지나치다고 할 만큼 동정심을 갖고 있기 때문에 마치 자신에게 일어난 일처럼 비애에 잠긴다. 그래서 남자에게 위로나 격려의 말을 건성으로 늘어놓지 않는다. 아무 말도 하지 않기 때문에 주위 사람들, 특히 외향형인 남편으로부터 찬 바람이 돈다는 말까지 듣는 것이다.

그렇다면 결혼 전에는 이런 형의 여자가 외향성을 지닌 남자의 마음을 강하게 끌어당기는 것은 어떤 이유에서일까.

여자는 감정을 겉으로 드러내지 않고 일부러 애매모호하고 수동적인 자세로 조심스럽게 받아들이기 때문이다. 그래서 여자를 멀리하고 무시하려고 해도 왠지 모르게 마음을 잡아당기는 듯한 신비로운 분위기에 빠져 외향성의 남자는 자석처럼 여자에게 끌려가게 되는 것이다.

이런 유형의 성격들이 조심해야 할 것은 자신의 성격이 극단적으로 빠져 정신쇠약증, 즉 신경쇠약 증세에 걸릴 수가 있다는 것을 명심하고 조심해야 한다.


## 내향적 감각형은 환상의 세계를 찾는다


여기 풍경화를 그리는 두 명의 화가가 있다. 한 사람은 카메라로 촬영한 사진처럼 실물과 흡사하게 그리고 있고, 한 사람은 실물과는 매우 동떨어진 그림을 그리고 있다. 후자의 경우 경치 자체가 중요한 것이 아니라 경치는 단지 촉매 역할에 지나지 않으며, 경치라는 대상에서 받은 자극이 자신의 주관적인 지각과 어울리고 있는 것이다.

내향적 감각형을 가진 화가는 바로 후자이다. 이렇듯 이 유형에 속하는 사람이 탁월한 표현 능력을 가지고 있을 경우 매우 주관적으로 표현하는 예술가가 된다.

러시아의 화가 샤갈은 환상의 세계를 그린다는 세간의 비난에 대해 다음과 같이 반박했다.

"그렇지 않다. 나는 항상 변함없이 현실의 세계, 내적 현실을 그리고 있다."

일반적으로 이런 유형의 사람은 표현 능력이 뛰어나지 못하다. 제삼자가 볼 때는 도무지 정체를 알 수 없거나 이해하기 힘든 사람으로 보인다. 평범한 태도로 포장되어 있을 때에는 소극적이고, 수동적이며, 평정을 유지하며, 자기억제력을 지니고 있는 사람처럼 보인다.

그러나 자세히 관찰해 보면 이런 유형의 사람이 취하는 주관적인 태도가 이상하게 비칠 때가 있다. 주위 사람들이나 주변에서 일어나는 사건들을 무시하는 듯한 느낌을 준다. 때로는 이것이 정도를 벗어나 생각도 행동도 현실을 떠난 기인의 행동처럼 되어버린다.

본인은 의도적으로 이상하게 행동하려는 것은 아니지만, 이 사람에게는 감각을 일으키게 하는 외부의 대상보다도 이에 의해 체험되는 감각쪽이 중요하기 때문이다.

일반적으로 이런 성격의 사람은 주위 사람들에게 자신의 느낌을 이해시켜 인정받으려고도 하지 않을 뿐만 아니라 강요하지도 않는다. 폐쇄적인 자기 혼자만의 세계에 만족하며 외부나 현실 세계와 중화적으로 접촉하려고 하므로 주위 사람들에게는 해를 끼치지 않는다.

도리어 남의 공격을 받거나 지배욕의 희생양이 되기 쉽다. 이럴 경우 남들이 자기를 어떻게 취급하든 비교적 무관심한 편이어서 부당한 대우를 받아도 그대로 내버려두는 경향이 있다.


## 내향적 직관형은 예언자가 나온다


어떠한 사물을 보고 갑자기 현기증을 느꼈다고 하자. 이때 이 유형의 사람은 사물이 무엇인지 객관적으로 살펴보고 조사하려고도 하지 않으며, 현기증이 왜 일어났으며, 어떤 식으로 어떻게 끝났는지 알려고도 하지 않는다. 다만 심한 주관적인 직관에 의해 현기증으로 비틀거리는 한 인간상을 생생하게 느낀다는 식이다.

이 유형의 사람이 가장 훌륭한 표현을 했을 경우에는 예언자나 예술가가 되는 것이다.

특히 단순한 몽상가는 세상에서 인정받지 못한 천재, 재능을 발휘할 기회를 갖지 못한 인물, 너무도 갈피를 잡을 수가 없어 그 사람이 똑똑한지, 어리석은지 분간조차 하기 어려운 경우가 많다.

보통 이러한 유형의 사람들은 현실과의 접촉을 싫어하며 현실에 적응하려는 노력도 하지 않는 사람이라는 인상을 준다. 따라서 '이 사람에게 현실 따위는 어떻게 되든 상관없구나' 라고 보여지기도 한다.

인생을 어떻게 살아야 할 것인가. 어떠한 생활태도로 인생을 보내야 할 것인가에 대해 깊이 생각하거나 고민하지도 않는다.

일반적으로 소심하고 자신감이 없어 보이며, 왜 그런지는 모르지만 당혹감을 감추지 못하는 인상을 준다. 대인관계는 무뚝뚝하며 서툴 뿐만 아니라 별로 말을 하지 않기 때문에 재미가 없고 무미건조한 사람처럼 보인다. 그러나 내적 세계는 매우 화려하고 말로 표현할 수 없는 훌륭한 것들을 갖고 있는 경우가 많다.

이제 남자와 여자의 성격테스트를 통해 남자와 여자의 심리를 좀더 알아보자.

# 남녀의 성격 테스트

이 테스트는 외향성과 내향성을 바탕으로 몇 개의 질문을 만들어 '예'와 '아니요'라고 답한 뒤 이를 수량적으로 계산하여 사람의 성격을 판단하는 것이다.

이 테스트는 일상 생활에 얼마만큼의 향성이 나타나는가를 알아내는 데 가장 간편하며 널리 쓰이는 테스트이다.

이 테스트를 할 때 성급하게 대답하는 것은 옳지 않지만, 그렇다고 해서 문제 하나하나를 너무 진지하게 오래 생각하면 도리어 혼란이 생겨 판단을 그르치게 되므로 순간적으로 머리에 떠오르는 것을 주저없이 대답해야 한다.

다음 50개의 문항에 대해 '예'일 경우에는 ○를, '아니요'일 경우에는 ×를, 중립적이거나 양쪽 어느 곳에도 속하지 않을 경우에는 △를 표시하라.

1. 사소한 일에도 신경이 쓰이는가 (　)

2. 곧바로 결심하는 편인가 (　)

3. 큰일을 맡아 착수하기까지 시간이 걸리는가 (　)

4. 결심한 것을 뒤에 바꿀 수 있는가 (　)

5. 사색하는 것보다는 활동하는 것을 더 좋아하는가 (　)

6. 성격이 어두운 편이라고 생각하는가 (　)

7. 실패한 것을 두고두고 생각하는 편인가 (　)

8. 무사태평한 성격이라고 생각하는가 (　)

9. 비교적 말수가 적은 편이라고 생각하는가 (    )

10. 감정이 즉시 얼굴에 나타나는 편인가 (    )

11. 곧잘 떠들어대는 편인가 (    )

12. 기분이 잘 바뀌는 편이라고 생각하는가 (    )

13. 사물에 집착하는 편인가 (    )

14. 참을성이 있는 편인가 (    )

15. 이론만 캐는 쪽인가 (    )

16. 토론을 할 때 과격해지는 편이 아닌가 (    )

17. 조심성이 있다고 생각하는가 (    )

18. 동작에 절도가 있고 명쾌하다고 생각하는가 (    )

19. 일을 꼼꼼하게 처리하는 편인가 (    )

20. 눈에 띄는 화려한 일을 좋아하는가 (    )

21. 일에 열중하는 편인가 (    )

22. 공상가라고 생각하지 않는가 (    )

23. 결벽증이 있는 성격이라고 생각하는가 (    )

24. 소지품을 소홀히 다루는 성격이 아닌가 (    )

25. 낭비가 심하다고 생각하지 않는가 (    )

26. 이야기하는 것을 좋아하는가 (    )

27. 성격이 까다롭다고 생각하지 않는가 (    )

28. 농담을 잘하는 편인가 (    )

29. 추켜세워 주는 것을 좋아하는가 (    )

30. 지나치게 고집이 센 편이 아닌가 (    )

31. 불만이 많은 편이라고 생각하지 않는가 (    )

32. 자신에 대한 평판에 민감하지 않는가 (    )

33. 남 비방하기를 좋아하는 성격이 아닌가 (  )

34. 자기 일을 남에게 쉽게 맡기는가 (  )

35. 남으로부터 지시받는 것을 싫어하는가 (  )

36. 남을 잘 이끌 수 있다고 생각하는가 (  )

37. 남의 의견을 솔직히 받아들이는 편인가 (  )

38. 생각이 세심한 데까지 잘 미치는가 (  )

39. 속마음을 잘 드러내지 않는 성격이 아닌가 (  )

40. 남을 쉽게 동정하는 편인가 (  )

41. 남을 지나치게 믿는 편은 아닌가 (  )

42. 기분나빴던 일을 잊지 못하는 편이 아닌가 (  )

43. 부끄러움을 잘 타지 않는가 (  )

44. 혼자 있는 것을 좋아하는가 (  )

45. 친구를 만드는데 힘이 드는가 (  )

46. 다른 사람들 앞에서 자연스럽게 이야기할 수 있는가 (  )

47. 남들 앞에서는 위축되는 편인가 (  )

48. 뜻이 다른 사람과도 부담없이 교제할 수 있는가 (  )

49. 남의 일을 잘 돌봐주는 편인가 (  )

50. 자기 물건을 남에게 잘 주는 편인가 (  )


## 채점 방법

각 질문에 대해 표시한 ○, ×, △를 [판정표]의 '이기란'에 옮긴다. 그 다음에는 '비교란'에 기입되어 있는 ○나 ×와 비교해 보고 ○는 ○끼리, ×는 ×끼리 일치하는 것에 한하여 'V표시란'에 V로 표시한다.

이것이 끝나면 V의 수를 합계한다. 그리고 나서 △의 수를 합계하여 2로 나눈다. 앞의 합계와 뒤의 합계를 더하여 이것을 25로 나눈 다음 100을 곱한다. 그것이 바로 나의 향성지수가 되는 것이다.

$$\text{향성지수} = \frac{\text{V의 합계수} + 1/2\ \triangle\text{의 합계수}}{25} \times 100$$

**판정 방법**

향성지수는 최고 200, 최저 0인데 100보다 크면 외향적이고, 적으면 내향적이라고 할 수 있다. 그 중 161 이상을 '강한 외향적', 59 이하를 '강한 내향적'이라고 하겠다. 110에서 90 사이는 외향적, 또는 내향적이라고 잘라서 말할 수 없는 '양향적'이라고 할 수 있는 중간형이라고 할 수 있다.

그러나 이것은 나이에 따라 달라진다. 어느 연구 결과에 의하면 12세에서 17세까지는 외향적 경향이 강한 편이지만, 20세 전후가 되면 급격히 내향화된다. 그러나 35세에서 39세까지는 다시 외향적 경향을 나타내다가 그후 서서히 내향화해 가다가 60세에서 64세에 이르러서는 내향적 경향이 광범위하게 나타난다고 한다. 즉, 청년기 후기와 노년기에는 내향화가 나타난다는 것이다.

이 테스트는 남녀에 따라서도 차이가 있는데, 일반적으로 남자가 여자보다 높다고 한다.

| | 비교란 | 이기란 | ∨표시란 | | 비교란 | 이기란 | ∨표시란 |
|---|---|---|---|---|---|---|---|
| 1 | × | | | 26 | ○ | | |
| 2 | ○ | | | 27 | × | | |
| 3 | × | | | 28 | ○ | | |
| 4 | ○ | | | 29 | ○ | | |
| 5 | ○ | | | 30 | × | | |
| 6 | × | | | 31 | × | | |
| 7 | × | | | 32 | × | | |
| 8 | ○ | | | 33 | × | | |
| 9 | × | | | 34 | ○ | | |
| 10 | ○ | | | 35 | × | | |
| 11 | ○ | | | 36 | ○ | | |
| 12 | ○ | | | 37 | ○ | | |
| 13 | × | | | 38 | ○ | | |
| 14 | × | | | 39 | × | | |
| 15 | × | | | 40 | ○ | | |
| 16 | × | | | 41 | ○ | | |
| 17 | × | | | 42 | × | | |
| 18 | ○ | | | 43 | × | | |
| 19 | × | | | 44 | × | | |
| 20 | ○ | | | 45 | × | | |
| 21 | ○ | | | 46 | ○ | | |
| 22 | × | | | 47 | × | | |
| 23 | × | | | 48 | ○ | | |
| 24 | ○ | | | 49 | ○ | | |
| 25 | ○ | | | 50 | ○ | | |

〔판정표〕

# 나는 이런 성격이다

마르부르크 대학과 튀빙겐 대학에서 정신의학 및 신경병학 교수를 지낸 크레치머 박사는 『체격과 성격』이라는 책에서 폭넓은 인간의 실질적인 관찰을 토대로 성격에 관한 학설을 정립하였다. 이 책은 임상정신의학을 기초로 한 귀중한 연구보고서인데, 수많은 갈등 구조를 갖고 있는 남자와 여자의 성격을 살펴봄으로써 갈등을 완화시킬 수 있는 방법을 찾아보도록 하자.

크레치머는 인간의 성격을 5가지 유형으로 구분하고 있다. 그런데 얼굴 모습만큼이나 제각각인 인간의 성격을 어떻게 5가지로 구분할 수 있느냐고 의아해 할지도 모른다.

크레치머가 구분한 유형별 성격을 보면 모든 인간을 직접 관찰한 것을 토대로 이루어져 있으므로 생물학적 분류로 접근한 다른 접근방법보다 더 구체적이라고 할 수 있다. 사실 인간의 성격을 구분한다는 자체가 무의미할지도 모른다. 다만 서로의 성격이 어떤 유형을 이루고 있는지 파악할 수 있다면 서로 다르게 출발한 남자와 여자의 갈등 구조는 얼마든지 신선한 충격으로 받아들일 수 있을 것이다.

크레치머가 제시한 각 성격의 유형별 특징을 살펴보고 나는 어떤 성격인지 내가 사랑하는 사람은 어떤 성격이며 서로 어떻게 이해하고 조화로운 삶을 이루어나가야 하는지 알아보면 다음과 같다.

### 1. 내폐성 기질

이 기질을 외적인 면에서 살펴보면 다음과 같은 특징을 나타낸다.

제1군은 비사교적이며, 조용하며, 고지식하며, 유머가 없고, 진취적이지 못하며, 편협적이다.

제2군은 내성적이며, 부끄러움을 잘 타며, 겁이 많으며, 신경질적이며, 섬세하며, 소심하며, 흥분을 잘하는 편이다.

제3군은 호인형이며, 온순하며, 침착하나 분별력이 없으며, 말이 없고, 둔감한 편이다.

여기서 제1군은 한 마디로 말해 주위 사람들과 관계가 원만하지 못하다고 할 수 있고, 내폐성 기질이 전체를 지배하고 있는데, 융이 말하는 '내향형'과 비슷하다.

제2군은 신경과민적이며, 제3군은 신경불감적이라고 할 수 있다. 과민과 불감은 서로 모순된다고 생각할지 몰라도 자기 일에는 과민하고 남의 일에는 둔감하여 자신의 내면에 대해서는 과민하지만 외면에 대해서는 둔감한 경향이 있다. 한 마디로 이 기질은 자극에 대한 과민과 불감의 양극 사이에 널리 퍼져 있다. 예를 들어 어떤 면에서는 과민하지만 다른 면에서는 둔감한 경우도 있다. 또 내면과 외면이 서로 다르기도 하다. 외면은 온순하고 소극적이고 부끄러움도 잘 타지만, 내면에는 휴화산처럼 폭발력을 지니고 있는 사람의 경우를 들 수 있다.

## 2 동조성 기질

제1군은 사교적이며, 호인형이다. 그리고 친절하고 온순하며, 온화한 성격을 보인다.

제2군은 명랑, 쾌활하며, 유머가 있다. 활발하지만 성미가 급하다.

제3군은 조용하고 부드럽지만 우울한 편이고 활발하지 못하다.

제1군은 동조성 기질을 지닌 모든 사람한테서 볼 수 있는 공통적인 특징이다. 비교적 친해지기 쉬우며 개방적인데다가 따뜻하고 부드럽다. 누구와도 부담없이 교제할 수 있기 때문에 어색함을 느끼게 하지 않는다. 남을 의심하기보다는 믿는 편이다.

내폐성 기질이 자기 중심적이고, 사람들을 차단하는데 비해, 이 유형은 주위 사람들을 비롯하여 환경이나 사회에서 '골'을 만들지 않는다. 현실에 매끄럽게 적응하는 것이 특징이다. 이러한 특징은 융의 '외향형'과 비슷하다.

제2군은 감정이 밖으로 표출되며, 제3군은 감정이 매우 우울하다. 이렇게 서로 상반된 감정 상태가 부드럽게 순환하는 것이 또 하나의 특징이다. 그러나 내폐성 기질은 갑자기 기분이 불쾌해지는 경우가 있다. 대화 도중에 말을 중단하거나 비꼬거나, 아니면 냉담해져서 두 사람 사이가 껄끄러워진다. 이런 현상은 일정하게 나타나는 것이 아니라 언제 어디서 시작될지 알 수가 없다. 이에 비해 동조성 기질은 기분이 발랄해졌다가 우울해지는 주기가 일정하다.

사람에 따라 그 주기는 제각각이어서 며칠에 한 번씩 기분이 바뀌는 사람이 있는가 하면, 계절 따라 기분이 바뀌는 사람도 있다.

내폐성 기질의 사람은 외부의 자극을 거부하는 경향이 있는데 비해, 동조성 기질의 사람은 오히려 적극적으로 받아들인다. 그뿐만 아니라 적극적으로 공감하기 때문에 결코 주위 사람들을 선입관이나 편견을 가지고 보지 않고 사람들의 좋고 나쁨을 가리지 않는다.


## 3. 점착성 기질

제1군은 딱딱한 인품을 지니고 있는데다가 고지식한 반면에 일에 열중하고 질서를 존중한다.

제2군은 정신적으로 템포가 느리고 이해력이 떨어지고 둔감한 편이다. 그러나 친절하고 겸손하다.

제3군은 폭발적으로 흥분하는 편이고 화가 나면 이성을 잃기도 한다.

제1군은 모든 점착성 기질에 공통되는 기본적인 특징이다. 제2군은 점착적이고, 제3군은 폭발적이다. 이 둘은 서로 상반되고 있지만, 평소에는 제2군의 색깔을 지니고 있는데 가끔 발작적으로 제3군의 경향이 나타난다. 갑자기 이성을 잃고 화를 내는 경우가 있다. 내폐성 기질이 '과민과 둔감을 공존' 시키고, 동조성 기질이 '유쾌와 우울을 순환' 시키는데 비해 이 기질은 '점착에서 폭발로의 변천' 을 일으킨다.

이런 유형의 사람은 한 마디로 말해 '딱딱한 사람' 이라는 인상을 준다. 너무 지나칠 정도로 성실한 데다가 고지식한 면이 있다.

"그렇게 딱딱하게 좀 하지 마세요. 융통성있게 생각할 수 없나요?"

아무리 여자가 옆에서 이렇게 말해도 이런 유형의 남자는 절대로 그럴 생각이 없을 뿐만 아니라 이렇게 말하는 아내를 질책하고 폭발적인 감정을 그대로 드러낸다.

"뭐가 어째? 그런 말이 어딨어. 왜 그렇게 매사에 대충대충 하려고 하나."

이런 성향은 생각에만 나타나는 것이 아니라 태도까지도 딱딱하게 굳어 있다. 태도, 동작, 표정, 걸음걸이까지도 부자연스러워 보이며 생각이 경직되어 있기 때문에 예술가 중에는 이런 성격을 가진 사람을 눈 씻고 찾아봐도 찾기가 힘들다.


### 4. 자기과시적 성격

이 성격은 자기과시욕이 강하고, 오기가 있으며, 자기 중심적이며 심한 경우에는 어린아이와 같다. 외부의 영향을 잘 받으며, 감정 표현이 과장되고, 공상하는 버릇이 있으며, 의지가 약하다.

좀더 자세히 보면 자기 현시욕이 매우 강해 자신을 실제 이상으로 돋보이게 하고 싶다는 심리가 항상 작용하고 있다. 그러다 보니 허영심이 강하고 모든 일에 돋보이려고 애쓰는 모습이 겉으로 드러난다.

이런 성격의 여자는 빚이 많은데도 가구나 실내 인테리어를 수시로 갈고 외출할 때에도 액세서리로 화려하게 몸을 치장하는 등 매우 유행에 민감하고 적극적이다.

남한테, 특히 남자한테 지기 싫어하는 성격으로 한 번 오기를 부리면 손해인 줄 알면서도 배짱을 부린다. 누가 피아노를 사면 나도 사야 하고, 옆집에서 커튼을 새로 달면 자기는 더 좋은 것으로 바꿔야 한다.

이런 성격은 사람들과의 교제의 폭이 넓지만 겉치레인 경우가 많기 때문에 깊이가 없어 보인다.

누가 옆에서 칭찬 섞인 말을 조금이라도 해주면 금방 그 말에 넘어가고 만다. 그러나 절대 머리가 나빠서 넘어가는 것이 아니다. 단지 심리적으로 좋은 것을 추구해야 한다는 생각이 기본적으로 깔려 있기 때문이다. 일단 좋은 것을 보면 그걸 내 것으로 해야 하는데 오래 지속하지 못한다는 단점이 있다.

특히 분위기에 좌우되다 보니 감정 표현 역시 지나치게 과장되는 경향이 있다. 자신의 감정을 억제하거나 참지 못한다. 감정이 자주 바뀌어 유쾌하다가도 금새 불쾌해지고, 울다가 금방 기분이 풀려버리기도 한다.

또 사실과 공상의 경계선이 자칫 흐려지는 경향이 있다. '이렇게 되면 좋을 텐데' 라는 생각을 하다보면 정말로 그렇게 된 것처럼 눈에 선하게 떠오르고, 그렇게 된 것처럼 착각한다. 그것을 남에게 마치 실제인 것처럼 말할 때도 있다. 문제는 이럴 때 본인도 자신의 말이 실제인 것으로 느끼고 있다는 것이다.

한 마디로 의지가 약한 사람들한테 나타나는 유형인데, 이런 성격은 연애를 할 때도 쉽게 싫증을 내곤 한다.

정신분석학자 빌헬름 라이히는 이런 성격은 주로 여자한테 나타나는데, 걸음걸이, 행동, 눈매, 말씨 등에서 교태를 엿볼 수 있다는 것이다. 물론 여자에게 '교태'는 장점의 요소가 강하지 결코 단점이 될 수는 없다.

그러나 아무리 좋은 약도 자꾸 먹으면 몸을 해롭게 하는 법, 시도 때도 없이 교태를 부리면 그 모습에 매력을 느껴 사랑에 빠진 남자조차도 얼마 못가 싫증을 내게 된다.

현명한 여자라면 이런 성격을 적절한 시기에 사용하여 커다란 무기로 만드는 것이 좋다.


## 5. 신경질적 성격

이 성격은 자극에 민감하고, 반성을 잘하지만 소심하고 걱정을 많이 하며, 자신감이 부족하고 불완전한 감정과 열등감에 차 있다. 또한 피로하기 쉽고, 강박신경증에 사로잡히기 쉽다.

좀더 자세히 살펴보면, 이런 성격은 신경이 매우 날카로와 외부의 자극에 민감하게 반응한다. 우리 몸이 지니는 모든 감각이 예민하고 감수성도 예민하다. 그러나 남으로부터 받은 친절이나 은혜는 잊지 않는 반면, 부당한 처사에 대해서는 철저히 규명하려고 한다.

그리고 마음이 약하고 소심한 사람은 하고 싶은 말도 말문이 열리지 않아 제대로 못한다. 또한 어떤 행동을 하려고 해도 마음속에서 '그것은 너다운 행동이 아니야.' 라든가 '주위 사람들에게 폐를 끼치는 행동이야.' 하고 제동을 건다. '그렇지만 단호하게 행동해야 해.' 하고 의식이 행동할 것을 촉구하면 '아니야. 그만두는 게 좋아.' 하고 무의식이 끌어당긴다. 이렇게 갈팡질팡하다가 결국 아무것도 하지 못한다. 이런 현상은 가까이에는 쇼핑가서 하루종일 구경하다가 아무것도 사지 못하기도 하고, 결정적으로는 결혼 문제에 있어서도 좀처럼 결정을 내리지 못한다. 즉, 결단력과 실행력이 없다는 것이 가장 큰 특징으로 이것은 자신감의 결여에서 비롯되며, 이것이 지나치면 열등감을 갖게 된다.

그러나 이런 열등감은 상대방을 과대평가하는 데에서 오는 것이므로, 상대방에 대해 민감하게 반응하는 것을 줄이려고 노력해야 한다.

이렇게 신경질적인 사람은 하나의 일을 끈기있게 행하다 보면 매우 심한 피로감을 느끼게 된다. 그러므로 꾸준히 일을 계속하지 못하고 중도에 포기해 버리는 경우가 종종 있다. 즉, 지구력이 부족한 것이다. 그런데 이런 사람은 완벽해야 한다는 강박관념에 시달리는데, 현실에 유연하게 적응하지 못하고 심하면 강박관념, 강박행위, 강박충동을 느끼는 '신경쇠약' 의 증상을 띠게 된다.

이 성격은 외부의 영향을 가장 많이 받는데 일반적으로 말하는 신경질적인 성격은 어머니의 태도가 어린아이에게 영향을 주어 형성되는 경우가 많다. 어머니가 신경질적으로 자녀를 키우면 아이들은 대부분 신경질적이 된다. 따라서 장남이나 장녀, 외아들의 경우 어린 시절, 특히 몸이 허약할 때는 이런 성격이 될 확률이 높아지는 것이다.

그런데 이런 신경질적인 성격을 정반대로 개조하여 강철처럼 강인한 사람이 되는 경우도 있다. 독일의 재상 비스마르크는 19세기의 유럽 제국을 벌벌 떨게 만드는 동시에 강력하게 정책을 추진했는데, 그는 청년기 시절에는 매우 신경질적인 성격의 소유자였다고 한다.

　이렇게 몇 가지 유형의 성격을 구분지어 보았는데, 내 성격은 어디에 속하는지 내 연인은 어떤 성격을 지니고 있는지 테스트를 통해 알아보도록 하자. '퍼스낼리티 인벤토리(성격 진단 항목표)'를 중심으로 직접 자가진단을 해보면 흥미있는 결과를 알게 될 것이다. 배우자나 연인의 성격을 자세히 알려고 하면 직접 시켜야 한다. 내가 아무리 그 사람의 성격을 안다고 해도 그 사람이 아닌 이상 100% 완전하게 파악할 수 없으므로 직접 해야 한다.

## 퍼스낼리티 인벤토리(성격 진단항목표)

　이 테스트는 자기 자신에게 솔직해야 한다는 것을 반드시 지켜야 올바른 평가를 얻을 수 있다. 또 너무 깊이 생각하면 혼란이 생기므로 질문을 읽고 순간적으로 느껴지는 것을 표시하는 것이 좋다.
　다음에 열거한 100개의 항목에 대해 자기에게 꼭 맞는다고 생각되는 것에는 ○를, 맞지 않는다고 생각되는 것에는 ×를, 그리고 어느 쪽에도 속하지 않거나 잘 모르겠다고 생각되는 것에는 △를 한다.

1. 사람들이 모인 장소에서 떠드는 것을 싫어한다　(　　　)
2. 밝고 개방적인 성격이다　(　　　)
3. 예의바르고 배우자에게 정중히 대하는 편이다　(　　　)

4. 화려한 분위기를 좋아하는 편이다　（　　）

5. 말할 기회를 놓치는 일이 가끔 있다　（　　）

6. 남과 자신을 확실하게 구별하는 편이다　（　　）

7. 사람들 사귀기를 좋아하며 남의 일을 잘 도와준다　（　　）

8. 옷차림이나 행동이 칠칠치 못한 것을 싫어한다　（　　）

9. 모임에서 한쪽 구석에 있지 않고 분주하게 돌아다니는 편이다　（　　）

10. 남의 태도나 행동에 대해 잘잘못을 평하는 편이다　（　　）

11. 활동보다 사색을 좋아하는 편이다　（　　）

12. 활동적인 편이다　（　　）

13. 성급하지 않고 느긋한 편이다　（　　）

14. 대화술이나 몸짓, 표정 등이 풍부하고 세련된 편이다　（　　）

15. 동작이 자연스럽지 못하고 어색하다고 생각할 때가 있다　（　　）

16. 조용한 곳에서 명상하는 것을 좋아하는 편이다　（　　）

17. 모임에 가면 사회를 보고 싶어하는 경향이 있다　（　　）

18. 부도덕한 행동을 싫어하고 정의감 또는 결백감이 강한 편이다　（　　）

19. 자신을 실제 이상으로 보이려는 생각이 강한 편이다　（　　）

20. 맛이나 냄새, 촉감 등 감각이 매우 민감하다　（　　）

21. 남들로부터 접근하기 어렵다는 말을 가끔 듣는다　（　　）

22. 호인형이며 이해심 있는 사람이라는 말을 곧잘 듣는다　（　　）

23. 융통성이 없다거나 이해심이 부족하다는 말을 듣는다　（　　）

24. 남들로부터 고집 때문에 덕본다는 말을 가끔 듣는다　（　　）

25. 남들보다 뒤떨어졌다고 생각할 때가 종종 있다　（　　）

26. 진지한 편이어서 농담 따위는 잘 하지 않는다　（　　）

27. 무슨 일이든 다소 서두르는 편이다　（　　）

28. 일을 할 때 꼼꼼하고 치밀한 편이다  (       )

29. 무엇을 들으면 그 말을 있는 그대로 받아들여 곧장 시험해 본다  (       )

30. 뭔가를 결정할 때 망설이는 편이어서 좀처럼 결심하지 못한다  (       )

31. 쉽게 속마음을 남에게 털어놓지 않는다  (       )

32. 모든 것을 긍정적으로 받아들이는 편이다  (       )

33. 약속을 잘 지키며 은혜는 결코 잊지 않는다  (       )

34. 감정을 표정이나 행동에 잘 드러내는 편이다  (       )

35. 남에게 오해를 사면 그것을 어떻게 풀 것인지 매우 고민한다  (       )

36. 익살맞은 행동으로 남을 웃기는 사람을 경박하다고 생각한다  (       )

37. 남을 골려주는 등 가벼운 장난을 가끔 한다  (       )

38. 무엇인가 하기 시작하면 중간에 그만두지 못하는 성질이다(       )

39. 누가 보고 있을 때에는 잘 보이려고 장난을 친다  (       )

40. 극도로 긴장하거나 침착성을 잃는 일이 가끔 있다  (       )

41. 남의 생각을 존중하지만 자기 생각대로 실행하는 편이다  (       )

42. 자신의 의견이나 주장이 옳다고 생각되지만 남들과 싸워서까지 자신의

　　주장을 관철시킬 생각은 없다  (       )

43. 참을성이 많아 화를 안내지만 일단 화를 내면 매우 격렬하다  (       )

44. 지지 않으려는 성격이 강해 게임에서 지면 분해서 참지 못한다  (       )

45. 몸의 이상이나 컨디션에 대해 민감한 편이다  (       )

46. 산이나 바다 등 자연을 사랑하는 마음이 강하다  (       )

47. 갑자기 세상이 허무하다고 느껴질 때가 있다.  (       )

48. 말 속도가 느린 편이다  (       )

49. 유행에 뒤떨어지는 것을 싫어한다  (       )

50. 무슨 일을 해도 이것으로 충분하다고 느껴지지 않을 때가 많다  (       )

51. 자신과 관계가 없는 일에는 별로 관심이 없다 (　　)

52. 여러 가지 일을 기분내키는 대로 하는 편이다 (　　)

53. 취미든 일이든 꾸준히 끈기있게 계속하는 편이다 (　　)

54. 다방면에 흥미를 갖지만 금방 싫증을 내는 편이다 (　　)

55. 힘든 일을 하면 쉽게 피로를 느껴 그만두는 때가 많다 (　　)

56. 남의 아픈 곳을 찌르거나 비아냥거리는 말을 잘하는 편이다 (　　)

57. 지나간 일에 대해 미련을 갖거나 집착하지 않는다 (　　)

58. 일단 결정한 것은 바꾸지 않는다 (　　)

59. 주위의 이해나 환경이 좋았더라면 좀더 재능을 발휘할 수 있었을 텐데
　　하고 생각하는 일이 있다 (　　)

60. 일이 잘 안 되었을 때 '이렇게 할걸' 하고 오랫동안 후회한다 (　　)

61. 시나 소설, 미술, 음악 등의 세계에 젖어 있는 시간이 많다 (　　)

62. 일을 계속 욕심내고 항상 바쁘게 지낸다 (　　)

63. 너무 신중하여 일을 제대로 처리하지 못하는 경우가 많다 (　　)

64. 소설이나 영화, 드라마 속의 주인공이 나라는 착각에 빠진다 (　　)

65. 책읽고 있을 때 시끄러운 소리가 들리면 몹시 신경쓰는 편이다 (　　)

66. 확고한 이상이나 목표 없이 그날 그날 보내는 것을 싫어한다 (　　)

67. 자기 일을 비교적 자주 남에게 맡기는 편이다 (　　)

68. 물건을 빌려 주거나 자기 물건을 남이 사용하는 것을 싫어한다 (　　)

69. 싫은 사람을 만나면 속이 메슥거리는 것 같다 (　　)

70. 사소한 일에도 조바심나고 가슴이 두근거리는 때가 종종 있다 (　　)

71. 혼자 있어도 쓸쓸하지 않고 오히려 혼자 있는 것이 마음 편하다 (　　)

72. 대체로 명랑하지만 우울하거나 외로움을 느낄 때가 있다 (　　)

73. 깨끗한 것을 좋아하며 책장이나 가구 등을 항상 정리, 정돈한다 (　　)

74. 옷은 수수한 것보다도 화려한 것을 좋아한다 (  )

75. 생각하기 싫은 일을 떨쳐 버리려고 해도 뜻대로 되지 않는다 (  )

76. 신경이 비교적 예민하지만 남의 감정을 잘 읽지 못할 때가 있다 (  )

77. 상식도 풍부하고 유머 감각도 있는 편이다 (  )

78. 일단 일에 열중하면 그것이 끝나기 전에는 다른 일을 생각하지도 않으
   며 손도 대지 않는다 (  )

79. 다른 사람을 부러워하거나 질투할 때가 가끔 있다 (  )

80. 여행을 가거나 남의 집에서 잠을 잘 경우 잠이 잘 오지 않는다 (  )

81. 남들로부터 괴짜라는 말을 종종 듣는다 (  )

82. 허둥대는 편이라고 생각할 대가 종종 있다 (  )

83. 돈을 아껴 쓰며, 물건을 소중히 여긴다 (  )

84. 칭찬을 들으면 기뻐서 어쩔 줄 모르며, 남의 부추김에 흔들린다 (  )

85. 남의 걱정거리를 들어도 함부로 동정심이 일어나지 않는다 (  )

86. 결과에 대해 나쁜 방향으로 생각하며 지나치게 걱정한다 (  )

87. 불쌍한 이야기를 들으면 금방 거기에 감동하는 편이다 (  )

88. 규칙을 지키지 않는 사람은 아주 싫어한다 (  )

89. 유명인사, 연예인, 재벌 등을 부러워하고 자신도 그렇게 되었으면 하고
   공상을 할 때가 가끔 있다 (  )

90. 집을 나설 때, 식사를 할 때, 잠자리에 들 때 일정한 습관대로 해야만 마
   음이 놓이는 편이다 (  )

91. 주위가 시끄러워도 할 일이 있으면 구애받지 않고 계속한다 (  )

92. 화가 나도 미워하지 않으며 원한도 갖지 않는다 (  )

93. 애매모호한 상태를 싫어하고 원인과 결과를 끝까지 본다 (  )

94. 주위 사람들이 자신을 조금이라도 생각해 주고 도와주었으면 하고 생각

할 때가 있다 （　　　）

95. '되든 안 되든 해보자' 라는 마음을 갖지 않고 일단 조심스럽게 생각하는
편이다 （　　　）

96. 바보짓 하는 사람을 보면 참을 수가 없다 （　　　）

97. 생각이나 의견이 맞지 않는 사람과도 부담없이 교제할 수 있다 （　　　）

98. 욱하는 성질이 있어서 화가 나면 이성을 잃는다 （　　　）

99. 사교성은 많지만 사람을 좋아하고 싫어하는 구별은 분명하다 （　　　）

100. 이것저것 걱정을 많이 하는 편이고, 뾰족한 것, 높은 곳, 넓은 장소, 사
람들이 많이 모인 곳 등을 두려워하는 경향이 있다 （　　　）


## 진단방법

○, ×, △를 표시하고 나면 ○로 표시한 항목만을 확인해 보기 바란
다. 그리고 난 후 '꼭 맞는다' 중에서도 '대단히 잘 들어맞는다' '대체
적으로 그렇다' 라고 생각되는 것은 ○를 ◎로 고쳐주기 바란다. 이때
◎의 숫자가 별로 많지 않거나 없어도 무방하다.

이것이 끝나면 ○, ×, △, ◎를 〔자기진단표〕의 '이기란' 에다 옮겨
놓기 바란다. 그 다음 ◎는 3점, ○는 2점, △는 1점, ×는 0점으로 계
산하여 이것을 '점수란' 에 기입한 뒤 S, Z, E, H, N형의 합계 점수를
각각 산출하도록 한다.

S는 내폐성 기질, Z는 동조성 기질, E는 점착성 기질, H는 자기과시
적 성격, N은 신경질성 성격을 의미하는데, 합계 점수가 가장 높은 것
이 주된 성격이다. 만일 가장 높은 점수가 2개 이상이라면 그것들의 성
격을 거의 균등하게 갖고 있다고 해석할 수 있다. 가령 Z와 H가 동점
이라면 동조성과 자기과시적 성격의 '혼합, 합병형' 이라고 할 수 있다.

| S<br>내폐성기질 | | | Z<br>동조성기질 | | | E<br>점착성기질 | | | H<br>자기과시형 | | | N<br>신경질형 | | |
|---|---|---|---|---|---|---|---|---|---|---|---|---|---|---|
| 항목 | 이기 | 점수 | 항목 | 이기 | 점수 | 항목 | 이기 | 점수 | 항목 | 이기 | 점수 | 항목 | 이기 | 점수 |
| 1 | | | 2 | | | 3 | | | 4 | | | 5 | | |
| 6 | | | 7 | | | 8 | | | 9 | | | 10 | | |
| 11 | | | 12 | | | 13 | | | 14 | | | 15 | | |
| 16 | | | 17 | | | 18 | | | 19 | | | 20 | | |
| 21 | | | 22 | | | 23 | | | 24 | | | 25 | | |
| 26 | | | 27 | | | 28 | | | 29 | | | 30 | | |
| 31 | | | 32 | | | 33 | | | 34 | | | 35 | | |
| 36 | | | 37 | | | 38 | | | 39 | | | 40 | | |
| 41 | | | 42 | | | 43 | | | 44 | | | 45 | | |
| 46 | | | 47 | | | 48 | | | 49 | | | 50 | | |
| 51 | | | 52 | | | 53 | | | 54 | | | 55 | | |
| 56 | | | 57 | | | 58 | | | 59 | | | 60 | | |
| 61 | | | 62 | | | 63 | | | 64 | | | 65 | | |
| 66 | | | 67 | | | 68 | | | 69 | | | 70 | | |
| 71 | | | 72 | | | 73 | | | 74 | | | 75 | | |
| 76 | | | 77 | | | 78 | | | 79 | | | 80 | | |
| 81 | | | 82 | | | 83 | | | 84 | | | 85 | | |
| 86 | | | 87 | | | 88 | | | 89 | | | 90 | | |
| 91 | | | 92 | | | 93 | | | 94 | | | 95 | | |
| 96 | | | 97 | | | 98 | | | 99 | | | 100 | | |
| 합계 | | | 합계 | | | 합계 | | | 합계 | | | 합계 | | |

〔자기진단표〕

이것으로 남자와 여자는 자기의 '성격형'을 명확하게 알 수 있다. 그러나 가령 Z형이라고 판명되었다 해도 Z형 중에는 '잘 지껄이는 명랑형'이 있으며 '조용한 정서형'도 있다. 그 어느 쪽에 해당하는가. 또는 그 이외의 형에 해당되는가라는 것은 이 인벤토리만으로는 파악할 수가 없다. 그러나 기본적으로는 어느 형인가 하는 것과 주류를 이루고 있는 것은 어떠한 요소라는 것은 알 수가 있을 것이다.

그런데 만약 E형일 경우에는 편집성 기질의 요소를 상당히 많이 가지고 있을 수도 있다. 편집성 기질은 우선 E형과의 연관을 생각할 수 있지만, 아울러 S형도 생각할 수 있으며, N형과도 관련이 없다고는 할 수 없다. 그러므로 위의 퍼스낼리티 인벤토리에 대한 결과 E형이나 S형, N형이 나온 사람은 편집성 기질의 요소가 어느 정도인지 알기 위해서 다음의 20개 항에 대해 답해 보기 바란다(Z형이나 H형인 사람은 반대로 이 요소가 얼마나 적은가를 확인해 볼 수 있다)

1. 무슨 일이든 자신만만하게 하는 편이다 (　　　)

2. 장래에 대해 적극적으로 예측을 하는 편이다 (　　　)

3. 자신에 대한 자부심이 매우 강한 편이다 (　　　)

4. 하나의 목표를 정하면 정열적으로 돌진하는 편이다 (　　　)

5. 독자적인 견해나 기준으로 사물을 판단하는 편이다 (　　　)

6. 자기 나름대로의 생각을 확실히 갖고 있으며, 그 누가 반대를 하든 상관없이 자신의 주장을 관철시킨다 (　　　)

7. 손해배상을 청구한다든가, 부정과 싸우는 경우에는 중도에서 타협을 하지 않고 끝까지 싸운다 (　　　)

8. 일단 미워하거나 원한을 갖게 되면 굉장히 집착이 강한 편이다 (　　　)

9. 누군가가 자기에 대해 나쁜 소문을 퍼뜨린다거나 모함을 하고 있는 듯한 느낌을 불현듯 가질 때가 있다 (　　)

10. 어떠한 일이 실패로 끝났을 때 그 누군가가 방해를 했기 때문이라고 생각할 때가 있다 (　　)

11. 자기 물건이 보이지 않으면 누군가가 가져갔을 것이라고 남을 의심하는 경향이 있다 (　　)

12. 질투심이 매우 강한 편이다 (　　)

13. 자신은 상대편을 사랑하고 있는데 상대가 자신을 사랑하지 않을 경우에는 화가 치밀어올라 그 사람이 미워진다 (　　)

14. 예를 들어 '저 사람은 믿을 수 없다' 라고 한 번 생각하면 그 편견이 쉽게 지워지지 않는다 (　　)

15. 착실한 편이어서 남에게 부탁하지 않고 혼자서 잘해낸다 (　　)

16. 권리를 침해당하거나 어떠한 권력으로부터 압력을 받으면 투서나 소송 등으로 철저하게 대응한다 (　　)

17. 남들과의 교섭에서 집요하다는 말을 종종 듣는다 (　　)

18. 감상적인 생각에 사로잡힌다거나 값싼 동정 따위는 하기 싫으며, 일이 터질 때는 단호하게 대처한다 (　　)

19. 친구가 적고 사람들로부터 외면당하는 경향이 있다 (　　)

20. 하고 싶은 말이나 할 말이 있을 때에는 상대의 말을 가로막고서라도 분명히 말한다 (　　)

○, ×, △로 표시한 뒤 앞과 같이 ○를 ◎으로 고칠 것은 고치고, 역시 3점, 2점, 1점으로 계산하여 합계를 낸다. 이것으로 앞의 〔자기진단법〕의 5개 형의 비율을 수량적으로 비교할 수 있다.

# 결혼과 사랑의 함수관계

6

결혼은 사업이다
서로 알아두어야 할 상대방의 성격
자신에게 적합한 배우자의 성격
질투를 사랑으로 변화시키는 힘

# 결혼은 사업이다

요즘 신문에 나오는 광고 가운데 남녀를 연결해 주는 미팅주선이라든가 결혼 상대자 소개해 주는 결혼 컨설팅 회사가 멋진 광고문구를 앞세워 미혼 남녀와 이혼한 남자와 여자들, 나아가 나이가 지긋이 든 중년 남자와 여자의 마음까지도 사로잡고 있다.

이제 결혼은 문화이면서 하나의 사업이 되어버린 느낌이다. 요즘처럼 성문화가 개방되어 있고, 자신의 감정을 자유롭게 표현하는 시대에 자신의 짝을 찾지 못해 이런 단체를 찾는 사람이 있을까 의심하는 사람이 있다면 지금 당장 그런 착각은 접어두기 바란다.

요즘같이 불경기 속에서도 결코 사그라들지 않는 열기를 띤 곳이 바로 청춘 남녀의 짝짓기, 이혼 남녀 연결해 주기 등등의 결혼과 관련된 사업일 것이다.

어차피 내 짝 찾는 것이 목표라면 내숭떨지 말고 자신의 이력을 보여주고 여기에 조건이 맞는 사람을 찾자는 게 요즘 젊은이들의 생각이다.

물론 이런 문화가 빚어낸 비극도 가끔 신문지상에 오르내리고 있다.

결혼이라는 똑같은 목표를 두고 남자와 여자가 서로 조건 맞추기를 하는 가운데 '사랑'이라는 마음은 나중에 맞추면 된다는 사고방식이 깔려 있는 것 같아 안타깝다.

물론 우리 할머니들 세대는 남편의 얼굴도 보지 못한 채 시집을 가는 경우가 비일비재했고, 아무 탈 없이 잘 살았다고 한다. 그러나 이 말 속에는 여자들의 무조건적인 희생이 깔려 있기 때문에 결코 아무 탈 없이 잘 살았다고 말할 수는 없다.

어찌 되었건 지금의 상황을 보면 예전처럼 조건을 맞추는 식의 결혼 풍속도가 벌어지고 있는데, 여기에는 예전과 다른 점이 있다면 여자들의 적극성이다.

예전 우리 할머니들은 얼굴도 모르는 남자한테 시집가야 한다는 생각에 울면서 결혼식을 올렸지만 요즘 여자들은 결혼에 대한 자기만의 분명한 색깔이 있고, 그에 맞는 남자를 찾는다는 점이 다르다.

이렇듯 적극적으로 결혼하고자 하는 여자들이 늘어난 데에는 현실적인 계산이 앞선 젊은이들의 사고방식 때문이다.

어차피 할 결혼이라면, 즉 결혼이 현실이라는 것을 서서히 깨닫기 시작한 여자들이 늘어나고 있기 때문에 좋은 신랑감을 만나기 위해선 일찌감치 서두르는 편이 낫다고 생각하는 여자들이 많아지고 있다.

**이제 결혼도 사업이라는 풍속도가 우리 결혼 문화 속에 자연스럽게 자리잡고 있는 시대를 살면서 결혼이라는 사업이 성공하려면**

　　결국 이혼율도 함께 줄어들어야 할 것이다.

　　이혼하기 위해 결혼하는 것은 아닐 것이기 때문이다.


　　수많은 여자들이 이렇게 조건을 맞추면서 결혼을 하지만 상대방에 대한 신뢰의 마음이 밑바탕에 깔려 있어야 한다고 생각한다는 점에 주목해야 한다.

　　분명 결혼한 이후 현실이라는 문제가 모든 남자와 여자 앞에 나타난다. 이런 현실을 극복할 수 있는 것은 결코 돈도 아니고 조건도 아니다. 두 사람이 얼마나 사랑하느냐에 따라 극복 과정이 쉬울 수도 있고, 어려울 수도 있을 것이다.

　　결혼이 사업이라고 생각하는 남자와 여자들이 분명히 잊지 말아야 할 것이 있다면 두 사람이 만나는 결혼 조건 가운데 사랑하는 마음과 믿음에 대한 신뢰도라는 조건을 빼놓아서는 안 된다는 점이다.


## 서로 알아두어야 할 상대방의 성격


　　우리는 현실적으로 로빈슨 크루소처럼 혼자서 살아갈 수 없다. 아무리 싫어하는 사람일지라도 사회 안에서 생활하고 있는 이상 어떠한 형태로든 만날 수밖에 없고 결혼한 이후에도 내 남편한테 또는 내 아내한테 이런 성격이 있었나 하고 고개를 갸우뚱거릴 때가 한두 번이 아니다. 여기에서는 앞장에서 언급한 5가지 유형의 사람들과의 만남에서 어떠한 점에 주의해야 할 것인가에 대해 설명하고자 한다.

## S형(내폐성기질)의 성격일 경우

이 형의 사람은 '나는 내 갈 길을 간다' 는 식의 자주성과 주체성을 갖고 있으며, 나 아닌 다른 사람의 의견에 좌지우지하거나 상대방으로부터 영향을 받지 않는 것이 장점이다. 또한 주위 사람들이 어떻게 지내는가에 대해서도 신경을 쓰지 않는다. 부화뇌동하거나 남의 꽁무니를 쫓아다니지도 않는다. 이런 점은 장점이라고 하겠다.

그러나 이런 성격을 가진 사람은 다음과 같은 점에 유의해야 한다.

· 상대에게 어두운 인상을 주지 않도록 한다.

만약 남편이 이런 성격이라면 '도무지 속마음을 알 수 없는 사람' 이라는 인상을 주기 때문에 마이너스가 되고 만다. 이런 사람은 집에 와서도 그런 성격을 나타내므로 가능한 한 아내가 이런 성격을 고칠 수 있도록 옆에서 많은 도움을 주어야 한다. 될 수 있는 대로 명랑하고 쾌활하게 행동해야 한다. 동작도 기민하게 움직여야 하고, 웃을 때에도 소리를 내지 않고 웃을 경우 상대에 따라서는 냉소나 조소로 받아들일 수 있으므로 가능한 한 밝게 소리내어 웃도록 한다.

사람을 만나는 것이 업무의 주요한 부분을 차지하고 있다면 거울을 보면서 웃는 연습을 할 필요가 있다. 이런 노력을 하도록 아내가 옆에서 돕는다면 반드시 좋은 성과가 나타날 것이다.

· 사교성을 더욱 풍부하게 하도록 한다.

이 말은 '요란스럽게 행동하라' 는 것이 아니라 상대에게 더욱더 관심을 갖도록 노력하라는 뜻이다. 즉, 상대의 의견이나 생각, 감정 상태, 욕구, 행동, 표정 등에 관심을 기울이는 것이다. 상대의 이야기에 대해서도 관심없어 할 것이 아니라 흥미를 갖도록 노력해야 한다. 때로는 듣는 입장이 되거나, 말하는 입장이 되거나, 대화 도중에는 질문도 하며 감탄도 해본다. 찬사나 감탄사 등은 절대로 아끼지 않는다.

이러한 행동을 단순히 기계적으로 하지 말고 진지하게 해야 한다. 자신도 흉금을 털어놓을 뿐만 아니라 상대의 마음속으로 뛰어드는 것이다. 처음에는 어색하겠지만 하다 보면 자연스럽게 행동으로 이어진다.

· 사소한 일 때문에 기분이 상하지 않도록 한다.

예를 들어, 아침에 출근하기 전에 부부싸움을 했다든지, 불길한 꿈을 꾸었다든지, 전동차 안에서 발을 밟혀 시비를 했다든지 한 것이 원인이 되어 그날의 대인관계가 원활하지 못하다면 이것은 참으로 곤란한 일이다. 한편 상대가 자신을 아무렇게나 대한다고 해서 기분상하는 일이 없도록 조심해야 한다. 세상에는 여러 사람이 있으므로 그것을 크게 탓하지 말고 넓은 도량으로 포용해야 한다.

### Z형(동조성기질)의 성격일 경우

이 형의 성격은 비교적 사람들과의 만남에 능하다. 누구하고나 잘 사귀며, 상대로부터 호의나 호감을 사기 때문에 원만하게 교제를 해나간다. 이런 성격이라면 부부 사이에도 큰 불협화음 없이 조화롭게 문제를 풀어나가도록 애쓴다. 특히 주의해야 할 점은 없지만 굳이 말한다면 다음과 같은 것을 들 수 있다.

· 여자와의 대화나 서로 생각을 하나로 이끌어나가는데 있어서 끝까지 최선을 다해야 한다.

99%까지 남자의 주장을 여자가 받아들이고, 여자로 하여금 남자의 말을 따르도록 할 것 같은 마지막 단계에서 성공을 놓쳐버리는 일이 없도록 나머지 1%에 최선을 다해 노력해야 하는 것이다.

나폴레옹은 "마지막 5분 동안의 끈기가 승부를 좌우한다."는 철학을 자신의 좌우명으로 삼았다고 한다.

일반적으로 여자와 한 가지 문제에 대해 이야기하다 보면 여자의 끈질긴 이야기와 끊임없이 이어지는 대화를 하다가 마지막 순간에 '이젠 지쳤다! 더 이상 못 하겠다' 라고 생각하는 시점에 이르면 기껏 대화를 한 시간들이 물거품이 되고 만다. 이 시점에서 강한 의지와 투지가 있느냐 없느냐에 따라 성패가 갈라지는 것이다.

Z형의 사람은 자칫 소심해지거나 기력이 약해져서 될 대로 되라는 식으로 모든 것을 포기해 버리는 경우가 있다. 여자가 옆에 앉아서 끊임없이 추궁하고 재잘재잘대면 포기하고 대화를 기피해 버린다. 그러나 조금만 인내심을 갖고 여자의 말을 들어주고 대화를 해나가면 여자는 남자에게 감동받고 남편의 의견을 따르게 된다.

· 상대방으로 하여금 '지나치게 뒤를 보살펴준다' 는 인상을 주지 않도록 조심해야 한다.

친절하고 남의 뒷바라지를 잘해 주는 것은 좋지만 서비스가 지나치면 마이너스를 가져올 수 있다. 상대가 당신의 친절이나 도움을 진정 바라고 있을 때에는 별문제가 없지만 이쪽에서 상대편의 의사와는 관계없이 도움을 앞질러 베푸는 것은 쓸데없는 간섭이 되고 만다.

· 상대방에게 '경박하다는' 인상을 주지 않도록 한다.

부부 사이에 분위기가 험악해지거나, 긴장감이 감돌거나, 서먹서먹해지면 이런 성격의 사람은 무슨 수를 써서라도 분위기를 부드럽게 해야겠다는 생각을 갖기 쉽다. 그래서 농담을 하고 웃음을 자아내는 동작을 하기도 한다. 그러나 상대방이 아직 마음을 돌리고 싶은 기분이 아닌 경우에는 그런 행동이 유치하고 경박하게 받아들여진다. 반대로 즐거운 분위기에 휩쓸려 자신도 모르는 사이에 경솔한 행동을 하기도 하므로 항상 신중을 기해야 한다.

### E형(점착성기질)의 성격일 경우

이 형의 장점이라면 성실한 느낌을 사람들에게 준다는 것이다. 그런 까닭에 상대로부터 신뢰를 받기 쉬우며 좋은 인상을 줄 수가 있어 대인 관계에서 득을 많이 본다. 뿐만 아니라 중도에서 포기하는 일이 없고 인내심을 가지고 끝까지 밀고 나가는 지구력도 있다. 그러나 다음과 같은 점에 유의할 필요가 있다.

· 부드러움을 몸에 지니도록 한다.

어디까지나 부드러운 인격의 소유자가 되어야 한다. 그렇게 되기 위한 가장 좋은 방법은 자기와 성격이 다른 사람, 즉 대하기가 거북한 사람과 적극적으로 접촉해보는 것이다. 결코 피하지 말고 과감히 접촉하되 교제 범위를 넓혀 여러 사람들과 접촉하는 가운데 다양한 성격을 갖도록 노력한다.

이런 과정에서 지금까지 갖지 못했던 미흡한 성격 요소들을 보충해야 한다. 또 자신의 생활신조에 너무 집착하지 말고 새로운 세계로 눈을 돌리는 것도 한 방법이다. 여하튼 자신의 인품이나 인격이 더욱 탄력과 유연성을 띠도록 대인 접촉을 통해 훈련을 쌓아야 한다.


　· 융통성이나 기민성을 발휘하도록 한다.

　그러나 이러한 것들이 지나치게 발휘되면 너무 약삭빠르다는 인상을 주게 된다. 이렇게 되면 줏대없이 눈치만 보는 인간이 되어 바람직하지 못하다. 적당주의가 필요할 때도 있겠지만 믿을 수 없는 사람이라는 딱지가 붙으면 세상을 살아가는 데 마이너스가 된다. 빈틈없고 세련된 사람이라는 평을 들을 수 있도록 노력해야 할 것이다.


　· 절충이나 설득을 할 때, 또는 사람을 리드할 때 지나치게 강압적이라는
　　인상을 주지 않도록 한다.

　이야기를 할 때 신념을 가지고 상대를 대하는 것은 장점이지만 너무 강하게 밀어붙인다는 인상을 줄 수 있으므로 주의해야 한다. 특히 상대방이 아내라면 아내의 주장이나 의견도 충분히 들어야 한다. 그리고 상대로 하여금 충분히 생각할 수 있는 시간적 여유를 주어야 한다.

　가족과의 여행이나 새로운 계획을 할 때도 마찬가지다. "무조건 따라와!" 하는 식이 아니라 충분히 토의하고 설명하여 가족들을 잘 납득시켜야 한다. 무슨 일을 진행하려고 할 때에도 기분내키는 대로 행동하거나 단숨에 해치우려고 하지 말고 사전에 미리 여행이나 가정일에 대한 문제에 대해 좀더 연구해 보고, 그것도 안 되면 여행과 관계된 사람들이나 자료를 찾아보고 가족을 위해 할 수 있는 노력하는 모습을 보여야 한다.

　또 이런 성격 가운데 편집성 기질의 요소가 강한 사람은 상대방을 선입관이나 편견에 의해 판단하지 않도록 해야 한다. '내 아내는 이러한

사람이다' 라든가 '내 남편은 이러한 사람이다' 라고 단정하는 것은 굉장히 잘못된 생각이고 잘못된 결과를 낳게 된다. 융통성을 가지고 자신의 판단이 바뀔 수도 있다는 생각으로 상대를 판단해야 한다.

그리고 상대방에게 도전적인 태도를 취하지 않아야 하고, 해결은 원만하게 해야 한다는 것을 신조로 삼아야 한다. 한편 한 가지 생각에 너무 집착한 나머지 상대방에게 감정의 응어리를 남기지 않도록 한다.


### H형(자기과시형)의 성격일 경우

처음 대하는 사람에게 어색해 하지 않고 접근할 수 있다는 것이 이 형의 커다란 장점이라고 하겠다. 사람을 끌어당기는 매력, 흥미를 불러일으키는 화제의 전개 등도 다른 유형들이 도저히 따라 올 수 없는 장점이다. 그러나 다음과 같은 점에 주의하는 것이 좋다.


· '입은 화를 불러일으킨다' 라는 말이 있듯이 지나치게 쓸데없는 말을 지껄여 그것 때문에 화를 자초하는 일이 없도록 해야 한다.

말을 잘하는 것은 좋지만 너무 분위기에 휩쓸려 말을 함부로 하지 않도록 주의해야 한다. 상대로부터 비밀을 못 지키는 사람이라든지 허풍쟁이라는 오해를 받는다면 엄청난 손해를 볼 수 있다.

이런 성격의 사람 중에는 "너무 머리가 잘 돌아가서 안심할 수가 없다", "재주가 비상해서 무슨 짓을 할지 모른다"라고 상대로부터 경계받는 사람도 있다. 이 역시 손해를 볼 수 있기 때문에 주의해야 한다.


· 상대로부터 경박하다는 인상을 주지 않도록 한다.

농담이나 익살도 정도껏 해야 한다. 세상에는 위트도 이해하지 못하고 농담도 통하지 않는 사람이 있으므로 상대를 잘 보고 농담을 해야 한다. 유행어를 말하거나 멋을 낼 때도 상대방의 입장과 T.P.O.(Time, Place, Occasion) 등을 잘 생각해서 해야 한다. 주목받고 싶다는 욕망이 강하게 작용하여 자기도 모르는 사이에 그만 경망스러운 말이나 행동을 하는 일이 없도록 자제력을 갖도록 하는 것이 필요하다.

· 사람을 구별하지 않도록 조심한다.

사람을 대할 때 싫은 감정이나 좋은 감정을 앞세우지 말고 구별없이 대하는 것이 좋다. 이런 성격의 경우는 거북한 상대, 한수 위의 상대, 답답한 상대는 가급적 피하려는 경향이 있다. 그러나 절대로 그런 태도를 취하지 말고 구별 없이 대하는 것이 좋다.

만약 남편이 이런 성격이라면 여자들은 남편의 성격을 잘 파악하여 도움이 되는 방법을 찾도록 하는 것이 좋다. 왜냐하면 이런 성격은 교제를 할 때 겉치레의 교제가 되거나 상황에 따라서 상대를 쉽게 바꾸는 일이 있는데 이런 행동은 좋지 않다. 오래 교제할 수 있는 사람을 많이 갖도록 노력해야 한다. 대인관계를 이해득실이라는 관점에서만 보지 말고 무형의 정신적 재산이라는 측면에서 보는 것이 바람직하다.

· 절충이나 설득, 세일즈의 경우 더욱 끈질기게 시도해야 한다.

쉽게 체념하거나 대화 도중에 싫증을 느껴서는 안 되며, 끝까지 대화에 참여하도록 인내해야 한다. 이런 말을 했다가 뜻대로 되지 않으면 금방 다른 화제로 이야기를 옮기는 행동은 절대로 부부 사이에 도움이 되지 않는다.

## N형(신경질형)의 성격일 경우

이 형의 사람은 교제하는 방법이 매우 신중하다. 어느 선까지 친밀해야 하는가, 그리고 어느 정도 거리를 유지하는 것이 좋은가를 깊이 생각한다. 또 무엇인가를 약속할 경우 그 약속을 지킬 수 있는가에 대해서도 신중히 생각해 본다. 이 형의 사람은 절대로 경솔하지 않다는 것이 장점이라고 하겠다. 거기에다 세밀한 데까지 신경을 써서 상대의 감정을 해치지 않도록 조심한다. 이것도 좋은 점이라고 하겠지만, 특히 다음과 같은 점에 유의해야 한다.

· 노이로제에 걸리지 않도록 대처해야 한다. 이 점이 무엇보다도 중요하다.

대인관계의 문제로 지나치게 신경을 써서는 안 된다. 만일 신경을 많이 썼다고 생각되면 미리 예방 조치를 취하지 않으면 안 된다. 예를 들어, 레크리에이션 등으로 기분을 전환시키는 것도 한 가지 방법이다. 이 밖에도 '완벽주의'에 빠지지 않도록 노력하는 것이 중요하다.

· 대화할 때 가슴을 펴고 당당하게 자신감에 넘치는 태도로 한다.

상대방에게 처음부터 확신이 없는 태도를 보이면 상대방의 페이스에 말려들어 상대방이 원하는 대로 따르게 된다. 마치 옳지 못한 제안이라도 한 것처럼 보인다.

또한 상대의 안색에 지나치게 신경을 쓰다 보면 '비굴한 사람'이라는 느낌을 주기 쉽다. 이것은 부부 사이에도 결코 바람직하지 못한 부부상이다. 그러므로 '당당하게'라는 주문을 마음속으로 여러번 반복한다. 이런 모습이 아내나 남편에게 자신감있는 모습으로 보여 대화하는

데 탄력성을 가질 수 있게 된다. 이런 것은 연습과 경험을 쌓음으로써
놀라울 정도로 달라질 수 있다.

· 처음 만나거나 여러 사람 앞에서 이야기를 할 때 우물쭈물하는 사람이
   비교적 많다. 이런 사람은 기백을 갖도록 해야 한다.

그러기 위해서는 수양에 관한 책이나 인생론 같은 책을 숙독하거나
정신수련, 스포츠에 열중하는 것도 효과가 있다. 또한 남들이 간단히
흉내낼 수 없는 무엇인가를 계속해 보는 것도 좋다. 어쨌든 이런 것들
이 바탕이 되어 사람들을 대할 때 일종의 박력이 몸에서 솟아나게 되는
것이다.

그럼, 이번에는 입장을 바꾸어서 '내'가 아니라 '상대방'이라는 관
점에서 5가지 형에 대해 알맞은 방법에 대해 설명해 보자.

## 상대방이 S형일 경우

아내나 남편이 S형일 경우에는 다음과 같은 점에 주의한다.

· 상대편의 프라이버시를 침해하지 않도록 주의를 해야 한다.

자신의 프라이버시가 침해되는 것을 가장 싫어하는 유형이 바로 S
형의 사람이다. 사생활의 영역을 파고들어 사적인 것을 알아내려고 하
거나 그 내면을 들여다보려고 하는 것은 그것이 선의에서 비롯되었다
해도 삼가해야 한다. 친한 사이에서도 마찬가지다. 친한 사이일수록 예
의를 지켜야 한다는 말이 있다. 항상 이 점을 염두에 두고 대해야 한다.

· 의논이나 부탁은 잘 생각해서 하도록 해야 한다. 될 수 있으면 적당한
  정도로 한다.

이 형의 사람은 어느 정도까지는 받아주지만 일정 한도를 스스로 정
해놓고 있기 때문에 선을 넘어서면 냉정히 거절해 버리는데 이런 점을
이해하지 못하는 사람은 자칫 오해를 하게 된다.

아무리 부부 사이라고 해도 자기만의 영역은 존재하는 법이다. 상대
방의 생각을 무시하고 아내라는 이유로, 남편이라는 이유로 무조건 상
대방의 의사와 상관없이 행동하고 지시하면 아무리 부부 사이라고 해
도 기분이 나빠진다. 겉으로는 내색을 하지 않지만 속으로는 불쾌하게
생각하며 은근히 당신을 경멸하기도 한다. 여하튼 만사를 너무 안이하
게 생각하는 것은 절대 금물이다.


· 공적이든 사적이든 이 사람의 독자적인 세계에 함부로 뛰어들지 말아
  야 한다.

이 형의 사람 중에는 독특한 발상, 독특한 사고를 가진 사람이 있다.
이러한 발상이나 사고를 존중해 주는 것은 좋은 일이다. 상대가 남편이
라면 그를 존경하는 태도는 바람직하다. 반대로 아내일 경우에는 아내
의 생각을 높이 평가해 주고 가치를 인정해 주며 협조해 주면, 남편에
대한 아내의 신뢰는 한층 높아지고 남편의 의견을 적극 따르게 된다.
그러나 이 형의 사람에게는 일종의 비밀주의 같은 것이 있으므로 이에
어긋나거나 이것을 위협하는 일은 좋지 않다.


· 신뢰감을 갖도록 한다.

부부 사이에 가장 중요한 것이 바로 서로에 대한 신뢰다. 사랑도 신

뢰를 바탕으로 했을 때 그 뿌리가 튼튼할 수 있다. 특히 이런 성격의 사람에 대해서는 더욱 그렇다. 왜냐하면 이런 유형의 사람은 쉽게 남을 신용하지 않는 경향이 있다. 그러나 한 번 신뢰하게 되면 매우 두텁게 신임을 한다. 따라서 '성실하고 믿음직스러운 사람'이라는 신뢰를 갖도록 해야 한다. 이에 반해 상대방에게 '겉으로는 그럴듯하지만 허풍쟁이가 아닌가'라는 생각을 갖게 만들면 신뢰감을 쌓이지 않는다. 가능한 한 '제 자랑을 하지 않고 말없이 조용히 실천하는 사람이다', '한 번 약속한 것은 아무리 작은 일이라도 잘 지키는 사람이다'라는 확신을 갖게 되면 이 유형의 사람은 깊은 인간 관계를 맺는다.

· 자신의 생각을 쉽게 털어놓지 않는다.

이 경우 흉금을 털어놓게 만드는 방법으로 취미가 효과적인 작용을 한다. 구체적으로 말하면 같은 취미를 갖거나 상대를 취미에 대해 공감하면 당신에게 친근감을 갖게 된다. 그러므로 이런 성격을 가진 부부라면 상대방의 취미가 무엇인지 미리 조사해두는 것이 좋다.

· 공명하거나 공감하는 취미도 좋지만 이상이나 목적이 같으면 더욱 친밀해질 수 있다.

· 취미의 내용에 있어서도 전반적으로 속물성, 통속성을 싫어하는 사람이 S형에는 상당히 많다.

이러한 사람과 교제하기 위해서는 이쪽에서 적어도 높은 수준의 소유자가 되어야 한다.

· S형의 상대를 표면적으로만 관찰하고 그것이 그의 전부인양 생각하면 오산이다.

겉으로는 온순해 보여도 내면은 줏대가 강한 사람이거나 겉보기에는 단순해 보여도 속은 의외로 복잡한 사람인 경우다. 이런 사람이 당신의 동료나 후배, 부하직원이라 해도 절대로 무시해서는 안 된다.


· 겉으로 보기에는 그렇게 보이지 않지만 내심으로 퍽 상처 입기 위운 사람이 S형이다.

별뜻 없이 한 말이 부부 사이의 사랑 전선에 금이 가는 경우가 있으므로 이런 사람에게 말을 할 때는 신중을 기해야 한다.


· 이런 사람이 남편일 경우 엄한 가장, 단호하게 가족을 끌고 가는 경우가 많다.

이러한 남자들은 자신의 뜻을 이해하고 기대에 어긋나지 않게 충실히 따라주는 가족을 좋아한다. 그러므로 아내는 남편의 마음을 자신의 마음이라고 생각하고 뜻에 맞도록 일을 처리하면 두 사람의 부부관계는 원만할 것이다.


· 남편은 아내의 숨은 재능을 정확히 파악해야 하며, 아울러 남편이 아내를 이해하고 있다는 것을 아내에게 알려주는 것이 중요하다.

아내는 남편이 자기를 진실로 이해해 준다는 생각이 들면 남편과 가족을 위해 최선을 다해 노력한다. 또 아내의 꿈이나 목적, 포부 등을 알아내어 그것이 이루어질 수 있도록 도와주며 격려해 주어야 한다.

## 상대가 Z형일 경우

·상대가 당신의 성격에 맞추어서 행동을 하는 형이기 때문에 이쪽에서 편하게 교제를 할 수 있으며, 각별히 주의해야 할 점은 없다.

그러나 아무리 그가 남의 성격에 잘 맞춘다 해도 Z형의 사람은 지나치게 이론적인 사람을 싫어하며 멀리 하려고 하기 때문에 이론만 내세워 자신의 생각을 밝히는 태도는 바람직하지 않다. 보다 밝고 즐거운 태도로 대해야 한다. 그러기 위해서는 우선 유머를 이해하는 사람이 되어야 한다. 이것이 무엇보다도 중요하다.


·강철 같은 의지를 가진 사람에게 Z형은 일종의 두려움을 느낀다.

이러한 사람과 접하거나 대면할 때에는 공포심이나 곤혹감을 느낀다. 그러므로 그러한 점들을 겉으로 내보이지 말고 부드럽고 따뜻한 마음으로 접근해야 한다.


·Z형의 사람은 인간성이 좋고 서비스 정신이 왕성하여 그 누군가가 칭찬을 해주면 매우 좋아한다.

그의 서비스를 고맙게 생각하고 기꺼이 수용해야 한다. 상대도 그렇게 해주는 것을 좋아하기 때문에 그의 호의를 거부하거나 굳이 사양할 필요는 없다. 그러나 대가는 적절하게 치르는 것이 좋다. 대가라고 해서 물건이나 돈으로 답례하는 것이 아니다. 친절에는 친절로서 보답하는 마음이 필요하다. 그러나 상대의 호의를 의도적으로 이용해서도 안되고, 당연한 것처럼 받아들이면 교제는 오래가지 못한다.


·대화로 문제를 풀어나갈 경우, 그의 기분이 좋을 때를 택한다.

즉, 기분 좋은 상태가 되는 주기에 맞추면 성공률이 높다. 기분이 우울할 때는 결단력이 떨어지고 망설임이 강해지기 때문에 대화가 제대로 이루어지지 않아 서로의 기분을 상하게 하는 말을 쓸 수 있다. 이런 시기에는 무리하게 대화하지 말고 기회를 엿보는 것이 좋다.

· 기분이 좋은 상태일 때 대화할 경우 템포나 리듬이 중요하다. 이야기는 적당한 템포로 기분좋게 리드미컬하게 진행한다.

이런 것을 바탕으로 해야만 설득에 성공할 수 있다. Z형의 사람은 우물쭈물하거나 흐릿한 것을 싫어한다.

· 상대가 '아' 하면 이쪽에서 '어' 하는 융통성도 필요하다.

대화 중에 완강하게 뿌리치지 말고 유연하게 대처한다. 부부 사이에 상대방이 자신의 생각을 인정해 주지 않고 단호하게 뿌리치면 위축하게 된다. 그러므로 조화로운 대화가 필요하다. "이것은 도저히 굽힐 수 없다"고 곤혹스러워하지 말고 "그렇게 하는 것보다 이렇게 하는 것이 어떨까."라는 식의 발상 전환을 하면 대화를 잘 진행시킬 수 있다.

· 이 사람이 남편일 경우에는 카리스마적인 기질이 있어서 가족의 뒤를 잘 보살펴준다.

심지어 남을 잘 도와주는 사람은 항상 바쁘고, 바쁜 일이 그의 취미라고 생각하는 사람도 있다. 이런 남편에 대해 아내는 '이왕 의지할 바에는 힘있는 남편에게 의지하는 것이 좋다' 라는 생각을 가지고 다가가는 것이 좋다. 그러면 남편은 자기가 기사라도 되는 듯 기사도 정신을 발휘하여 잘 도와준다.

· 반대로 Z형의 사람이 아내일 경우에는 남편인 당신은 아내를 될 수 있는 한 자유롭게 일을 할 수 있도록 해주는 것이 바람직하다.

아내는 끈기를 가지고 꾸준히 하는 일에는 질색을 한다. 따라서 아내에게 끊임없이 변화로운 삶을 제시해 주어야 한다. 그러나 리드가 너무 강하면 좋지 않다. 무조건 내 뜻이 맞으니 당신은 따라오라는 식으로 여자의 삶에 대해 시시콜콜 간섭하면 대부분의 여자들은 도망갈 구멍을 찾을 것이다. 보다 자유롭게 마음껏 일을 하도록 해주어야 한다.

· 아내가 심한 우울증에 빠져 있을 때에는 소위 슬럼프가 나타난다.

이럴 때는 무기력, 능력 저하 등이 현저하게 눈에 띈다. 이런 아내는 자신의 슬럼프로 인해 남편이나 가족에게 적지 않은 지장을 주고 있음을 내심 미안하게 생각한다. 따라서 위와 같은 말을 할 경우 마치 몽둥이로 얻어맞은 것 같아 더욱 자책감을 느끼는 동시에 우울 상태가 악화된다. 오히려 다음과 같이 말해 주는 것이 아내의 우울한 기분을 치료하는 데 효과가 있다.

"누구든 일이 잘될 때도 있고 잘 안 될 때도 있으니까 너무 초조하게 생각하지 말자. 자기야 힘들겠지만 마음을 편하게 가지도록 해."

**상대가 E형일 경우**

· 모든 일에 있어서 느슨한 분위기를 배격하고 철저하게 대응한다.

약속한 시간은 단 1초의 어김도 없이 지켜야 한다. 10분, 20분 정도의 지각을 예사롭게 생각하는 사람을 E형의 사람은 극히 싫어한다. 단지 싫어할 뿐만 아니라 '이러한 사람은 절대로 믿을 수 없다' 고까지 생각한다. 이런 경우는 상대방이 가족이어도 마찬가지이다. 특히 아내가 이럴 경우 남편은 아내를 마구 질타하기까지 한다.

부부 사이일지라도 약속을 지키지 못할 경우에는 그 이유를 명확히 밝히고 정중히 사과해야 한다. 적당주의나 모호한 태도는 금물이다. 이밖에도 사회 규범이나 관습에 벗어난 행동도 이 사람 앞에서는 삼가하는 것이 좋다.


· 예의를 항상 염두에 두고 사람을 대한다.

오랫동안 함께 지내다 보면 허물없는 사이가 되어버려 말투나 태도 등도 예의에서 벗어나게 된다. 그러나 E형의 사람은 예의에 어긋나는 행동을 매우 싫어할 뿐만 아니라 감정을 해치는 경우가 많으므로 무례하게 행동해서는 안 된다. 모든 일을 항상 정중하게 처리해야 한다.


· 농담이나 쓸데없는 말, 저속한 이야기도 금물이다.

그러한 이야기는 혐오감을 주는 경우가 많으며 오해를 사는 경우도 많다. 당신의 인격이나 품위가 저열하다고 오해를 받을 수도 있으며, 그가 놀림감이 되었다고 오해를 할 수도 있다. 경박한 유행어를 쓰는 것도 마찬가지이므로 그런 말은 되도록 입에 담지 않는 것이 좋다.


· 당신의 말이나 의견, 행동 등에도 일관성을 지녀야 한다.

지난번에 이야기했을 때와 지금 이야기했을 때가 다르다거나, 말이 상황에 따라 바뀐다거나, 논리가 정연하지 않다든가 하는 것을 싫어하며, 이것이 심한 경우에는 아무리 부부 사이일지라도 신뢰할 수 없는 사람이라고 생각한다. 이 사람은 임기응변 따위는 전혀 이해하지 못한다고 생각하는 것이 좋다. '언제, 어디서나 말과 행동이 항상 일치한다' 는 인상을 주어야 한다.


· 대화를 할 경우에는 "급하게 서두르면 일을 그르친다"는 말을 가슴속
  에 간직하고 지구전의 태세를 취해야 한다.

결코 초조해 해서는 안 된다. 초조해 하면 실패한다. 설령 일진일퇴
를 거듭하더라도 끈질기게 도전해야 한다. 그리고 하나하나 착실히 이
야기하면서 서로의 합일점을 찾아나가는 것이 바람직하다.

대화를 하다 보면 이쪽에서 하는 말을 상대방이 이해하지 못하는 경
우도 있다. 그러나 이것을 눈에 보이는 대로 판단해서는 안 된다.

E형의 특징 중의 하나가 흥미나 감명을 받았을 경우 그것을 마음속
으로 반추하거나 음미하는 것이다. 그러므로 상대가 좀 시무룩해 하거
나 반문을 자꾸 하면 이러한 현상이 오히려 대화를 해나가는 데 좋은
징조라고 생각해야 할 것이다. 초조해 하거나 불안해 하지 말고 부드럽
고 천천히 이야기를 진행시켜 나가야 한다.


· 앞에서와 같은 경우 이쪽의 이야기는 정확해야 하고 내용 자체도 전체
  를 망라한 것이 좋다.

첫 번째는 열 가지를 모두 이야기해 주고, 두 번째는 열 가지 중 서너
개로 나누어 이야기하는 것이 일반적인 설명 방식인데, Z형이나 H형
의 사람에게는 그렇게 하는 것이 좋지만, E형의 경우는 좋지 않다.

녹음해서 들려주는 것처럼 첫 번째와 조금도 다름이 없는 내용을 그
대로 전한다는 마음가짐을 가져야 한다. 애매모호한 말투는 절대 해서
는 안 되며 얼버무리는 말투도 좋지 않다. '노골적인 화법이 아니라 함
축성 있는 화법' 이라는 생각을 가지고 말하다가는 상대방으로부터 '혼

자 지껄이는 사람'이라는 평을 듣기 쉽다.

· 이런 사람이 남편이라면 질서나 관습 등을 중요시하고 엄격히 따지는
  남편이라고 생각하는 것이 좋다.
  따라서 여자는 가족 속의 일원이라는 마음가짐을 가져야 한다. 외부
에서 일어난 가정사는 하나도 빠뜨리지 않고 남편에게 말하고 상의하
는 것이 좋다.
  그리고 남편의 의견이나 이야기를 충분히 한 후에 처리한다. 아무리
가벼운 일이라도 이와 같은 순서를 밟지 않고 여자 마음대로 일을 처리
하면 남편은 질서가 어긋났다고 생각하고 아내가 남편의 의사를 무시
했다고 판단하기 때문에 가족간의 불화가 빚어질 수 있다.

· E형의 사람이 아내인 경우 남편인 당신은 아내의 생각을 적극적으로
  받아들이는 자세가 무엇보다 중요하다.
  이런 성격의 여자는 요령도 재치도 없는 편이고, 사람에 따라서는 좀
둔하다는 느낌도 준다. 따라서 사고력, 임기응변, 기민성이라는 단어
와는 전혀 어울리지 않는다. 그러나 이런 성격의 장점은 성실하고, 정
중하고, 끈기가 강하기 때문에 집안 일을 모두 책임지고 있는 여자들이
이런 성격이라면 남편들은 아내의 마음을 다독거리는 것만 잘 해주어
도 여자는 가족을 위해 최선의 노력을 다할 것이다.

· 이런 아내에게는 표리부동하지 않고 열심히 노력하는 행동을 높이 인
  정해 주어야 한다.

## 상대가 H형일 경우

· 상대의 장점을 자극해 주는 것이 좋다. 누구에게나 정도의 차이는 있지
  만 자만이라는 감정이 있는데, H형의 사람에게 특히 강하다.

따라서 그가 자신만만하게 하는 것이 무엇인가를 알아내어 그것을
칭찬해 주면 효과가 있다. 일반적으로 칭찬을 해주면 S형은 비꼬는 말
로 받아들이며 E형은 오히려 그것을 거북하게 생각하지만, H형은 '이
사람들이야말로 가장 좋은 이해자' 라고 생각하며 매우 기뻐한다.


· H형에 대한 접근 포인트는 칭찬이다. 경박한 칭찬이나 추켜세우는 찬
  사가 아닌 솔직하고 감동적인 칭찬은 매우 효과적이다.

대체로 우리 나라 사람들은 미국이나 유럽 사람에 비해 칭찬을 잘 못
하는 편이다. 게다가 우리 나라 사람은 지나친 칭찬에 대해 낯간지러워
하고 아부로 받아들이는 경우가 많다. 그러나 칭찬은 사람과의 만남에
있어서 윤활유 역할을 한다. 일반적으로 H형의 사람은 욕구가 강하기
때문에 허영심이나 허세가 강하다는 사실을 염두에 둘 필요가 있다.


· 대화할 경우에는 리드미컬하고 빠르게 말하는 것이 좋다.

이 형의 사람은 지나치게 자세히 늘어놓는 이야기를 싫어한다. 항상
밝고 즐거운 분위기 속에서 이야기를 진행시키는 것이 좋다. 상대방이
자기 자랑을 늘어놓으면 맞장구를 치거나 감탄사를 연발하면서 그의
이야기에 흥미를 갖도록 한다.


· 대화를 계속해 나가는 과정에서 자주 상대방의 기분이 바뀌므로 이쪽
  에서 망설이게 되는 경우가 많다.

H형의 사람은 변덕스러운 날씨처럼 바뀌는 빈도가 높아 저번과 이번의 태도가 180도 달라질 수도 있다. 얘기 도중 잠시 쉬는 시간이 있으면 그것 하나로 전과 후의 태도가 달라지기도 한다. 조금 전까지는 '좀더 이야기를 듣고 싶다'는 태도였는데 갑자기 '빨리 끝내줬으면 좋겠다'는 식으로 태도가 돌변하는 것은 조금도 이상한 일이 아니다. 이러한 변화를 재빨리 간파하고 어떻게 할 것인가를 빨리 결정해야 한다.

· 이 사람이 남편일 경우 대개 말도 잘하고 일도 잘한다. 약간 스탠드 플레이(stand play)를 하는 경향이 있다.

모든 일이 순조롭게 잘 진행될 때는 기분이 좋아 어깨를 으쓱거리지만 일이 잘 안 될 때는 실망스럽다는 듯이 고개를 떨구고 말도 잘 하지 않는다. 한 마디로 기복이 매우 심한 편이다. 그러므로 아내는 이런 남편의 성격을 잘 파악하여 옆에서 도와주는 것이 좋다.

아내로부터 떠받들어지는 것을 좋아하는 남편도 있는데, 때로는 그렇게 대접해 주는 것이 좋을 때도 있다. 집안에서 자신이 대접받는다고 생각하면 남편들은 자신의 위치에 한결 기분이 나아지게 된다.

특히 H형을 가진 남편 중에는 가정일이 잘 되면 자기 때문이라고 떠벌리지만 잘 안 될 때는 아내 탓이라고 책임을 전가하는 사람도 있다. 이렇게까지는 하지 않더라도 아내의 잘못을 자신이 도맡아 감싸주는 형은 못 된다. 어쨌든 믿음직스러운 점은 다소 부족하다.

· 반대로 H형의 사람이 아내인 경우에는 남편은 '칭찬하면서 다룬다'는 것을 모토로 해야 한다.

일반적으로 질타는 역효과를 내어 의기소침해지거나 시무룩해져서 의욕을 상실하게 된다. 맛있는 반찬을 해놓았거나 가정의 인테리어를 바꾸었을 때 칭찬을 해주는 것도 좋지만, 비록 겉으로는 나타나지 만 한 가지 일을 싫증내지 않고 꾸준히 계속하고 있다는 점에 대해 칭 찬을 해주고 격려를 해주는 것이 더욱 좋다. 그런데 칭찬해 주면 잘난 듯이 우쭐대기도 하므로 칭찬과 함께 약간 제동을 거는 것이 좋다.

· 주위 사람들로부터 주목을 받고 싶어 하는데 특히 남편으로부터 칭찬 을 받고 싶다.

또한 어떤 일로도 눈에 띄고 싶어한다. 자신만이 특별한 대우를 받고 싶어하는데, 이건 욕구가 충족되지 못하면 심하게 질투하기도 한다. 이 런 사람은 정신 구조가 미숙하다고 볼 수 있다. 즉 '어른'이 되지 못한 것이다. 비록 두뇌는 우수하지만 아직까지도 어린이의 때를 벗지 못한 사람이 H형에는 많다.

그래서 이러한 아내를 둔 남편은 기회가 있을 때마다 정신적인 면에 서 어른스럽게 발전하도록 지도해 주어야 한다. 이것이 근본적으로 필 요하다. 단순히 칭찬만 해준다면 그 당시는 좋을지 모르나 가족 모두에 게나 아내 자신을 위해서는 전혀 도움이 되지 못한다. 진정 가족의 앞 날을 생각하고 아내의 역할이 크다는 것을 깨닫는다면 인간적인 면의 성장을 촉진시켜 주는 것이 무엇보다도 중요하다.

## 상대가 N형일 경우

· 무엇보다도 이 사람은 섬세한 사람이라고 할 수 있다. 말하자면 유리그 릇과 같은 마음을 지닌 사람이라고 생각하면서 대해야 한다.

옷차림은 말할 것도 없고, 화제 선택에도 조심해야 한다. 그리고 상대의 눈에 거슬리는 행동이나 말, 특히 상대의 감정을 상하게 하는 말을 해서는 안 된다. 큰소리로 떠들거나, 혼자 지껄이거나, 깔깔대고 웃거나 오랜 시간 앉아 있어서도 안 된다. 또 너무 무관심해도 안 된다.

· 이상의 것들을 염두에 두고 부드럽게 대해야 한다.

N형의 사람은 강요하거나 능글맞게 구는 사람을 가장 싫어한다. 그러므로 따스한 인간미나 친절로 다가가면 쉽게 마음을 연다.

· 대화할 때 강압적인 태도는 피해야 한다.

강제로 이야기를 마무리지으면 그때는 성공한 것처럼 보이지만 결국 마음속으로부터의 이해나 협력을 얻지 못해 실패를 하게 된다.

이런 유형은 최종 단계에서 결단을 내리지 못하는 사람이 많다. 그렇다고 해서 초조해 할 필요는 없다. 잠시 동안 시간적인 여유를 두고 상대로 하여금 생각할 시간을 주는 것이 좋다. 그런 다음 타이밍을 엿보아 단숨에 결론을 내어 대화를 마무리짓는다. 이것이 바로 요령이다.

이 최후의 과정에서는 상대의 입장에 서서 성실한 태도로 조용히 설득력 있게 설명하는 것이 좋다. 이렇게 함으로써 상대방으로 하여금 진심으로 배려해 주는 좋은 조언자라는 이미지를 심어주게 되는 것이다.

· 이런 사람이 남편일 경우에는 돌다리도 두들기며 건너는 형이라는 것을 명심해야 한다.

모든 면에 조심성이 있고 신중하며 모험을 즐기지 않는다. 그러므로 Z형이나 H형의 아내에게는 시원찮은 남편으로 보일 것이다.

이런 남편의 아내는 자신의 행동이나 가정 일에 소홀함이 없어야 하

며 정확성에 신경써야 한다. 적당주의는 절대 금물이며, 게으름이라도
피우면 그날은 부부 싸움이 벌어지는 날이다. 의견을 제시하거나 새로
운 계획을 건의할 때에는 그 취지는 물론 결과와 전망 등을 정확히 예
측하여 자세히 기술하는 것이 좋다. 정확한 데이타를 가장 좋아하므로
조사나 통계에 관한 데이터가 있으면 함께 곁들인다. 확실성이나 안전
성을 입증하는 자료를 보여주면 남편은 아내의 정성에 감동되어 아내
의 의견을 적극 따를 것이다.


· N형의 남편 중에는 주위 사람들이 상상조차도 할 수 없는 강한 권력욕
  이나 명예욕을 남몰래 지니고 있는 사람이 있다.

언뜻 보기에는 나약한 듯하지만 어떤 문제가 발생하면 어디서 그런
의지나 나오는지 '숨겨진 투혼' 을 발휘해 강한 의지로 그것을 관철시
킨다. 이런 사람은 대개 자신의 결점이나 단점들을 자각하고 있으며 그
것들을 극복하려고 노력한다. 그런데 스스로도 알고 있는 약점이나 취
약한 부분을 남들이 건드리면 마음의 상처를 받는다. 그러므로 아내는
그런 남편의 심리를 헤아려 함부로 그의 결점을 건드리지 않아야 한다.


· 반대로 N형을 가진 아내의 경우 남편은 완벽주의에 사로잡히지 않도
  록 세심하게 이끌어주어야 한다.

이 형의 사람은 자기 자신에 대해 항상 높은 수준을 요구한다. 그리
고는 '항상 자기는 불만족스럽게 일을 하고 있다' 고 자책한다. 뿐만 아
니라 앞날을 비관할 때가 많다. 그러므로 남편은 아내에게서 완벽함을
바라지 말고 70점 정도면 족하다고 생각할 수 있도록 도와야 한다.

· 그러나 이런 아내에게는 위로나 동정의 말과 태도를 삼가는 것이 아내

자신을 위해서도 좋다.

당사자는 항상 '자신의 능력을 낮게 평가받고 있다' 고 생각한다. 그러한 아내에게 위로나 동정을 보내면 더욱 자신을 비관한다. 아내에게는 위로가 아니라 현재 착실히 향상하고 있다는 점을 인정해 주는 동시에 그 점을 높이 평가해 주는 것이 중요하다. 그리고 나서 따뜻한 말로 격려를 해주면 효과적이라고 하겠다.


· 이런 성격의 아내에게는 책임이 무겁거나 광범위하게 신경을 써야 하는 일, 계속 결정을 해야 하는 일은 맡기지 않는 것이 좋다.

반대로 폭이 좁은 일, 일정 범위 내에서 하는 일, 특히 세심함을 요구하는 일을 시키는 것이 좋다. 그리고 그 일이 가정에서는 얼마나 중요한가를 인식시켜 보람을 느끼게 하는 것이다. 그렇게 하면 아내는 그 분야를 중심으로 전문가가 되려고 노력할 것이다.


· 이 사람은 또 주위 사람들에게 매우 신경을 쓰기도 한다.

이 때문에 하고 싶은 말도 제대로 하지 못하는 경우가 있다. 그러므로 남편인 당신은 대화를 할 때 아내가 이야기하고 싶어할 때에는 서슴지 말고 이야기할 수 있도록 듣는 자세를 갖추어야 한다.


## 자신에게 적합한 배우자의 성격


'궁합' 이라는 말은 일반적으로 결혼을 전제로 사용되는 말이다. 우리 나라 사람들은 궁합을 알아보기 위해 흔히 점쟁이를 찾아간다. 그러

면 점쟁이는 당사자의 사주팔자를 바탕으로 점을 치는 것이다. 이 밖에
도 감정 방법은 매우 다양하다. 손금으로 보는 점, 얼굴을 보는 관상술,
하늘의 별을 보고 점을 치는 점성술, 예감이나 계시에 의한 영감술, 그
리고 성명풀이, 혈액형 감정 등 여러 가지가 있다.

오늘날 과학이 발달되었다고는 하나 아직도 궁합을 보는 사람이 많
다는 사실은 궁합에 대한 관심이 얼마나 큰가를 단적으로 보여주고 있
다. 그러나 그 결과를 심각하게 받아들여서는 안 되겠다.

그렇다면 심리학과 성격학에서 말하는 배우자와의 '상성(相性)'이
란 과연 무엇인가. 그것은 '남편과 아내의 퍼스낼리티의 적합성'이라
고 해석하는 것이 가장 적절하다.

일반적으로 서로의 궁합이 맞느냐 안 맞느냐 하는 것은 퍼스낼리티
가 적합한가 적합하지 않은가라는 문제에 귀착한다고 말할 수 있다. 그
러나 이것이 핵심이 되기는 하지만 이것만을 뜻하는 것은 아니다. 상성
이 좋고 나쁨에는 많은 요소가 엉켜 있다. 예를 들면 다음과 같다.


· 남녀가 서로 결혼에 이를 만큼 정신적으로 성숙되어 있는가와 결혼에
  적성을 갖추고 있는가 하는 점이다.
· 두 사람의 결혼관이나 가치관, 인생관(어떠한 결혼 생활을 보내고 싶
  은가. 어떠한 목표와 생활설계를 갖고 있는가 등)이 일치하고 있는가
  와 그것들이 잘 조화되고 있는가 하는 점이다.
· 각자가 남편으로서의 역할, 아내로서의 역할에 충분한 자각을 갖고 있
  는가와 상대에 대해 지나치게 또는 비정상적인 기대를 갖고 있지나 않
  은가 하는 점이다.
· 두 사람의 흥미, 관심의 방향, 취미, 넓은 의미에서의 기호가 거의 일치

하고 있는가 하는 점이다.

· 두 사람의 지능 상태에 큰 차이는 없는가 하는 점이다.

· 상대의 외모, 말씨, 동작, 버릇 등 전체적인 느낌에 호감을 가질 수 있는가와 감각적, 생리적인 느낌이 나쁘지는 않는가 하는 점이다.

이와 같이 6가지 요점을 최소한으로 꼽을 수 있다. 이 밖에도 세세한 것까지 합치면 한이 없다. 이처럼 상성은 매우 복잡하므로 '성격'의 구성만으로 상성을 규정한다는 것은 무리다.

그러나 '성격'이 상성의 중대한 요인이라는 것은 사실이다. 성격을 빼놓고는 상성에 대한 문제를 절대로 생각할 수 없다. 성격은 아무리 생각해도 중요한 요인임에 틀림없다.

성격에 따라서 그다지 노력하지 않고서도 상대를 이해하며 상대와 잘 맞출 수도 있고 맞추지 못할 수도 있다. 뜻이 맞는 짝이 되기도 하고 그렇지 못한 짝이 되기도 한다. 결혼 생활 동안 상대를 좋은 느낌으로 대할 수 있다면 이 부부의 상성은 성격학적인 입장에서 매우 바람직하지만, 그다지 좋은 느낌을 갖지 못하면 상성은 바람직하지 못하다.

이러한 관점에서 다음의 5가지 형에 대해 자신에게 적합한 배우자의 성격과 적합하지 않는 성격을 항목별로 열거해 보기로 하겠다.


### S형의 남자에게 적합한 여자

· 이 형의 남자의 내면적인 장점이나 독특한 발상, 감정 같은 것을 충분히 이해해 주고, 가능하면 존경까지 해주는 여자가 가장 적합하다. 표면적이며 통속적인 것에만 눈을 파는 여자는 부적합하다.

· 침착하고 따뜻한 분위기를 만들며 밝고 부드러운 여자.

### S형의 남자에게 적합하지 않는 여자

· 남자가 조용히 사색을 하고 싶은데 눈치없이 말을 걸어오는, 이를
  테면 좀 수다스러운 여자.
· 허영심이 강하고 화려한 것을 좋아하는 여자.
· 남자의 출세나 높은 수입만을 바라는 여자.
· 인생관이나 가치관이 상반되는 여자.

### Z형의 남자에게 적합한 여자

· 명랑, 쾌활한데다 개방적이고 가정을 화목하게 만들 줄 아는 여자.
· 가계를 착실히 꾸려나가며 임기응변에 능하고 부부가 함께 즐기는
  분위기를 만들 줄 아는 여자.
· 남편이 집에 돌아왔을 때 몸과 마음을 편안하게 쉴 수 있도록 배려
  할 줄 아는 여자.

### Z형의 남자에게 적합하지 않는 여자

· 자신의 이상 속에 남자를 짜맞추려고 하는 여자.
· 항상 우는 소리를 하거나 불평을 늘어놓는 여자.
· 이론적인데다가 격식만 따지는 여자.
· 대하기가 거북하고 융통성이 없어 재미가 없는 여자.

### E형의 남자에게 적합한 여자

· 검소하고 성실하며 차근차근 쌓아올리는 남자에게 공감하고 존경
  하는 여자. 그녀 자신도 경망스럽지 않고 착실한 성격이다.
· 성실하고 따뜻한 성격으로 친척, 이웃과도 원만하게 지내는 여자.

**E형의 남자에게 적합하지 않는 여자**

· 사치를 좋아하는 여자.

· 쉽게 싫증을 느끼며 끈기가 없는 여자.

· 기분이 자주 바뀌는 여자.

· 남자가 하는 일에 간섭하고 비판하는 여자.

· 몸가짐이 단정치 못하고 가계부 쓰기를 싫어하는 여자.


**H형의 남자에게 적합한 여자**

· 밝고 명랑하며 감정과 눈치가 빠르고 공감을 갖는 여자.

· 정서가 안정되어, 남편을 자유롭게 활동하게 하고 조언하는 여자.


**H형의 남자에게 적합하지 않는 여자**

· 음울한 느낌을 주는 여자.

· 유머를 이해하지 못하는 여자. 농담이나 과장된 것을 싫어할 뿐만
아니라 '경박하다'고 생각하는 엄격한 성격의 여자.

· 자질구레한 것에 지나치게 집착하며 항상 긴장하는 여자.

· 정신 구조가 미숙한 어린애 같은 여자.


**N형의 남자에게 적합한 여자**

· 나이는 남편보다 아래지만 모성애를 지니고 있는 누이 같은 여자.
남편의 주변을 항상 돌보며, 남편의 좋은 의논 상대가 되어주며,
특히 남편의 건강을 잘 관리해 주는 여자.

· 여자 특유의 섬세함과 침착성, 명랑성을 갖춘 여자.

### N형의 남자에게 적합하지 않는 여자

· 감정의 기복과 강짜가 심하며 제멋대로 행동하는 여자.

· 허영심과 경쟁심이 강한 여자.

· 가정적이지 못한 여자. 가사 일을 하기 싫어하고 잘 못하는 여자.

· 남편의 출세만을 바라는 여자.


다음은 관점을 바꾸어서 여자쪽에서 남자를 보도록 하자.


### S형의 여자에게 적합한 남자

· 사소한 일에 구애받지 않고 시원시원하며 마음이 넓은 남자. 사교
성이 원만한 남자라면 더욱 좋다.

· 이 형의 여자가 갖고 있는 내면적인 장점을 진정으로 이해해 주는
남자(이것은 거의 절대적인 조건이다).

· 나이에 걸맞게 무게가 있고 믿음직스러운 남자.


### S형의 여자에게 적합하지 않는 남자

· 요란스러울 정도로 화려한 것을 좋아하는 남자.

· 겉으로는 그럴싸하게 말하지만 실행이 따르지 못하는 남자. 말이
많고 책임감이 없으며 허풍만 떠는 남자.

· 저속하고 야비한 남자.

· 성미가 까다롭고 불평을 일삼는 남자.


### Z형의 여자에게 적합한 남자

· 밝고 쾌활하며 줏대가 있고 사리를 잘 분간하는 남자.

· 일할 때와 놀 때를 구분하며, 일과 가정을 잘 조화시키는 남자.

· 여자가 감상에 사로잡히거나 우울할 때 따뜻하게 감싸주는 남자.

## Z형의 여자에게 적합하지 않는 남자

· 딱딱하고 무미건조한 남자. 느리고 둔하게 보이는 남자.

· 극단적인 이상주의자. 이상만을 추구하고 현실적이지 못한 남자.

· 가정을 직장으로 착각하는 남자. 무턱대고 출세만 생각하는 남자.
  생활 전체를 자로 재듯이 살아가려는 남자.

· 놀랄 정도로 강한 의지를 지닌 '강철' 같은 남자.

## E형의 여자에게 적합한 남자

· 경박하지 않고 착실하며 조용한 남자.

· 성실하고 소박하게 인생길을 걸어가는 남자.

· 이 형의 여자의 결점이나 아픈 곳을 건드리지 않는 따뜻한 마음을
  가진 남자. 휴머니티를 느끼게 하는 남자.

## E형의 여자에게 적합하지 않는 남자

· 촐랑거리며 경박하며, 추켜세우면 좋아하는 경거망동하는 남자.

· 시시한 익살을 부리거나 침을 튀기면서 허풍을 떠는 남자.

· 허세를 부리며 잘 보이려고 애쓰는 남자.

· 하루하루를 적당히 살며 '설마 어떻게 되겠지' 하는 남자.

· 금전 관계가 지저분한 남자. 도박을 좋아하는 남자.

· 싫증을 느끼게 하는 남자.

### H형의 여자에게 적합한 남자

· 밝고 의지가 강한 남자. 명랑하고 두뇌회전이 빠르며 우물쭈물하
  지 않고 어려운 일을 당했을 때 적절한 조치를 취할 줄 아는 남자.
· 성숙한 인격과 정확한 판단력을 갖춘 남자.
· 믿음직한 남자. 때로는 아버지처럼 여자를 보호할 줄 아는 남자.

### H형의 여자에게 적합하지 않는 남자

· 음침하고 어두운 느낌이 들고, 차갑고 마음을 헤아리기 힘든 남자.
· 지나치게 성실하고 딱딱하며, 유머를 이해하지 못하는 남자.
· 빨리 이해하지 못하고 둔하며 우물쭈물하는 남자.
· 속이 좁고 기가 약한 남자. 이러한 사람은 결혼 초기에는 잘 맞는
  경우도 있으나 몇 년이 지나면 싫증을 느끼게 된다.

### N형의 여자에게 적합한 남자

· 포용력과 관용을 갖춘 도량이 넓으며, 따뜻한 인간미를 갖춘 남자.
· 열등감이나 우월감 없이 자신감에 차 있는 남자.
· 밝고 여유를 가진 남자.

### N형의 여자에게 적합하지 않는 남자

· 너무 고집이 세고 능글맞은 남자. 대담함을 떠나 무지막지한 남자.
· 거칠고 야성적인 남자.
· 냉혹하고 잔인한 남자. 속마음을 내비치지 않는 남자.
· 자기만 옳다고 믿으며 남에게 피해를 주어도 상관하지 않는 남자.

# 질투를 사랑으로 변화시키는 힘

수많은 성격의 남자와 여자가 만나 사랑하고 결혼하기까지 얼마나 힘든 과정들을 밟아가는지 알 것이다. 그런데 이렇게 우여곡절 끝에 한 결혼 생활이 왜 항상 행복하지 못한 것인지 알 수가 없다.

특히 결혼한 이후 서로의 관심도는 시간과 장소를 가리지 않고 나타난다. 결혼한 지 얼마 되지 않은 부부의 질투심과 관련되 에피소드를 들어보면 참으로 재미있는 현상을 발견할 수 있다.

남편의 초등학교 모임에 부부 동반으로 함께 가게 되었는데, 그곳에 모인 남편의 친구들이 그야말로 초등학교 시절로 돌아가 서로에게 보이는 어린시절의 우정에 아내는 그만 질투심을 일으키고 말았다.

초등학교시절 누가 누구를 좋아했느니 짝사랑했느니 하는 대화를 듣고 있던 아내는 그 여자친구와 남편이 나누는 대화를 더이상 듣고 있기가 힘들 정도였다는 것이다.

엄청난 인내심을 발휘한 덕에 모임은 무사히 끝났지만 이들 부부의 이차전은 가히 전쟁을 방불케 했다.

어떻게 초등학교 친구와 자기를 그런 이상한 관계로 볼 수 있는지 이해할 수 없다는 남편과 어떻게 아내를 옆에 두고 그렇게 둘이서만 어린시절로 돌아가 서로의 정을 나눌 수 있느냐는 아내의 생각은 틈을 좁힐 수 없을 것 같은 상황까지 몰고 갔다.

그런데 여자의 말 한 마디에 두 사람의 질투심은 사랑으로 돌변했다.

"내가 얼마나 자기와 함께 하고 싶어하는지 몰라? 나는 우리 사랑 이야기 속의 주인공이 나이고 싶단 말이야. 다른 엑스트라는 필요없어."

이 말을 들은 남편도 자신의 지나친 행동을 사과했고, 아내의 질투심은 사랑에서 비롯된 것임을 확인할 수 있었다.

**아마 부부는 이렇게 서로의 사랑을 확인하는 작업을 거치면서
가정이라는 울타리를 튼튼하게 지어나가는 것이 아닌가 한다.**

이제 우리는 질투심을 나쁘게만 볼 필요는 없다. 질투를 통해 잠시 잊고 있었던 남편에 대한 사랑을, 또는 아내에 대한 사랑을 다시 불태울 수 있다면 질투는 부부 사이의 사랑 전선에 감초 같은 존재가 될 것이다.

특히 이 질투심이 필요한 부부들이 있는데, 바로 권태기에 접어든 부부들이다. 결혼을 하고 어느 정도의 시일이 지나면 자신도 모르는 사이에 권태기에 접어들게 된다.

이것을 빨리 인식하는 것이 무엇보다 중요하다. 문제를 알아야 해결 방법을 찾을 수 있기 때문이다. 문제가 무엇인지도 모른 채 서로 상대방에 대한 불신감만 키워간다면 서로에게 시간 낭비가 될 뿐이다.

권태기가 온 것을 빨리 인식하면 이를 극복할 수 있는 방법을 찾는 것이 좋다.

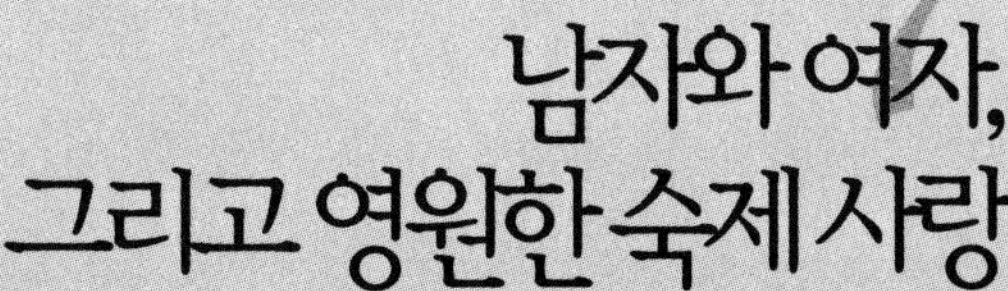

# 7

# 남자와 여자,
# 그리고 영원한 숙제 사랑

## 말로 하는 사랑, 가슴으로 다가오는 사랑

이 세상에 남자와 여자가 존재하는 한 '연애'라는 것과 '사랑'이라는 것은 영원히 되풀이될 것이다.

그렇다면 도대체 남녀간의 '사랑'이란 무엇일까? 시인들은 이 사랑을 숭고하게 노래하고 있으며, 소설가들은 이 사랑을 여러 형태로 아름답게 묘사하고 있다.

그런데 이 사랑을 심리학적으로 하나의 사실, 하나의 현상으로 객관적이고 과학적인 측면에서 분석한다면 어떤 해석을 내릴 수 있겠는가.

심리학적으로 정의를 내린다면 사랑이란, 상대의 이성과 직접적으로 하나가 되고 싶다는 욕구에 의해 일어나는 정서라고 할 수 있다. 무미건조한 해석이지만 학문적으로는 이렇게 정의를 내릴 수밖에 없다.

여기에서 보다 학문적인 측면에서 그림으로 설명을 해보기로 한다.

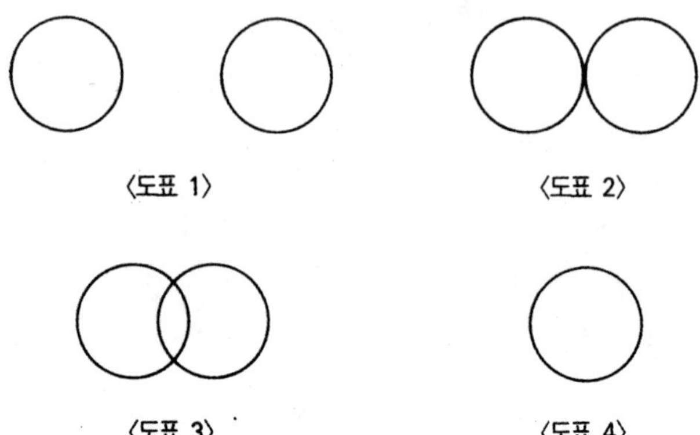



인간은 누구나 '자아' 라는 것을 소유하고 있다. 이것을 둥근 원으로 표시해 본다.

〈도표 1〉처럼 남녀의 2개의 원이 서로 떨어져 있는 상태는 서로가 전혀 아무런 관계가 없음을 나타낸다. 그러나 〈도표 2〉처럼 이 2개의 원이 서로 맞닿으면 '낯선 사람들끼리 서로 옷깃만 스쳐도 전생에 연분이 있었다' 라는 격이 된다.

이에 그치지 않고 〈도표 3〉처럼 2개의 원이 올림픽 마크처럼 서로 맞물리면 이제는 결코 무관심한 사이로 지낼 수 없는 관계가 되어 상대방에게 호기심이나 흥미를 갖기 시작한다. 이렇게 되면 자아는 더욱 접근하려는 욕망을 가지고 맹렬한 운동을 일으킨다.

그런 다음 마침내 〈도표 4〉에서 보듯이 2개의 원은 마치 하나인 것처럼 합쳐진 상태가 되면 남녀의 사랑은 극치에 달하며 이것이 가장 이상적인 모습이다.

이 극치의 상태가 되었을 때 두 사람은 일심동체라는 것을 실감한다. 독일의 철학자 막스 셸러는 남녀애의 극치는 '일체감' 이라고 말했다.

이와 같은 동질의 심리현상을 미국의 심리학자 윌리엄 제임스는 다음과 같이 말했다.

"그는 내 뼈 중의 뼈요 살 중의 살이다. 만일 그가 죽는다면 나의 한 부분이 떨어져 나간 것과 다름없다. 또 그가 어떤 나쁜 일을 저질렀다면 그것은 곧 나의 수치이며 그가 모욕을 당했다면 내가 직접 모욕을 당한 것처럼 노여움이 폭발한다."

참으로 멋진 표현이다. 사랑하는 사람이 눈앞에서 수치를 당했을 때 심한 노여움을 느낀다면 그것은 곧 참사랑이다. 그러나 본 척 만 척하고 현장에서 이탈하려고 한다면 그것은 진실한 사랑이 아니다.

몇 사람이 모여 앉아 잡담을 나누고 있다. 물론 여자도 자리를 함께 하고 있다.

마침내 화제가 남편에게로 옮겨졌고 대수롭지 않은 뜬소문을 가지고 모두가 남편을 나쁘게 평하고 있다. 이때 그가 진정 사랑한다면 단호하게 남편을 변호해 줄 것이다.

"그건 여러분께서 오해하신 겁니다. 그 사람은 절대로 그런 사람이 아닙니다."

그러나 주위 사람들을 의식해서 입을 다물고 있거나 그들과 장단을 맞춰가며 험담을 늘어놓는다면 결코 사랑하는 가족으로서 보여줄 행동이 아니다.

2개의 원이 하나의 원으로 합쳐지는 일심동체의 상태는
실제에 있어서 여간 어려운 일이 아니다.
일심동체는 고사하고 '동상이몽'의 경우도 있다.

어느 금슬 좋은 노부부가 새로 지은 자신들의 집을 바라다보면서 회심의 미소를 짓고 있었다. 서로 다른 생각을 하면서.

남편은 '이제야 퇴직금으로 집을 마련했어. 비록 정년퇴직을 한 나이지만 여생을 행복하게 지내겠다' 라고. 그러나 바로 옆에 서 있던 아내는 '꿈에도 갖고 싶었던 내 집! 드디어 내 집이 생겼어. 이젠 남편이 세상을 떠나도 걱정없어. 2층에 하숙이라도 치면 어떻게든 살아 갈 수 있을 거야' 하고.

일심동체란 말은 하기 쉽지만 현실적으로는 '한순간의 환상' 에 지나지 않는 경우가 많다. 그러나 남자와 여자는 한순간의 환상을 현실로 받아들이면서 두 사람의 인생을 이어나가고 있는 것이다. 분명한 것은 사랑의 힘은 한순간의 환상을 영원으로 이어놓는다는 것이다.


# 사랑이 움틀 때

남녀의 사랑이란 앞에서도 말했듯이 자아의 접근에서 시작되어 상대를 완전히 포섭하는 운동이라고 한다면, 여기에서 몇 가지의 심리학적 '정리' 를 할 수 있다.

이것을 4가지로 구분하여 설명해 보자.


### ■ 정리 · 1

남녀간에 서로 합일을 원하는 욕구운동은 '자아확대감' 을 갖고 있을 때보다는 '자아축소감' 을 갖고 있을 때 일어나기 쉽다.

자아를 고무풍선에 비유해 보면, 맑게 개인 하늘을 힘차게 솟구쳐 올라가는 듯한 심리상태를 '확대감' 이라고 하며, 반대로 가을비를 흠뻑

맞으며 가까이 떠돌아 다니는 듯한 심리상태를 '축소감' 이라고 한다.

인간은 확대감을 만끽하고 있는 상태에서는 그다지 절실하게 이성을 원하지 않는다. 만사가 순조롭게 진행되고 있을 때, 만족이 절정에 달해 있을 때, 기쁨으로 충만해 있을 때에는 단지 일시적으로 즐기기 위한 이성은 원하지만 진정한 의미에서의 연인이나 반려자 따위의 대상은 절실히 원하지 않는다.

그러나 축소감에 짓눌려 있는 상황에서는 이성을 절실히 요구하게 된다. 즉, 어떤 일에 실패하거나 좌절했을 때, 곤란한 지경에 이르렀을 때, 고독감을 뼈저리게 느낄 때, 실의에 빠졌을 때, 자존심에 상처를 입었을 때, 열등감에 사로잡혀 있을 때 이성을 그리워하게 되는 것이다.

그러므로 이 정리는 적절하다. 여자는 남자가 축소감에 빠져 있는 기회를 노려 공격하면 사랑의 느낌을 강하게 받을 것이다. 이를테면 회사 업무에 지쳐 있을 때 건네는 한 마디는 남자의 기를 살려준다.

"자기야, 나는 정말 자기가 믿음직스럽고 존경스러워요."

이 한 마디에 최소한 남자의 어깨에 힘은 들어가게 된다. 반대로 남자들은 여자가 독감이라도 걸려 고생하고 있을 때 절대 말을 아껴서는 안 된다.

"자기, 감기 걸렸네. 오늘부터 총 비상령 발효다. 오늘부터 내가 자기 감기와의 전쟁에 들어갈 테니까 아무 걱정 하지 마."

이 한 마디에 여자는 틀림없이 눈시울을 적시게 될 것이다.

결혼 피로연에서는 신랑과 신부의 친구들이 한자리에 모여 서로 인사를 나누며 이야기의 꽃을 피우게 된다. 그러다가 피로연이 파한 후 그 중 어떤 이성과 함께 찻집에 들러 차를 마신다. 이것이 인연이 되어 새로운 커플이 탄생되는 경우도 있다.

피로연에서는 신랑 신부가 그날의 주인공으로, 초청된 하객들은 조역에 지나지 않는다. 조역으로 초대된 미혼 남녀들은 눈부실 정도로 아름다운 신랑 신부를 보면서 무의식 중에 축소감을 느끼게 되는 것이다.

### ■ 정리 · 2

합일을 원하는 욕구는 공간적, 시간적 접근과 함수관계에 있다.

우리는 흔히 번화가의 시계탑 밑이라든가 전철역 출입구, 또는 이름 있는 커피숍 등에서 손목시계를 계속 들여다보며 초조하게 연인을 기다리는 사람을 볼 수 있다.

클라크 헐이라는 미국의 신행동주의 심리학자는, 생쥐가 미로를 요리조리 통과하면서 먹이가 있는 곳까지 달려가는 과정을 출발 지점에서 도달 지점까지 세밀히 관찰하는 가운데 생쥐가 먹이에 가까이 접근할수록 속도가 빨라진다는 사실을 확인했다.

그러나 생쥐가 먹이에 아주 가까이 접근하여 미로의 마지막 코너를 돌아 먹이가 시야에 들어오는 순간, 갑자기 달리는 속도가 느려진다는 새로운 사실도 알아냈다.

연인을 생쥐의 먹이로 비유한다는 것은 좀 가혹한 일이지만 인간의 심리에도 이와 비슷한 속성이 있다.

"15분 정도 늦기는 했지만 설마 가버리지는 않았겠지……."

일말의 불안감을 안고 빠른 걸음으로 플랫폼의 계단을 내려오는 그녀의 발걸음은 자연히 급해지기만 한다. 그러나 개찰구 너머로 초조하게 기다리는 연인의 모습을 발견하는 순간 자신도 모르게 갑자기 걸음걸이가 둔해진다.

어쨌든 연인과 만나기로 약속했을 때 기다리는 쪽과 기다리게 하는 쪽은 심리적으로 큰 차이가 있다. 늦어진 쪽에서는 "어머! 15분이나 늦었네요"하는 정도이지만 계속 시계를 들여다보며 기다리는 쪽의 심정은 그 15분이 정말 30분이나 한 시간 이상으로 길게 느껴질 것이다.

일반론에 입각하면 거리가 좁혀짐에 따라 욕구는 더욱 강렬해지게 마련이다. 20분 전부터 연인을 기다리는 쪽은 1분 단위로 욕구와 긴장감이 서서히 고조되어 간다. 그러다가 약속 시간인 6시가 되면 그 감정은 절정에 이른다. 그렇다면 그 이후에는 어떤 현상이 일어날까. 6시를 넘어선 몇 분까지는 기대감과 불안감이 뒤섞여 긴장이 지속된다. 그러나 어느 시점을 고비로 욕구는 점점 약화되어 간다. 그 고비의 시점은 사람에 따라 다르겠지만 어떤 사람은 6시 20분, 어떤 사람은 6시 50분까지 기대감을 유지하는 경우도 있다. 어떤 사람은 신경질적이어서 빨리 체념하기도 하고, 어떤 사람은 집념이 강해 오랫동안 기다린다. 이렇듯 사람에게는 개인차가 있는데, 이는 성격과 크게 관계된다.

**그러나 기다리는 시간적 차이는 성격 때문만도 아니다.**
**그 장소나 주위의 여건에 따라 달라지기도 한다.**


주위에 자기와 비슷한 입장의 사람이 서성거리고 있다거나 전혀 그런 사람이 없이 혼자 기다리고 있는 상황과도 관계가 있다. 어쩌면 연출 효과를 노려 약속 시간을 일부러 넘겨서 등장하는 사람도 있을 것이다. 그러나 번번히 이런 수법을 상습적으로 쓴다거나 오랫동안 기다리게 한다면 결국에는 역효과를 가져오게 된다.

"상대방이 기다릴 수 있는 한계는 몇 분 정도일까?"

이것은 성격이나 상황 등을 종합해서 계산해 볼 필요가 있다. 어쨌든 연애를 할 때에는 반드시 예측을 중시해야 한다.

이 예측과 균형을 맞추지 못하면 기차가 떠날 때 눈물로 전송한다 해도 결국 전화 한 통 편지 한 장 보내 주시 않는 영원한 이별이 되고 말 것이다. 어떤 사람은 연인에게 거의 매일처럼 러브레터나 전화세례를 퍼붓는다. 처음에는 상대방이 감격할지 몰라도 그것이 주책없이 반복되면 결국 식상하고 말 것이다.

여기서 다시 강조해 둔다.

**연애를 할 때 예측이나 균형유지가
얼마나 중요한가를 명심해 두기 바란다.**

한 주일에 데이트는 몇 번 정도 할 것인가. 데이트 시간은 어느 정도로 할 것인가. 약혼 기간은 얼마 동안이 좋을 것인가를 머릿속으로 계산해 두어야 한다. 대부분 정신과의사들은 약혼 기간을 최소 6개월에서 12개월 정도 거르는 여과 기간을 갖는 것이 좋다고 충고한다.

## 사랑이 고조될 때

■ **정리 · 3**

결혼 욕구는 상대와 합일하려는 목표 사이에 장애물이 개입될 경우에 더욱더 강하게 고조된다.

사랑하는 두 남녀는 마침내 결혼이라는 궁극 목표에까지 이르게 된다. 이렇게 되면 대개의 경우 부모를 비롯하여 친척이나 친구들 그리고 이들을 아끼는 모든 사람들이 축하의 박수를 보낸다. 그런데 정작 이렇게 되고 나면 당사자들의 사랑이나 감정은 웬일인지 더 이상 뜨거워지질 않는다. 어쩐지 김이 빠져버린 느낌마저 드는 경우도 있다.

이에 반하여 어느 한쪽 부모가 "내 눈에 흙이 들어가기 전에는 절대로 이 결혼을 승낙할 수 없다"며 반대하면 당사자들은 전에 없이 애정을 불태우며 기어이 결혼승락을 받아내고야 말겠다고 다짐한다. "어떻게 해서든 관철시켜야 한다. 끝내 허락을 받지 못한다면 집을 뛰쳐나오는 한이 있어도 꼭 결혼하고야 말겠다"며 의지를 앞세운다.

그러나 이런 상황은 그다지 큰 장애로 볼 수 없다. 개중에는 장애 정도가 너무 완강해 정말 진퇴양난일 경우도 있다. 이렇게 되면 본의 아니게 체념할 수밖에 없다. 만일 체념도 할 수 없는 처지라면 죽음까지도 불사하는 비극을 불러들인다.

서로 열렬히 사랑하는 사이인데 동성동본인 까닭에 결혼을 할 수 없는 경우도 있다. 혹은 동생이 학교를 졸업할 때까지 가사를 도맡아야 한다든가 가족의 생계 문제로 당장 결혼이 곤란한 경우도 있다.

예상치 않은 장애물로 라이벌이 등장하는 경우도 있다. 그 동안 미온적인 애정으로 대해 오던 남자가 라이벌의 등장으로 갑자기 전의를 가다듬게 된다.

"저런 친구에게 내 애인을 빼앗길 수 없다."

이런 시기심이 발동하여 시들했던 연인에 대한 감정이 갑자기 왕성해지며 그녀가 신선하게 보여진다. 참으로 이상한 일이다. 그래서 라이벌의 등장은 마치 '캠퍼 주사(캠퍼 주사는 심장 마비가 왔을 때 응급처치로 쓰이는 주사를 말하는 것으로 사랑이 식어갈 때 응급 처치용으로 시기심을 불러일으키는 것을 말한다.)'의 역할을 한다.

시간도 장애물의 하나로 꼽힌다. 읽고 싶은 책이 있으면 빨리 사서 읽고 싶은 것이 인간의 심리다. 그러나 막상 그 책을 손에 넣으면 책꽂이에 꽂아두고 읽는 것을 뒤로 미룬다. 하지만 빌려 온 책은 밤을 지새면서까지 열심히 읽는다. 이런 경험은 누구나 해보았을 것이다.

**연애의 심리도 이와 마찬가지로 스키장에서 사귄
연인들이나 방학 때가 아니면 만날 수 없는
고향친구들끼리의 연애는 시간적인 제약이 큰 장애가 되고 있다.**

그래서 이들은 더욱 정열적인 연정을 불태우게 된다. 하루종일 같은 직장에서 얼굴을 마주대하는 연인들끼리는 그토록 뜨겁게 애정을 연소시키지 못한다. 그래도 오늘날에는 옛날에 비해 여러 가지 의미에서 장애 요소가 많이 줄어들어 다행이다. 연애가 무척 자유스러워진 이후 순애보는 사라지고 인스턴트식 사랑이 나날이 증가되는 추세다.

### ■ 정리 · 4

합일의 욕구는 목적이 금방 달성될 듯한 상태에 있으면서도 그렇게 되지 못할 경우에 가장 높다.

입학시험이나 입사시험을 상상해 보면 쉽게 이해할 수 있다. 1차 시험에서 낙방했다면 쉽게 단념할 수도 있다. 그러나 1차, 2차 시험을 통과하고 면접시험이라는 최종 관문에 이르게 되면 지원한 학교나 회사에 합격하고 싶다는 욕망이 더욱 강하게 일어난다. 연애도 이와 비슷하다. 이쪽에서 적극적으로 해도 상대가 전혀 반응을 보이지 않으면 상대에게 그다지 미련을 두지 않는다. 그러나 반응이 있을 듯한 낌새를 보이거나 반응을 행동으로 보일 경우에는 그만 상대에게 끌리고 만다.

기마병 하사인 돈 호세는 순진하고도 성실한 젊은이였다. 어느날 담배공장의 경비근무를 하고 있었는데 카르멘이 입에 물고 있던 자귀꽃을 던져 유혹하는 바람에 결국 그는 일생동안 불행한 삶을 살아야 했다. 동서고금을 막론하고 '요부' 는 이런 수법을 많이 사용한다. 현대사회에도 프로페셔널한 여자 중에는 작은 카르멘이나 아직 때도 채 벗지 않은 작은 마녀가 얼마든지 있다.

연애를 하면 여자는 자신도 모르게 지혜를 구사하게 된다. 그 누구에게서 배우지 않았더라도 '조그마한 술수' 쯤은 쓸 수 있다. 남자에게 손도 잡게 하고 포옹도 허락해 준다. 그러나 키스만은 허용하지 않는다.

**이럴 경우 남자가 그녀를 소유하고 싶다는 욕망으로 가득 찬다.
그러한 의미에서 무엇이건 스피디하게 제공하는 여자는
그다지 현명하다고는 할 수 없다.**

남자와의 교제에 있어서 남자들의 소유욕이 가장 정점에 달하는 시기는 "저와 결혼해 주십시오!"하고 프로포즈를 해오는 순간이다. 이 때 내심 '마침내 항복을 했군' 하는 회심의 미소가 떠올라도 그것을 눈꼽만치도 내색해서는 안 된다.

"어머 갑자기 그런 말을 하면 어떻게 해요. 부모님께 의논도 해보지 않고……."

이런 식으로 상대에게 부담을 주는 것이 현명하다. 이렇게 해두면 훗날 "예스"라고 대답할 때 상대방은 더욱 고마운 심정을 갖게 될 것이며 결혼 후에도 어느 정도 유리한 고지를 점유할 수 있게 된다.

# 연애의 7단계

앞에서 사랑은 자아의 합일이라고 했는데 합일에 대한 생각은 남자와 여자의 경우 미묘한 차이가 있다. 남자의 경우는 상대의 자아를 '점유'하거나 '섭취'하려는 욕구를 갖고 있지만 여자의 경우는 '융합'이나 '동화'의 욕구를 갖는다.

또한 여자는 한 남자를 절실히 사랑하면 애정이라는 감정의 세계에 몰입되어 안주하게 되지만 남자는 그렇지 않다. 물론 남자도 열렬히 사랑을 할 때에는 한때나마 애정에 몰입한다. 그러다가 시간이 흐르면 보다 폭넓은 사고의 체제 속에 자리를 잡아간다.

이러한 경향에 대해 여자들은 남자들은 뜨거워지기 쉽고 차가워지기도 쉬운 존재로 생각하지만 남자들은 사랑하는 연인을 뜨겁게 사랑하면 할수록 두 사람에 대한 사회적 책임이나 사명을 의식하게 된다.

그래서 회사의 일이나 생활하는 각 분야에서 더욱 열심히 노력하게 된다. 따라서 진실된 사랑을 꿈꾸는 사람은 안일하게 사랑에만 도취되어 허우적거리거나 이성을 잃거나 하지 않는다.

일반적으로 진지한 연애관계에 들어가면 여자들은 떡볶이를 먹으러 다니던 친구들과 관계를 끊는 일이 많지만 남자들은 그렇지 않다. 지금까지의 술친구들을 단번에 끊어버리는 짓을 하면 경멸을 당한다.

"저녀석, 애인이 생기더니 안 되겠어. 벌써부터 공처가가 다 됐어."

아무리 연애에 푹 빠졌다 해도 동료, 선배, 후배, 상사와의 인간관계는 평소처럼 원활하게 유지하지 않으면 안 된다.

이 남녀 간의 차이점을 그림으로 나타내면 〈도표 5〉와 같이 된다. 인간의 심리적 활동을 지(知), 정(情), 의(意)로 나누었을 때 여자들은

"연애는 여자의 생명이다"라고 할 정도로 정서에 완전히 기운다.

그러나 남자들은 외부의 지적 활동에도 에너지를 할애해 주지 않으면 안 된다. 전체적인 면에서의 에너지의 총량은 거의 같지만 '정'이라는 면만을 놓고 본다면, 즉 a점과 ㉮점을 여자와 비교할 때 남자 쪽이 훨씬 적은 것처럼 보인다. 그래서 여자들은 이런 말로 남자들을 코너로 몰곤 한다.

"자기, 요즘 나를 전보다 덜 사랑하고 있는 거 아녜요?"

"회사가 중요해 사랑이 중요해? 말해 봐."

시인 바이런은 이런 말로 남녀의 사랑을 말했다.

"남자에게 있어서 연애는 인생의 일부이지만 여자에게 있어서 연애는 인생의 전부이다."

프랑스의 여류문학가 앙누 제르메느도 다음과 같이 말하고 있다.

"연애는 남자들의 생애에선 하나의 삽화에 불과하지만
여자들의 생애에선 역사적인 사건이라고 할 수 있다."

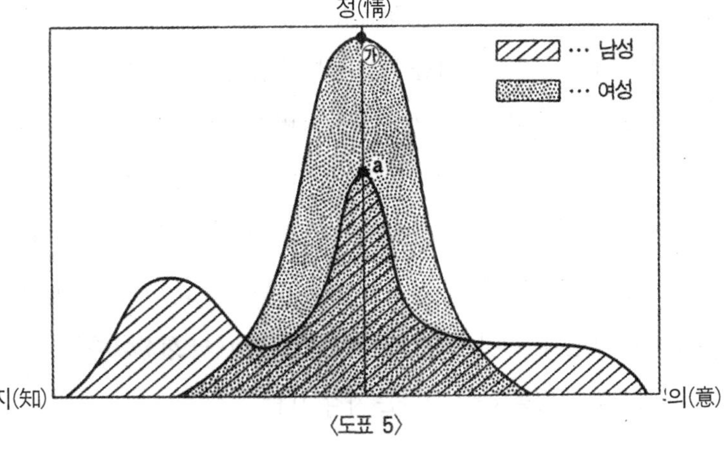


〈도표 5〉

합일에의 욕구는 어떠한 과정에 의해 높아지는가. 연애론의 대가 스탕달은 이것을 7단계로 구분하고 있다.

제1단계는 느닷없이 떠오르는 인상이다.

지금까지 아무 인연이나 관계가 없었던 이성이었지만 어느 날 갑자기 각별한 인상을 갖게 되는, 이것이 연애감정의 발단이 되는 것이다.

그는 이러한 감정이 그 이성을 연모하는 징조라고 말한다. 이 느닷없이 생각나는 시점을 계기로 줄곧 그 사람을 주목하게 되며 그 사람을 의식하게 되어 도저히 무관심한 상태로는 견딜 수 없게 된다.

제2단계로는 접근하기를 원하는 간절한 소망이다.

그에게 호감을 갖고 "멋진 사람이야!" 하며 감격한다. 그래서 '그에게 조금이라도 가까워지고 싶다! 오랫 동안 그이 곁에 있고 싶다! 단둘이 함께 있으면 얼마나 좋을까' 라는 생각을 갖게 된다.

제3단계는 가능성이라는 싹을 틔우는 희망이다.

그녀와 만나는 동안 희망은 서서히 싹트기 시작한다.

"어쩌면 그녀도 내게 호감을 갖고 있는 게 아닐까?"

그러나 이런 생각은 자기만의 억측에 불과한 경우가 많다. 이러한 자신의 지나친 생각을 의식하고 황급히 그것을 부정해 버리기도 한다. 그렇지만 그녀가 어떠한 생각을 하고 있는지 몹시 신경이 쓰인다. 여자들은 사랑을 하면 얼굴에 윤기가 흐르고 예뻐진다고 한다. 아무리 무뚝뚝한 여자라도 사랑을 하면 표정이 밝아지고 태도가 상냥해진다.

프랑스의 작가 앙드레 모로아는 이런 심리상태를 멋지게 표현한다.

"한 번의 눈빛, 한 번의 악수, 한 번의 가능성이 있어 보이는 말에 금새 활기가 생긴다. 이것이 사랑을 하고 있는 남녀의 현상이다."

제4단계는 사랑을 하고 있다는 자각이다.

앞에서 3단계를 거치고 난 후 이렇게 생각한다.

"아! 나는 지금 사랑을 하고 있구나!"

이런 상태가 되면 모든 감각기능은 상대를 의식하는 것에 대해 즐거움을 느끼게 된다. 가급적 가까이에서 그녀를 바라보고 그녀의 목소리를 듣고 그녀의 몸에 접촉하고 싶다는 욕망에 사로잡힌다. 그녀의 목소리가 아무리 거칠어도 그것이 아름다운 음악소리로 느껴져 황홀감에 도취된다. 그 뿐만 아니라 그녀가 관계하는 일은 모두 알고 싶어진다.

제5단계는 결정작용이 일어난다. 폐광이 된 소금굴에 겨울날 말라 비틀어진 작은 나뭇가지를 던져 놓는다. 2, 3개월 후 그 나뭇가지를 끄집어내 보았더니 눈부신 소금꽃이 피어 있다. 마치 다이아몬드로 장식한 듯한 결정작용(crystallization)이 일어난 것이다.

프랑스의 소설가 스탕달은 이것을 비유해서 다음과 같이 말했다.

"내가 결정작용이라고 하는 것은 우리가 소유하는 모든 것에서 사랑하는 이가 갖고 있는 새로운 미점을 발견해 내는 정신작용을 뜻한다."

아무리 현명한 인간이라도 상대를 있는 그대로 보지는 않는다. 상대를 상상의 도움을 받아 무한하게 미화시키고 이상화시킨다. 흔히 말하듯이 "곰보도 보조개처럼 보인다"는 격이다. 그리고 자신의 이점을 과도하게 평가한다.

"그녀는 멋있는 사람이다. 참으로 신비로운 매력을 지니고 있다. 그런데 나는 어떤가. 결점 투성이의 하찮은 사나이다. 보잘것없고 초라한 월급쟁이에 고상한 취미도 없다. 정말 자랑할 만한 것은 아무것도 없다. 솔직히 말해서 나는 그녀로부터 사랑을 받을 자격이 없다."

"나 역시 남자친구가 몇 명 있지만 이처럼 멋진 사람은 처음이야. 믿음직스럽고 사려깊고 남자다운 이렇게 훌륭한 사람이 나처럼 평범한 여자를 어떻게 사랑할 수 있단 말인가."

그러면서 자신을 과소평가한다.

제6단계는 의혹의 발생이다.

이 단계가 되면 "도대체 상대가 자신을 얼마나 사랑하고 있을까?"
하고 의문이 생기게 된다. 그래서 머릿속으로 여러 가지를 상정해 보면
서 가공적인 테스트를 해보게 된다. 그리고는 "자신을 진심으로 사랑
하고 있다는 증거를 어떤 식으로 확인할 것인가"에 대해 고민한다.

제7단계는 제2의 결정작용이다.

아무리 고민을 해도 확증을 잡을 듯 말 듯한 상태가 되어 결국 다시
결정작용이 행해진다.

어떤 일로 의혹이 생긴 날 밤은 두려울 정도로 불행을 예감한다.

"아니야, 그 사람은 나를 진심으로 사랑하고 있어. 내가 왜 그 사람
을 의심하지."

이런 생각이 들자 그에 대한 사랑은 더욱 세차게 불타오른다. 이런
생각을 하는 동안 그의 심장은 당장에 멎을 듯하다.

"그런데 그는 정말 나를 사랑하고 있을까?"

이 비통과 희열의 교차로에 서서 긍정과 회의로 가슴을 태운다.

요컨대 "사랑이란 상상력의 산물이며 광기이며 열병이다"라고 스탕
달은 말했다.


## 성 심리의 다이너미즘

이 7단계는 남녀 모두에게 적용된다. 그러나 자세히 관찰해 보면 여

기에서도 남녀 간에 미묘한 차이가 있음을 알 수 있다.

제1단계의 '느닷없이 떠오르는 인상'은 일반적으로 남자 쪽이 여자보다 강렬하다. 이것을 도표로 나타내면 〈도표 6〉의 a와 ㉮만큼이나 벌어진다. 다만 남자는 강렬하지만 여자만큼 오래 지속되지는 못한다. 좀 심할 경우에는 다음날 또 다른 여자에게 추파를 보내는 일도 있다. 이런 경우는 예외로 치더라도 다른 일에 골몰하여 처음 인상이 급속히 떨어지는 것은 어쩔 수 없다.(도표의 b와 ㉯를 참조)

그러나 여자 쪽에서 만나고 싶다는 생각(㉰)을 가지고 있다면 사랑하는 자만이 갖는 특유의 예민한 직관으로 이를 감지하여 적극성을 발휘한다. 그리고 주저하는 기색을 보이는(㉱→㉲→㉳) 여자의 태도가 오히려 남자의 정열을 자극시켜 더욱 흥분하게 만든다(d). 연애감정에는 이처럼 시소게임 비슷한 데가 많다. 이런 과정을 거쳐 여자가 제4단계의 '자신의 연애감정'을 자각했을 때(㉴) 남자는 한 여자의 마음을 사로잡았다는 극도의 만족감과 아울러 약간의 안도감을 갖게 된다(e).

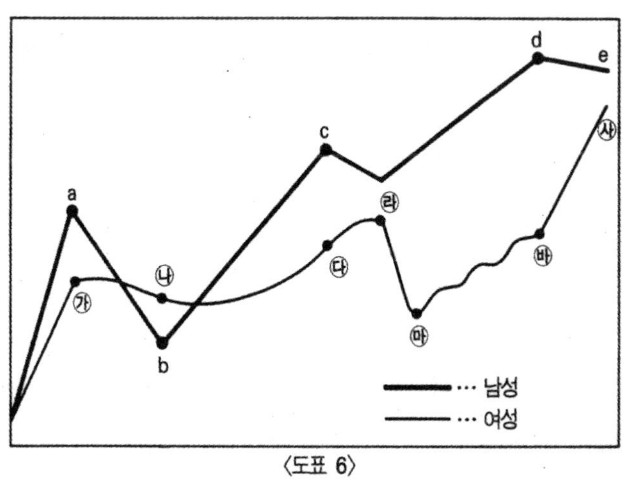


〈도표 6〉

그러나 남자는 곧바로 '그녀의 마음뿐만 아니라 더 확실한 것이 필요하다' 는 생각을 갖게 된다. 예를 들어 데이트가 끝난 뒤 그녀를 집까지 바래다 준다.

"오늘은 정말 즐거웠어요. 그리고 이렇게 바래다 주셔서……."

"음, 나도 즐거웠습니다. 그럼 이번 일요일에 또 만나요."

이런 식으로 작별할 때 그냥 손만 잡아보고 헤어지기에는 너무나 마음이 허전하다. 여태껏 함께 있던 귀여운 파랑새가 품 속에서 훌쩍 도망쳐 버린 듯한 허전한 감정에 사로잡히는 것이 남자의 심정이다.

'그녀를 더욱 확실하게 소유하고 싶다' 고 생각하는 순간 그의 뇌리에 떠오르는 것은 그녀의 사랑스러운 입술이다. 눈을 감정의 창에 비유한다면 '입술은 욕정의 문' 이라고 할 수 있다.

**이렇게 눈과 말로써 사랑에 불을 지르고 데이트-키스-애무,**
**이렇듯 사랑의 층층대를 오르다가 마침내 '최후의 선' 에 이르게 된다.**

'그녀의 모든 것을 내 것으로 만들고 싶다.'

순간적으로 광폭한 망상이 머리를 덮친다. 꿈속에서도 그녀의 풍만한 젖가슴과 미끈한 각선미를 보아왔다.

"우리 둘은 이렇게 사랑하고 있잖아. 괜찮겠지?"

그녀는 본능적으로 저항하는 척하면서 요구를 받아들인다. 요즘은 주저하기는커녕 적극적으로 의사표현하는 여자가 늘어나고 있다.

"뭘 우물쭈물해요. 자기는 왜 그렇게 소극적이야."

그러나 현명한 여자라면 자제할 줄도 알아야 한다. 어쨌든 그녀도 그가 괴로워하는 모습을 떨치지 못하고 며칠 밤을 고민으로 지세운다. 그러다가 결국 그의 애정과 신뢰를 담보로 몸을 맡기고 만다.

이 결정적 순간(a와 ㉮)의 앞뒤는 〈도표 7〉과 같다. a점에 이르기까지 남자는 때로는 주저하기도 하고 자제하기도 하다가 급커브에 육체를 요구하게 되는 것이다. 그런 행동은 꼭 성욕을 자제하지 못해서가 아니다. 완전한 소유의 증거를 얻고 싶다는 심정에서이다.

특히 교제기간 동안 기복현상을 나타내지 않고 직선적으로 대범하게 육체를 요구하는 남자라면 브레이크가 고장난 '단락반응형'이나 아니면 그녀를 단지 호기심의 대상이나 섹스의 대상으로밖에 보지 않는 남자일 것이다.

a점에서 남자는 최고의 감동을 맛본다. 그러나 그런 일이 있은 후에는 커브가 급하강하게 된다(b). 환희 다음에 느껴지는 것은 안도와 허탈뿐이기 때문이다. 소유감의 틈새를 파고드는 것이 포화감이다. 반면 여자 쪽에서는 ㉮점의 행위 이후에는 '아! 우리는 이제 굳게 맺어졌다.

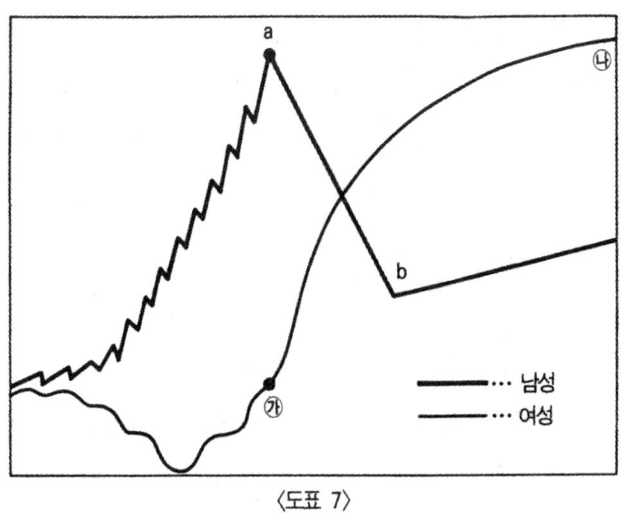



〈도표 7〉

이젠 몸도 마음도 하나가 되었다' 라는 감정에 도취된다. 이 감정은 마음 깊은 곳에서 솟아나는 행복의 노래이기도 하다. 이제 그에 대한 애정은 큐핏의 화살처럼 포물선을 그리면서 날아간다(ⓑ).

이와 같은 현상은 남녀 간에 어떻게 할 수 없는 차이다. 아무리 착실하고 성실한 남자라 해도 일단 '소유욕'이 충족되면 정열의 썰물을 피할 수 없는데, 이것이 남자 특유의 심리현상이다.

**"연애란 불과 같은 것이어서 항상 움직이지 않으면 존속할 수가 없다.**
**따라서 기대하는 것, 염려하는 것이 없다면 움직임은 정지되고 말 것이다."**
**(라 로슈푸코의 「잠언집」에서)**

## 첫사랑이란

가끔 부부 싸움의 원인 가운데 하나로 기억에도 가물가물한 첫사랑이 발단이 되는 것을 볼 수 있다. 어린 시절 추억의 한 자락인 첫사랑의 모습을 살펴보면 부부 사이의 문제도 해결될 것이다.

첫사랑도 일종의 연애감정인데 그것을 난생 처음으로 경험한다는 것과 대부분 사춘기에 발생한다는 것, 이 두 가지가 일반적인 연애와 다른 점이다.

17세기 프랑스의 인생평론가 라 브뤼예르는 이렇게 말했다.

"마음속에서 우러나오는 진실된 사랑은 단 한 번뿐이다. 그것이 첫사랑이다. 그 이후에 발생되는 갖가지의 사랑은 첫사랑만큼 무의식적이지는 못하다."

중학생 정도 되면 "여자애들은 시시해. 너무 유들유들해서 못써!", "남자애들은 야만인 같아서 싫어!" 하면서 이성에 대해 관심이 없는 척한다. 그러나 이처럼 부자연스러운 태도를 취하는 것은 이성에 대해 관심이 싹트고 있고 이성을 강하게 의식한다는 증거다. 그후 고등학생이 되면 이성에게 점점 마음이 끌리게 된다. 남학생들은 호기심을 갖고 기회만 있으면 여자에게 접근하려고 한다. 한편 여학생들은 보편적으로 접촉 욕구가 그다지 왕성하지 않지만 "남자애들은 왠지 모르게 믿음직스러운 데가 있어" 하는 생각을 갖게 된다.

이런 심리가 연애감정으로 발전한다. '나도 연애를 해보고 싶다'는 뚜렷한 기대감은 없어도 어딘가에서 멋있는 이성이 자신을 기다리고 있다가 언젠가 자기 앞에 나타날 것이라는 공상을 하기 시작한다.

이 공상의 세계 속에 존재하는 이성, 즉 '환상 속의 연인'은 자신이 좋아하는 배우나 가수, 또는 탤런트, 농구선수 등 스포츠 선수, 집 근처의 대학생, 핸섬한 미혼교사 등등으로 만들어진 '혼합상' 중의 하나이다. 이를테면 몽타주 사진과 같다. 이렇듯 이상형을 마음속에서만 키워가던 어느 날, 자신의 주변에 등장한 한 남자에게 그 이상형이 투영될 때-바로 이것이 다름 아닌 '첫사랑'이 되는 것이다.


**그러므로 첫사랑은 라 브뤼예르가 말한 것처럼 무의식적인 것이 많다.**
**훗날 이 때를 회상하면서 "아! 그것이 첫사랑이었구나!" 하고**
**깨닫는 경우도 있다.**


그리고 둘째는 우연한 계기로 첫사랑에 빠지는 경우이다. 갑자기 소나기가 퍼부어 곤경에 빠졌을 때 우산을 받쳐주거나 땅에 떨어뜨린 패

스포드를 집어주거나 할 때이다. 한 마디로 첫사랑은 극히 돌발적이다.

이런 감정이 더욱 발전하면 우리는 서로 사랑을 나누어야 할 운명이라며 '우연' 을 '필연' 으로 해석하고 만다.

그러나 첫사랑은 대체적으로 결실을 맺지 못한다. 그건 왜일까?

첫사랑의 경우 '영원한 이성상' 에 초점을 맞추고 있기 때문에 상대의 실체는 거의 보지 못한다. 따라서 첫사랑의 상대는 반드시 자신보다 훌륭하고 존경할 만한 사람으로 비쳐지고 자신은 다소의 열등감을 갖는다. 그러므로 만일 사모하는 마음이 강해지면 기쁨보다 고민이나 고뇌가 세차게 고개를 쳐들게 된다.

특히 여자는 먼 발치에서 남 모르게 남자를 그리워하는 것으로 만족하는 경우가 많다. 그래서 존경하는 첫사랑의 상대가 느닷없이 키스를 하려고 할 때 존경심이 졸지에 날아가 버리고 혐오감을 갖게 된다. 사랑이 결실되지 못하는 최대의 이유는 정신적 애정(erotic)과 육체적 욕망(sexuality)이 서로 일치하지 못하기 때문이다.

결실을 맺지 못하는 두 번째 이유는 표현의 치졸함에 있다. 대부분 '짝사랑' 의 단계에서 벗어나지 못하는 것은 바로 이런 까닭이다. 하지만 첫사랑은 달콤하고 그리운 추억이 된다. 왜 그리운 추억이 되는 걸까? 그것은 다름아닌 '여물지 못한 순수한 감정' 이기 때문이다.

제이걸니크라는 심리학자가 여러 가지 방법을 통해 실험한 바로는 인간은 완료동작보다도 중단된 미완료동작 쪽이 훨씬 기억에 남는다고 한다. 이것을 '제이걸니크 효과' 라고 부르는데 첫사랑도 미완료형이기 때문에 잊혀지기 어렵다는 것이다.

또한 기억이란 비록 슬픈 체험이라 해도 오랜 시일이 흐르면 그리운 추억이 된다. 앨범을 뒤적이다가 몇 해 전에 등산가서 찍은 사진을 보고 감회에 젖은 일이 있을 것이다. 힘들었던 등정보다는 정상에서 내려다 본 아름다운 경치가 더 선명하게 기억될 것이다. 첫사랑도 그렇다. 특히 과거를 미화시키고자 하는 생각까지 곁들여져 자칫 리리시즘(lyricism:서정주의)에 흐르기 쉽다.

그러나 실제는 그렇게 만족스럽지 못하다. 지나친 표현일지 몰라도 한 사람의 이성을 사랑한 것이 아니라 '연애 그 자체를 사랑한 것' 이다. 어쨌든 첫사랑은 봄눈처럼 순결하고 아름답고 허무한 것이다. 그러므로 너무 심각하게 가슴속에 묻어 두는 것도 생각해 볼 문제다.

감상주의적 취향은 적당한 선에서 묶어두는 것이 좋다. 자칫 잘못하면 첫사랑을 너무 진한 추억으로 간직해 둔 탓으로 다음 번 사랑에 지장을 주는 경우도 있다.

그런가 하면 반대로 "첫사랑이 뭐가 대단하다고……" 하며 첫사랑을 대수롭지 않게 여기는 사람도 늘어나고 있다. 첫사랑 생략의 시대라는 관점에서 사랑을 즐기는 사람도 있다. 하지만 첫사랑의 순수한 감정을 경험하지 못한 사람은 큰 아쉬움을 남기게 될 것이다.

**첫사랑이 현실적으로 열매를 맺지 못했다 해도**
**그 아름다운 꽃은 추억 속에서 영원히 아름답게 필 것이다.**

그래서 사람들은 이것을 한 폭의 그림에 담아 적당한 거리에 두고 가끔 감상하곤 한다. 그러나 그것은 산뜻한 색상으로 채색하는 정도에서 끝내는 것이 가장 바람직하다. 그래야만 현실의 결혼 생활도 아름답게 이어갈 수 있게 되는 것이다.

# 첫눈에 반해 버린 사람

친근한 이성 가운데 '첫눈에 반해 버린' 사람은 없는지. 이런 일은 흔히 있는 일이다. 첫눈에 반해되는 버리면 갑자기 큐핏의 화살에 심장이 꿰뚫린 상태가 된다. 왜 이렇게 될까?

한 남자가 크리스마스 파티에 초대되어 많은 여자들을 소개받았는데 그 중의 한 여자를 보는 순간 그만 격렬한 연모의 소용돌이에 빠지고 말았다. 무엇에 매력을 느꼈는지 그 자신도 알 수가 없었다고 한다.

"그렇게 멋있고 아름다운 여자는 난생 처음이야. 내가 오랫동안 애타게 찾고 있던 여자가 바로 그런 여자야!"

그는 마치 영감에 사로잡힌 듯한 심정이었다고 했다.

그렇다면 그 남자의 심리는 어떤 상태였는지 심리적 분석을 해보면, 지나간 기억 속에 잠재된 현상들이 현재의 여자한테서 나타났기 때문이다. 예를 들어 마음에 두고 있었지만 멀리서 바라보기만 했던 친구 누나라든가 하숙집 딸 등을 들 수 있다.

이러한 경우로 미루어 볼 때 사랑의 대상이 될 조건이나 이미지가 미리 마음속에 잠재해 있다가 우연히 이에 합치된 이성이 발견되면 쇼크를 받아 한눈에 반해 버린다고 할 수 있다. 정신분석학의 원조인 지그문트 프로이트는, 이 이미지는 어릴 때 부모(남자라면 어머니, 여자라면 아버지)에게 받은 '이메이고(imago : 영상)'라고 주장했다.

그러나 색상이라든가 헤어스타일처럼 '극히 작은 것' 때문에 가슴을 설레이게 되는, 즉 첫눈에 반하게 되는데, 힐슈펠트라는 심리학자는 이를 '부분 매력'이라고 한다.

이러한 생각을 한 걸음 더 발전시켜 한때 프로이트의 문하생이었던 빌헬름 슈테켈은 '연애준비 상태'라는 것을 가정하여 사람이 정점에 있을 때 외부로부터 자극이 가해지면 마치 벼락이 화약고에 떨어진 것처럼 연정이 폭발한다고 했다. 그럴 때 폭발의 역할을 하는 것이 '페티시(fetish)'라고 주장했다. 페티시라는 말은 포르투갈어의 페티코에서 유래된 것으로서 '특별한 마력을 점지받은 것'이라는 뜻을 지니고 있으며 '숭물' 등으로 해석되기도 한다.

슈테켈은 다음과 같이 말하고 있다.

"페티시는 연애준비 상태의 트레일러와 같다. 이것은 연애상대를 선택함에 있어서 크게 역할을 연출해 놀라운 연애욕구와 기호의 방향을 결정한다. 연인들은 갑작스런 사랑의 마음을 수수께끼처럼 의아해 하고 있다. 그들은 상대방의 체취, 외모, 특유의 표정이나 자세 등에 의해 이끌리고 있다는 것을 의식하지 못하고 다만 취미가 맞는다든가 의견이 일치된다는 그럴 듯한 이유를 내세워 두 사람의 결합을 정신적인 것으로 돌리고 있다."

페티시에는 머리카락, 눈, 코, 귀, 입, 목덜미, 피부색 등이나 구두, 손수건, 소지품, 속옷 등 무엇이나 해당된다. 팔이나 손가락이나 팔 다리 등이 페티시가 되는 것도 그다지 이상한 일은 아니다.

어떤 사람이든 연애를 하면 시인이 된다. 평소 퉁명스럽게 이야기하던 사람도 간지러운 말을 입에 올린다. 말에는 어딘지 모르게 윤기가 흐른다. 그래서 듣는 쪽에선 그 말과 소리에 매력을 느끼게 된다.

사랑을 하면 맹목적이 된다고 했는데 눈만이 아니라 귀까지도 그렇게 되는 모양이다.

## 사랑의 대용품 - 페티시즘

앞에서 페티시에 대해 언급했는데 이런 경향은 모든 사람들이 약간 씩이나마 지니고 있다.

"나는 그녀의 미끈한 각선미에 매력을 느끼고 있어."

"아니야. 희고 가느다란 그녀의 목덜미가 가장 매력적이야."

이런 이야기가 남자들의 화제에 오른다. 그래서 사랑하는 사람을 표현할 때 커다란 눈이 매력적이라든가 두툼하고 탄력있는 입술이 매력적이라든가 하여 어느 한 부분에 가치를 둔다. 이럴 경우 눈이나 입은 연인의 신체의 일부분으로서 그녀와 결부되어 있다. 그러나 눈, 입, 다리, 목덜미, 머리카락 등이 독립된 매력을 지니고 있다고 생각한다면, 이것은 정상적이라고 할 수 없다.

독일의 정신과 의사인 크라프트 어빙은, 여자를 습격하여 가위로 머리카락을 자르면 짜릿한 성적 흥분을 느낀다면서 10번째의 범행을 저지르다가 체포된 40대의 한 남자를 연구보고의 대상으로 올려놓았다.

주변에도 세탁해서 널어 놓은 브래지어나 팬티만을 훔치는 변태적인 남자가 있다. 이런 짓을 하는 사람은 틀림없이 페티시즘(fetishism)에 사로잡혀 있는 것이다. 페티시즘은 특정한 물건이나 물체에 대해 성욕을 느끼는 이상성욕을 말하는데, 주물 숭배, 절편음란증이라든가 배물광 따위로 번역되기도 한다.

유럽 등지에서는 부인용 신발이나 장갑 같은 것이 대상이 되는 경우가 많다. '이런 것들이 당사자에게 있어서는 여자의 성기의 심벌이 되고 있다'고 정신분석의 측면에서 해석하고 있다.

이렇듯 어떤 사람에게는 팬티가 페티시즘의 대상이 되지만 어떤 사람에게는 손수건이 대상이 되어지기도 한다. 어릴 때에 받은 강한 성적인 충격이 대상이 된다는 설도 있다.

그러나 건실한 사람 중에도 상대에게 자신의 욕구가 미치지 못할 때에는 페티시즘적인 징후를 나타내는 경우가 있다.

일반적으로 인간들은 본래의 목표가 달성되지 못했을 경우 달성하기 쉬운 다른 목표물을 선택하여 그것을 달성시킴으로써 욕구를 충족시키려고 한다. 아이들이 비 때문에 소풍을 가지 못하면 집 안에서 다른 놀이를 즐긴다거나, 어른들이 돈과 시간이 없어서 집 근처의 산에 오른다거나 아이를 갖지 못한 부인이 개나 고양이를 귀여워한다거나 한다. 또는 어머니를 어릴 때 사별한 남자가 누나나 아내에게 어리광을 부리거나, 속을 썩이는 남편에게 진절머리가 난 아내가 애들에게 낙을 걸고 살아간다거나 한다. 이런 것들이 대상 행위로 간주될 수 있다.

여자들 가운데 개나 고양이나 새들을 기르는 취미를 갖고 있는 여자들이 비교적 많은 까닭은 남편이 자주 외박하는 것과 심리적으로 적지 않은 관계가 있다. 이러한 심리적 구조로 되어 있기 때문에 연인이 오랫동안 여행 중이거나 그를 만나지 못하는 경우, 여자들은 그의 사진이나 그가 애용하던 물건 등이 연인의 대리역할을 하는 것이다.

따라서 정상과 이상의 경계를 명확히 구분하기는 쉽지 않다. 그러나 사랑의 대상이 인간이 아닌 물건에 고착되고 만다면 분명히 정상보다는 이상의 영역에 속한다고 할 수 있다.

문제는 '대상'과 '전이(轉移 : 마음을 바꾸는 것)'가 애정에만 국한된 것이 아니라 증오의 경우에도 해당된다는 점이다. 사실 정상과 이상은 종이 한 장 차이인 것 같지만 생활에서 비현실적인 모습으로 나타나기 때문에 부적응현상이 나타나곤 한다.

# 실연의 심리

모든 사랑은 실연의 가능성을 안고 있다. 실연이란 단순히 결실되지 못한 사랑, 성취되지 못한 사랑만을 의미하는 것은 아니다. 사랑이란 애정의 에너지가 작용하는 것을 뜻하는데 상대를 향해 내뿜던 에너지가 갑자기 방향을 잃고 헤매는 상태, 이것이 곧 실연이다.

애정의 에너지량이 많으면 많을수록 상처는 크고 깊다. 불안정한 애정의 에너지가 내적 갈등을 이기지 못해 뚝을 무너뜨리고 분출될 때 동반자살을 꾀하거나 복수를 계획한다. 즉 증오와 공격이 상대를 향하게 되는 것이다.

그러나 그러한 용기가 없을 때에는 공격은 자기 자신을 겨누게 된다. 자살을 시도하거나 몸을 함부로 내맡기거나 자포자기하게 된다.

공격이 상대에게도 자신에게도 향하지 못할 경우에는 못난 내 운명 탓이라고 하면서 깨끗이 체념을 하게 된다. 그래서 수녀가 되거나 여승이 되어 한평생 눈물을 삼키면서 살아가기도 한다. 굳게 믿었던 남자로부터 배신을 당하고 버려진 몸이 되었을 때 남자 전체에 대해 증오심을 갖는 경우도 있다. 이런 증오심이 고조되면 연애공포증에 빠지게 된다.

이상에서 말한 것들은 남자의 세계에서도 찾아볼 수 있다. 괴테의 「젊은 베르테르의 슬픔」을 심리학적으로 분석해 보자. 베르테르는 어머니를 사모하는 오이디푸스 콤플렉스, 말하자면 마더 콤플렉스를 롯테에게 전이시켰다. 그런데 롯테는 다른 남자와 결혼을 하고서는 "당신도 좋은 배우자를 찾아 보세요. 그렇게 한다면 나도 옛날처럼 순수한 친구로 돌아갈 수 있어요."라며 자기 만족적인 말을 한다. 결국 베르테르의 애정은 봉쇄되어 버리고 만다. 댐의 물이 점점 차오르는 데도 수

로가 막힌 심리적 상태에서 베르테르는 마침내 자살을 하게 된다.

보통의 경우라면 자살에까지는 이르지 않는다. 어떻게 해서든 애정의 에너지를 처리하고 자아를 방어하려고 한다. '합리화' 작용 등도 그 하나이다. 합리화 작용이란 자신에게 유리한 그럴 듯한 이유를 붙여서 자기 자신을 납득시키려는 메커니즘(마음의 구조)인 것이다.

이런 식의 말은 '억지이론'이며 '자기변호'라고 할 수 있는데 이런 행위는 무의식 중에 내뱉는 '자기기만'이라고도 할 수 있다. 있는 그대로를 인정하기 싫어서 자신도 모르게 그 어떤 구실을 찾아내어 자신을 정당화하거나 목표의 가치를 축소시켜 해석하거나 자신을 분장하거나 위로하는 것이다.

그래서 연인에게 걸어채인 남자와 여자들은 이렇게 말한다.

"그 여자는 본래 가정적이지 못해. 결혼할 생각은 꿈에도 없었어."

"그 남자는 잘 생기기는 했지만 믿음직스럽지 못해. 더군다나 남편감으로는……. 그 사람과 맺어지지 않은 것이 잘된 일인지도 몰라."

이런 자기 합리화는 어느 정도 필요하다. 그렇지 않으면 도저히 '도움의 길'을 찾을 수 없다. 그러나 지나친 것도 좋지 않다. 얼마 전까지만 해도 애인을 한껏 칭찬하며 자랑을 늘어놓다가 손바닥 뒤집듯이 태도를 바꾼다면 상대방이 받는 마음의 상처가 매우 크다.

예전과 달리 요즘 여자들의 자기 표현은 분명하게 드러나고 있다. 심지어 어떤 문제에 있어서 딱 잘라서 결론을 내리는 사람도 있다.

현대야말로 뼈저린 결손감을 의식하지 않는 '실연 제로의 시대'가 된 것인지도 모른다. 이러다가 사랑이 얕고 천박한 것이 되어 '진실된 사랑의 부재시대'가 올지 모른다. 보다 마음에 드는 상대를 찾아낸다고는 하지만 그렇게 마음먹은 대로 되지 않는 것이 현실이다.

그런데 실연에는 결손감만이 아니라 자신감마저도 상실된다. 버림을 받았다거나 거부를 당했을 때에는 자신의 가치가 보잘 것 없게 되어 버렸다는 열등감과 굴욕감을 면하기 어렵다.

여자는 결손감이 더 많이 작용하여 고독감을 느끼는 경우가 많다. 마치 희망의 등불이 꺼진 듯한 절망감을 갖게 된다. 이에 반해 남자 쪽은 굴욕감에 사로잡히는 경향이 있다. 남자는 소문이나 체면 등 사회적 위신에 집착하는 편이어서 여자에게 버림을 당하면 서글프고 외롭다는 심정보다는 체면이 서지 않는다는 생각이 앞선다. 그러므로 남자들은 실연을 두고 자존심의 붕괴라고까지 말한다. 그런데 재미있는 것은 실연을 당했을 때 그녀를 위해 소모한 선물값이나 기타 경비를 매우 아깝게 생각하는 마음, 이것은 여자보다도 남자 쪽이 월등하게 강하다.

일반적으로 실연당하기 쉬운 성격도 없지 않아 있다. 내성적이고 자신의 의사나 감정을 분명하게 드러내지 못하는 사람, 자기 중심적이고 자신의 감정대로 행동하여 상대의 감정은 생각지 않는 사람, 그림의 떡처럼 보기만 할 뿐 행동에 옮기지 못하는 용기없는 사람, 자기 도취가 강한 사람, 열등감에 빠져 있는 사람 등이 그렇다. 그러나 습관적으로 실연을 되풀이하는 사람은 자신의 성격 어딘가에 결함이 있거나 미숙한 곳이 있다는 생각으로 깊이 자신을 반성해 볼 필요가 있다.


## 실연의 늪에서의 승화


어느 한쪽에서 버린 것이 아니라 서로 깊이 사랑하면서도 여러 가지 피치 못할 사정으로 헤어져야 하는 연인들은 이 세상에서 가장 뼈저린 슬픔을 맛보게 된다. 더구나 상대가 죽어서 이별할 경우 그 아픔은 실로 형용하기 어렵다.

독일의 낭만파 시인인 노발리스는 22세 때 13세의 소녀로 천사처럼 순결해 보이는 소피의 자태에 매혹되어 약혼까지 했다. 그러나 그로부터 2년 후, 사랑하던 이 약혼녀는 그만 세상을 떠나고 말았다. 극도로 상심한 노발리스는 줄곧 자살을 결심하곤 했다.

그는 대낮의 밝은 빛을 싫어했으며 밤의 신비를 즐기게 되었다. 마침내 그는 '밤'과 '죽음'을 동일시하게 되었고, 죽음조차 두렵지 않았다. 사별한 소피와의 재회만이 그의 삶의 전부였다. 이렇게 애인을 간절히 추모하는 가운데 「밤의 찬가」라는 작품을 쓰게 되었다.

이렇듯 단절되었던 애정의 에너지가 '승화'될 때 참으로 위대한 결실을 보게 된다. '승화'란 앞에서 언급한 '대상'이 가치가 높은 곳으로 올라가는 상태를 말한다. 이를테면 남편과 사별한 미망인이 성적 불만을 메우기 위해 연하의 젊은 정부와 놀아나는 것은 일종의 대상행위라고 할 수 있지만 하숙을 치면서 젊은이들의 뒷바라지를 해주며 좋은 의논 상대가 되어 주는 것은 승화의 현상이라고 하겠다. 실연의 아픔을 승화시킨 예는 노발리스 외에도 얼마든지 찾아 볼 수 있다.

에드가 알렌 포우는 27세 때, 버지니아 크렘이라는 14세의 사촌 여동생과 결혼했다. 그러나 그녀는 불행하게도 병에 걸려 6년 동안의 투병생활 끝에 25세의 꽃다운 나이로 세상을 떠나고 말았다. 당시 포우는 너무도 가난했다. 크렘이 죽던 날도 엄동설한의 정초였는데 남편의 외투로 몸을 감싼 채 운명할 만큼 비참했다.

포우는 사랑하는 아내의 죽음으로 큰 충격을 받았다. 생활은 황폐해지고 알콜과 아편으로 외로움을 달래다가 아내가 죽은 지 2년반 만에 그도 세상을 떠나고 말았다. 크렘의 오랜 병고는 포우에게 더없는 고통을 주었지만 둘도 없는 마음의 지주였으며, 특히 시를 쓸 때 그녀는 영감의 원천이 되기도 했다.

괴테의 경우는 포우보다 더욱 격정적이다. 바이마르공의 추밀고문관으로 일하던 74세의 괴테는 19세의 아가씨를 사랑하게 되었다. 그는 무척 진지하고 열렬하게 사랑했다. 그는 바이마르공을 만나 자신의 심정을 토로하고 그녀의 어머니에게 결혼할 뜻을 강력히 내비쳤다.

이 청혼에 대한 가부의 회답은 괴테가 세계적으로 명성을 떨치고 있다는 점 때문에 슬그머니 연기되고 말았다. 그는 그런 줄도 모르고 심한 불안감에 사로잡혀 연인을 쫓아 마리엔바트에서 칼스바트로 향했다. 이런 일 때문에 괴테는 아들로부터 심한 비웃음을 사기도 했다. 마침내 그는 이 사랑은 도저히 이루어지기 어렵다고 판단하여 1823년 9월 5일 마차에 몸을 싣고 추억의 땅을 뒤로 했다.

실의에 빠진 괴테는 마차 안에 있던 종이쪽지를 모아 거기에 글을 쓰기 시작했다. 마차가 바이마르에 도착할 무렵 한 편의 훌륭한 시가 완성되었다. 이것이 바로 유명한 '마리엔바트의 비가'이다.

74세의 노인이 19세의 소녀를 사랑한다는 이 웃지 못할 사실……. 이것은 보통의 남자라면 색골영감이라고 손가락질받을 만한 일이다. 그러나 그러한 심적 갈등을 괴테는 불멸의 작품으로 승화시켰다.

프랑스의 소설가 스탕달의 경우도 그렇다. 그는 「연애론」을 사랑이라는 광기의 '과학적 서술'이라고 주장하고 있지만 실지로는 그러한 냉정한 심리상태에서 글을 쓴 것은 아니다. 그는 일생동안 많은 여자에게 매료되었다. "글을 썼다, 사랑했다, 살아갔다"라는 스스로 쓴 비문만 봐도 그의 일생이 어떤지 알 수 있다.

35세 때 그는 밀라노에 머물고 있었다. 어느 날 스탕달은 그 지역에 살고 있는 마틸 드 디보프스키라는 여자에게 사랑을 느끼기 시작하여 2년 동안 그녀를 열렬히 사랑했지만 결국 실연으로 끝나고 말았다.

이처럼 괴로운 심정과 실의의 고뇌 속에서 「연애론」이 집필되고 그로부터 4년 후, 마침내 「연애론」은 한 권의 책으로 빛을 보게 되었다.

연애론의 대가가 실은 실연의 대가였다는 사실은 따지고 보면 훌륭한 승화라고 하겠다. 우리처럼 평범한 사람들로서는 이런 천재들과 감히 어깨를 나란히 할 만큼의 승화는 기대할 수 없다 하더라도 실연을 귀중한 체험으로 받아들여 자신의 자아를 변화시키고 높이는 계기로 만들어야 한다.

사랑의 고배를 마시고 난 후 맹렬히 분발하여 일이나 공부에 몰두한다. 또는 자신의 모든 것을 깊이 반성하고 개조된 자아를 지향한다. 고통을 인내하고 상대를 용서해 주며 관용을 습관화한다. 이렇게 자신의 인간상을 바꿈으로써 실연은 의의가 있는 것이다.

## 사랑의 딜레마

지금까지 남녀의 사랑을 1대 1의 관점에서 살펴보았지만 현실적으로 남녀의 사랑은 매우 복잡하다. 예를 들어 남자와 여자 사이에 제삼자가 끼어들거나 한 남자가 동시에 두 여자를 사랑하거나 반대로 한 여자가 두 남자를 사랑하는 경우도 있다.

한 수학자가 있었다. 그는 숫자의 개념에서 사는 사람인 만큼 소설가들이 남녀 간의 사랑을 모호하게 문학적으로 묘사하는 것을 몹시 못마

땅하게 여겼다. 그래서 연애를 수량적으로 정확히 묘사하기 위해 이런
식으로 소설을 썼다.

"80점 정도의 미녀가 95점 정도로 가슴을 조이며
시속 1킬로미터의 걸음걸이로 그녀를 90점 정도 사랑하고 있는
연인과 공원에서 밀회를 즐기고 있었다……."

이처럼 연애심리를 묘사한다면 어떻게 되겠는가.

자신이 좋아하는 것은 플러스로 하고 싫어하는 것은 마이너스로 한
다고 하자. 여기에 한 여자가 있다. 그런데 한 남자가 그녀를 사랑하고
있다. 그녀의 미모, 옷매무새의 센스 등 남자의 눈으로는 그녀가 플러
스 99의 '유인성'을 지니고 있다고 보았다. 그러나 유감스럽게도 여자
는 다리가 좀 굵은 편이다. 거기에다가 자신의 바쁜 일을 이해해 주지
못한다. 이런 점이 남자에게 있어서는 유인성 5가 되고 있다. 그래서
이것을 뺀 플러스 94가 전체의 유인성이 되어 그녀에게 마음을 쏟고
있는 것이다.

이 94라는 수치를 여자 고유의 것으로 생각하기 쉽지만 그렇지 않
다. 두 사람의 관계가 더욱 친밀해질수록 플러스의 양은 증대된다. 일
반적으로 웨딩마치가 연주되기 직전에 플러스의 양은 최고조에 달한
다. 그렇지만 결혼생활을 하는 가운데 그 양은 감소되는 경향을 보이다
가 권태기를 맞게 되면 마이너스는 크게 세력을 확장해 가는 것이다.

이럴 즈음에 남자가 근무하는 직장에 신선한 느낌을 주는 다른 여자
가 입사했다. 남자는 이 때 새로 입사한 여자에게는 플러스 80을 주고
아내에게는 플러스 50을 주었다. 이러한 상황에서 새로운 여자는남자

에게 의미있는 이상한 태도를 보이기 시작한다. 그것을 눈치챈 아내는 질투와 히스테리를 일으킨다. 일이 이렇게 되면 새로운 여자에 대한 플러스량은 계속 상승하는 데 반해 아내의 플러스량은 급속히 하강하여 마이너스 30까지 뚝 떨어진다.

'유인성'이란 게슈탈트 심리학(Gestalt psychology : 형태심리학)의 레빈이 사용한 개념으로, 예를 들어 어린애가 과자를 손으로 집으려고 할 때의 행동은 과자가 지니고 있는 유인성 때문이라고 한다.

그러므로 사람을 끌어당기는 힘은 곧 플러스 유인성 때문이며 반대로 사람을 멀리 하려고 하는 것은 마이너스 유인성 때문이라고 할 수 있다. 레빈은 토폴러지(topology, 위상기하학)를 응용하여 소위 벡토르 심리학(Vektor psychology)을 세우고, 유인성의 벡터량(방향을 지닌 힘)을 생각하여 사람의 행동은 '각종의 유인성에 의해 합성되는 힘의 벡터량'으로 규정된다고 했다.

A라는 남자와 결혼하면 많은 재산을 갖게 되지만 그가 바람을 피울 것이 염려되며, B라는 남자와 결혼하면 빈곤한 생활을 각오해야 하지만 성실하다는 것만은 틀림없다. 이럴 경우 어느 쪽을 선택할 것인가.

결국 두 사람의 장점과 단점이 플러스량과 마이너스량으로 비교되어 숫자로 계산할 수 없는 '심리역학적'인 대차대조표가 만들어지고 플러스량이 우위에 있는 쪽으로 낙착을 보게 되는 것이다.

그러나 둘 또는 그 이상의 서로 상반되는 유인성이 동시에 존재할 때 그 힘을 상쇄하면 제로가 되어 심리적으로 둘 사이에 끼어서 꼼짝달싹도 할 수 없게 되는 경우가 있다. 이런 상태를 '갈등'이라고 한다. 이 갈등욕구와 목표의 관계에서 다음과 같이 3가지로 분류된다.

## ⑴ 플러스와 플러스의 유인성이 합성된 갈등

〈도표 8〉처럼 두 개의 플러스 유인성의 중간에 끼어 있는 상태이다. 두 개의 화살이 서로 반대되는 방향을 향하고 있고, 일직선상에 있으며, 길이(강한 정도)가 똑같으면 그 사이에 끼어 있는 사람 p는 몸을 움직일 수가 없다. 두 남자로부터 구혼을 받았으나 둘 다 훌륭해 도무지 우열을 가늠할 수 없는 경우에 이렇게 된다.

한쪽을 받아들이면 다른 한쪽에 미련이 남는다. 결국 두 사람을 동시에 받아들이는 것이 가장 이상적이지만 현실적으로 그럴 수 없고……. 이래서 자살을 하는 비극이 생기기도 한다. 보통 이런 상황에서 자살하거나 적응하지 못하는 경우는 드물다. 왜냐하면 '행복에 겨운 고민'이기 때문이다. 두 사람에게 동시에 구혼을 받는다는 것은 더없이 행복한 일이다. 이럴 경우 부모에게 의논하든가, 존경하는 사람의 의견을 들어보든가, 친구의 조언을 구하든가 하여 어느 한쪽을 선택하게 된다.

일단 한쪽을 선택하면 그쪽을 향한 접근의 비중이 높아지기 때문에 벡터의 양은 균형이 깨지게 된다. 마침내 A와 결혼하겠다고 결심을 굳히고 나면 자연히 B와의 교제는 멀어지며 반대로 A와 접촉하는 기회는 빈번해진다. 이와 비례하여 B보다 A에게 각별한 애정을 기울이게 된다. 이러는 동안 결혼식 날이 다가온다.

"A는 대하면 대할수록 마음이 쏠리는 사람이야. 정말 이상적인 남자

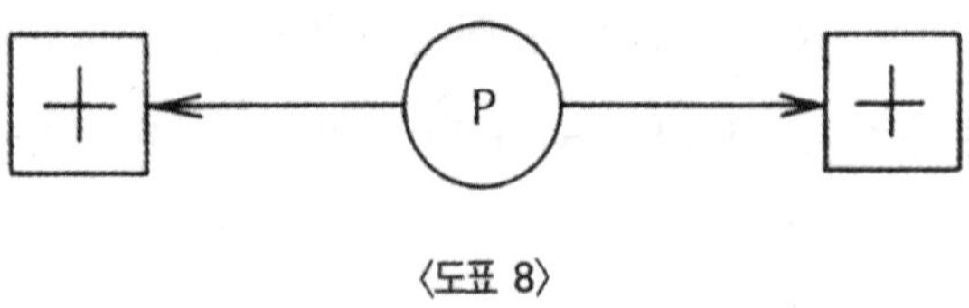


〈도표 8〉

야. 내가 왜 그토록 망설였는지 몰라……."

이렇듯 지금까지의 자기 자신의 태도를 의아스럽게 생각하기도 한다. 이것이 인간의 자연스러운 마음의 움직임이라고 할 수 있다.

그런데 간혹 이와는 다른 심리를 나타내는 사람도 있다. A를 선택하는 순간 B가 아쉽게 느껴지는 것이다. A와의 약혼 기간 중 늘 B라는 남자가 머릿속에 맴돌고 있다.

"지금쯤 B는 어떻게 지내고 있을까. 나보다 더 멋있는 여자와 교제하고 있지는 않는지."

결혼식 날이 다가옴에 따라 '차라리 B를 선택했더라면……' 하는 부정적인 생각을 갖는다면 불행을 불러들이게 될 것이다.

그러나 한쪽의 욕구가 충족되고 포화상태가 되면 반대쪽의 벡터량은 상대적으로 그만큼 강해지는 것이 자연적인 현상이라고 하겠다. A에 견줄 만한 남편감이 이 세상에는 존재하지 않는다는 생각으로 신혼시절을 단꿈 속에서 지낸다. 그러나 그러한 감격도 식상이 되고 무미건조한 하루하루가 계속된다. 참으로 단조롭기 그지없는 나날이다. 이럴 즈음이면 B의 생각이 다시 고개를 쳐든다. 그렇다고 해서 부정한 아내라고 단정할 수는 없다. 단지 생각으로 그치기 때문이다.


## 연정이란 괴로운 것


갈등에는 3가지의 종류가 있다고 했는데 이제 나머지 두 개를 더 살펴보도록 하자.

## ⑵ 마이너스 유인성과 마이너스 유인성이 합성된 갈등

〈도표 9〉처럼 2개의 마이너스 유인성의 중간에 놓여진 상태이다. 이 도표는 앞의 도표와는 화살표 방향이 정반대로 되어 있다.

한 직장여자가 현재 근무하고 있는 직장이 싫어서 괴로워한다. 직장을 하루속히 그만두고 싶은 심정이 간절하다. 시골에서는 부모님이 빨리 내려오라고 성화다. 부모님은 부농의 아들과 결혼시킬 심산이다. 도시 생활에 맛들인 그녀로서는 그런 남자를 남편으로 맞는다는 것은 생각조차도 할 수 없는 일이다.

이럴 경우 그녀는 '직장'과 '시골'이라는 2개의 마이너스 사이에 끼어 있는 상태가 된다. 이런 종류의 갈등은 가장 심각하다. 그래서 불안 신경증이라든가 히스테리 증상 따위의 부적응 상태를 나타내게 된다. 이런 종류의 갈등에 대해 일반적으로 취하는 반응은 '도피'이다. 이 여자는 아마 여행이라도 떠날 것이다. 울적한 마음을 달래며 곤경에 빠진 현실에서 잠시나마 벗어나기 위해서이다.

그러나 이러한 행위는 '일시적인 도피'일 뿐이다. 여행에서 돌아오면 다시 직면하지 않을 수 없다. 이런 상황하에서는 '공상에 의한 도피'가 시작된다. 직장이나 집에서 떠나 머나 먼 별천지에서 홀로 지냈으면 하는 생각에 사로잡힌다. 하루의 개운치 않은 업무를 끝내고 하숙집에 돌아오면 공상에 빠져든다. 제정신으로 돌아왔을 땐 자신이 턱을

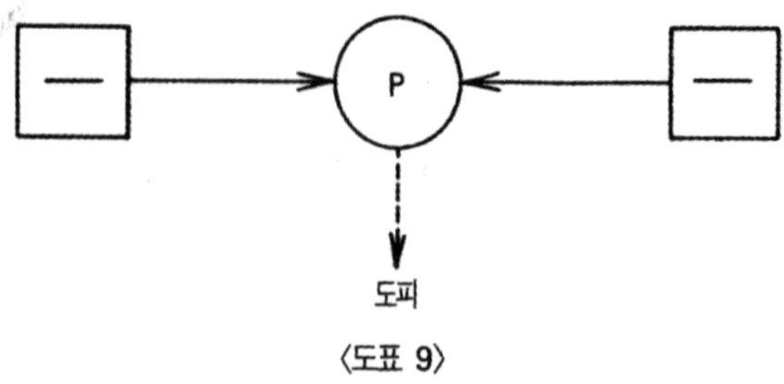

〈도표 9〉

괴고 한시간 가까이 공상에 잠겨 있었던 것을 스스로 발견한다. 홀로 산책하고 있을 때 멋있고 듬직하게 생긴 남자가 나타나 자신의 손목을 잡고 산과 들을 마냥 뛰어다니며 노래하는 환상 같은 것을……

부인이 있는 남자를 연모하는 여자, 그녀가 교양이 있는 여자라면 사련이라는 죄악감 때문에 고민에 빠지게 된다. "그렇다면 빨리 결별하는 것이 좋지 않은가" 하는 제삼자의 충고를 듣고도 사랑하는 남자의 모습을 한시라도 떨쳐 버릴 수가 없다. 결국 떳떳하지 못한 일이라고 생각하면서도 밀회를 거듭한다. 장래에 대한 희망도 없고 현재의 행위가 해결에 도움을 주지 못한다는 사실을 잘 알고 있지만, 아니 장래의 무서운 파멸이 예상되지만 굳이 그런 것에는 눈을 감고 현재의 감미로운 순간에만 몰입하려고 한다.

"내일은 생각할 필요가 없다. 지금 이 시간 이 순간을 위해 즐기자."

이것도 일종의 심리적 도피이다. 그의 부인이 병이나 교통사고로 세상을 떠났으면 하는 공상에 사로잡혀 그만 자신의 악마적인 끔찍한 발상에 전율감을 느낀다. 이런 느낌도 잠시, 그이와 단둘이서 지구 끝 아무도 알지 못하는 곳에서 함께 지냈으면 하는 백일몽을 꾸어 본다.


### ⑶ 플러스와 마이너스 유인성의 합성에 의한 갈등

〈도표 10〉처럼 플러스와 마이너스의 유인성을 아울러 지니고 있는 대상을 향한 상태이다. 이렇게 되면 R과 같은 힘이 작용한다.

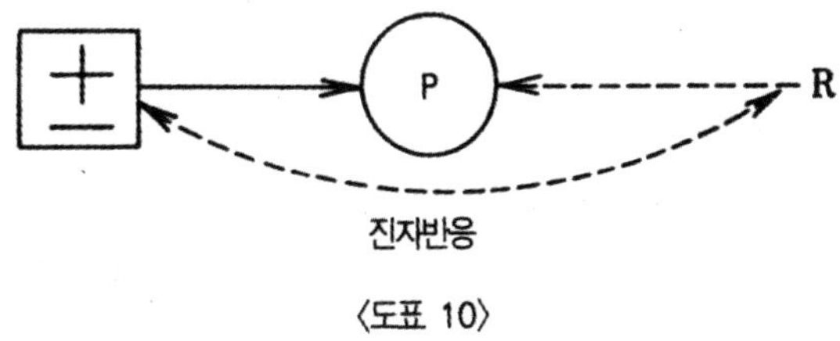


〈도표 10〉

미스 A가 현재의 직장에 취직할 수 있었던 것은 학창시절의 선배인 미스 B가 협력해 준 덕택이다. 그리고 그 후에도 미스 B를 언니처럼 따랐다. 그런데 미스 A가 동료사원 중에서 이상적인 한 남자를 좋아하게 되었다. 그런데 뜻밖에도 미스 B도 그 남자를 좋아하고 있음을 알게 되었다. 미스 A는 의리와 사랑의 틈바구니에 끼인 처지가 되고 말았다. 이제 미스 A는 우정을 버릴 것인가 아니면 연정을 버릴 것인가 하는 상황에 놓이게 된 것이다.

이런 갈등 상태에 놓이면 일반적으로 '진자반응(시계추처럼 왔다갔다 하는 짓)'을 보인다. 진자반응이란 좋아하는 남자에게 접근했다가는 멀어지고 멀어졌다가는 또다시 접근하는, 다시 말해서 시계추처럼 반복하는 것을 말한다. 즉, 상대에게 친밀한 태도를 취했다가도 이래서는 안 된다는 생각으로 그를 한동안 멀리한다. 그런데 진자운동이 멈추지 않고 점점 진폭이 커지면 심리적인 부담은 더욱 커져 마침내 심각한 문제를 일으키게 된다. 결국 지치고 지쳐 양자의 중간에 정체되고 마는 경우도 있다. 허탈상태란 바로 이런 상태를 말한다.

갈등은 단순히 욕구불만과 같은 장애물 때문만은 아니다. 결혼을 하고 싶지만 완고한 아버지가 허락해 주지 않는다는 식의 단순한 상태도 아니다. 결혼하고 싶다는 '소망'과 아버지의 뜻을 거역할 수 없다는 '억제'가 동시에 상극하고 있는 경우가 많다. 이것도 외부적인 것이 아니라 내부적인 것이다.

**이와 같은 '억압'은 사람의 마음에 '불안'이라는 색조를 띠게 만든다.**

즉, 억압은 불안을 불러일으킨다. 대체적으로 '불안신경증'은 이렇게 해서 생겨난다. 마음속에 생성된 갈등은 새로운 갈등을 낳는 악순환을 가져와 현저한 부적응 상태에 빠지는 경우도 있다.

어떤 사람은 사랑하는 것을 마음의 실을 짜는 상태라고 표현하기도 한다. 소녀가 물레를 돌리면서 사랑의 애틋함을 노래하는 정경은 괴테의 희곡이나 슈베르트의 가곡에서도 등장한다.

호메르스의 서사시에 의하면, 그리스 유일의 미녀이며 정숙한 여자였던 페넬로페의 남편 오딧세우스는 트로이 전쟁에 출정했는데 전쟁이 끝난 지 10년이 지났음에도 돌아오지 않았다. 이렇게 되자 무수한 귀족들이 페넬로페에게 구혼을 청해와 곤경에 빠지게 된다.

그래서 그녀는 궁여지책으로 "내가 이 베를 다 짜게 되면 구혼에 응해 드리겠습니다" 하고 말한 뒤 낮에는 열심히 베를 짰다가 밤이 되면 도로 풀어서 시간을 벌었던 것이다. 그녀가 짜는 씨실과 날실은 그녀의 마음 그 자체였다.

페넬로페는 참으로 정숙한 여인이었으므로 천이 완성되는 것을 원치 않았다. 그러나 만일 그녀가 재혼을 원하는 마음과 원치 않는 마음이 공존했을 때 원하는 마음이 억압되어 갈등 상태를 나타내었다면 아무래도 부적응 증상이 나타났을 것이 틀림없다.


## 남자의 질투, 여자의 질투

애정이 있는 곳에 그림자처럼 따라 다니는 것이 질투심이다. 이번에는 질투심, 이 '검붉은 불꽃' 과 같은 감정에 대해 생각해 보기로 한다.

도대체 질투심은 남자와 여자 중 어느 쪽이 더 강할까? 이 점은 흔히 토론의 대상이 되고 있다.

"그야 당연히 여자 쪽이 훨씬 더 강하지. 그 증거로 한문에도 나와 있지 않는가. 질(嫉)자나 투(妬)자가 모두 계집녀(女)변이 아닌가."

그러면서 남자들은 목소리를 높이고 이런 말고 당연시한다.

그러나 그 한자는 모두 남자가 만든 때문이지 그 강도와 격렬함에 있어서는 성(性)에 의한 차이가 없다는 것이 심리학적 견해이다.

다만 역사는 수천 년 동안 남자 중심의 시대를 거쳐왔기 때문에 여자는 애정 문제에 있어서도 습관적으로 의존하려고 한다. 또한 대부분의 부부가 경제면에 있어서 남편이 우위를 점하고 있다. 맞벌이가 아닐 경우 아내의 행동권은 가정에 한정되어 있지만 남편의 행동권은 훨씬 넓고 제약을 받지 않는다. 이것만 보더라도 아내 쪽이 큰 핸디캡을 지니고 있어서 아무래도 여자 쪽이 질투하는 기회가 많아 그런 오해를 받기 쉽다. 즉, 사회적, 문화적 조건에 의해 그렇게 되어진 것이다.

이러한 결과로 질투의 표현마저도 남녀 간에는 다소의 차이가 있다. 우리 사회는 시기하거나 불평하는 남자는 남자답지 못하다고 하여 경멸하는 풍조가 있어서 속으로는 질투하고 있으면서도 태연한 척한다.

"이번에 온 가정교사는 좀 석연치 않은 데가 있어요. 지나치게 비위를 맞추려고 하다가는 당신이 도리어 바보 취급을 당할지 몰라요."

이렇듯 아내에게 일침을 놓은 것은 그런 대로 솔직한 편이지만 퇴근해서 집에 돌아왔을 때 응접실 탁자 위에 재떨이에 자신의 것과 다른 담배꽁초를 발견하거나 하면 "오늘 와이셔츠 제대로 다린 거야?" 하면서 엉뚱한 각도에서 시비를 건다. 본심은 '자신에게만 관심을 가져달라'는 것이지만……

다음은 질투하는 방향이 남녀가 서로 다르다는 것을 〈도표 11〉로 나타낸 것이다. 도표처럼 한쌍의 남녀(부부나 연인이라도 상관없다) M과 W외에 또 한 여자 W가 등장하여 삼각관계 비슷한 상태가 되었을 경우 여자는 질투나 노여움이나 증오를 상대편 여자, 즉 동성에게로 돌린다. 이처럼 '질투'(j)는 W→W의 방향을 취한다.

"저 여자가 내 남자를 빼앗았다. 나쁜 사람은 바로 저 여자다. 저 여자가 나타났기 때문에……."

그래서 남편이 첩을 만들면 부인은 남편을 몰아세우기보다는 첩이 살고 있는 집으로 쳐들어간다. 그러나 남자는 연인이나 아내를 다른 남자 M에게 빼앗겼을 경우, 미움은 자신의 여자, 즉 이성에게 향하게 된다. M→W의 방향을 취하는 것이다.

"네가 감히 나를 배반하다니!"

이런 증오를 여자 쪽에 내뿜는 동시에 라이벌인 남자에 대해서는 "원통하다! 저따위 녀석한테 빼앗기다니……" 하는 충격이 온몸을 사로잡는다. 그리고 치를 떤다.

똑같은 질투라도 여자 쪽에서는 '안정감의 위협'이 주된 원인이 되는 데 반해 남자 쪽은 '자존심의 훼손'이 큰 원인이 되고 있다.

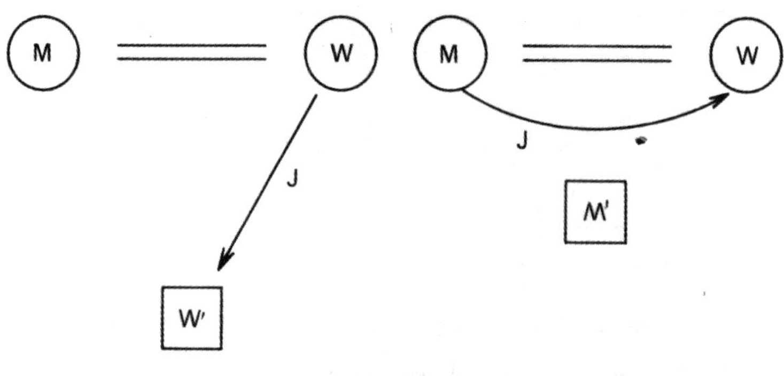


〈도표 11〉

여자 특히 아내의 질투는 안정감을 위협받아 불안을 느낌으로써 발동된다. 남편이 술집여자와 친밀한 관계임을 발견했을 때 그것이 어떤 성질의 것이냐 하는 것이 중요하다.

"절대로 본심이 아니다. 나는 어디까지나 아내와 가정을 변함없이 중요하게 여기고 있다."

이렇게 단호하게 해명한다면 그것으로 이 문제는 일단락된다. 여자들 중에는 남편이 열심히 일에 몰두하는 것을 질투하는 경우도 있다.

"당신은 나보다도 일을 더 소중히 여기는군요. 어차피 나는 부엌데기에 지나지 않으니까……."

이렇듯 항상 남편의 말이나 태도에 의해 사랑을 확인받지 않으면 불안해서 못견디는 심리가 있다.

남자에겐 프라이드라는 게 있다. "질투 속에는 애정이라는 면보다 자존심이 더 강하게 작용한다"고 말한 라 로슈푸코의 통찰력은 참으로 예리하다. 남편들은 아내가 외간남자나 다른 집 남편들을 칭찬하면 언짢아한다. 또 스타나 가수나 탤런트들도 질투의 대상이 된다.

"당신에겐 그런 넥타이가 어울리지 않아요. 옆집의 지혜 아빠처럼 멋쟁이라면 몰라도……."

이런 말이 아내의 입을 통해 나오면 정말 가만히 있지 않는다.


남자들은 갑자기 연인에게 라이벌이라도 나타나면

전에 없이 정열을 불태우거나 별로 좋아하지 않다가도

갑자기 좋아하는 듯한 태도로 바뀌는 경향이 있다.


남자들은 평소에는 질투심을 억누르고 있지만 한번 질투심의 소용돌이에 휘말리면 여자보다 더 격렬하고 깊게 빠져드는 경향이 있다.

질투심이 사랑을 확인하는 소금 같은 역할을 하기도 하지만 가정을 파탄으로 몰고 가는 촉진제 같은 역할도 하므로, 지혜롭게 질투를 이용할 수 있는 지혜가 필요하다.


## 질투의 유형(독점형 · 의혹형)

앞서의 프루스트의 소설에 의해서도 독점이라든가 의혹이라든가 증오라는 것들이 질투와 깊이 연관되어 있음을 알 수 있다. 질투에는 여러 가지 종류가 있지만 비교적 초기에 나타나는 것이 '독점과잉형' 질투이다.

연애의 초기에는 상대가 자신을 사랑하고 있다는 강렬한 감동으로 마음이 벅차오른다. 갑자기 세상이 바뀐 듯한 느낌을 갖는다. 그러다가 이 꿈 같은 상태에서 깨어나면 상대를 독점하려는 생각으로 꽉 차게 된다. 현재 상대를 독점하고 있는데도 이에 만족하지 못하고 자기 이외의 어떤 사람에게도 마음을 주어서는 안 된다는 욕심이 생긴다.

원래 연애란 한 남자와 한 여자 사이에 성립되는 것으로서 일심동체가 되는 격이다. 그러나 완전히 일심동체가 되는 것은 불가능하다. 이 불가능이 가능하게 되기를 원하는 마음에서 상대방을 독점하려는 독점과잉형의 질투가 생겨난다.

이것이 극단적으로 흐를 경우 비사회적이고 비현실적인 모습으로 나타나 상대방을 영원히 사랑하는 방법으로 동반자살이라는 극약처방을 택하는 경우도 있다. 누군가를 독점한다는 것 자체가 잘못된 것임을 깨닫지 못한 결과이다.

이런 것은 극단적인 예라고 하더라도 일반적으로 연인들 관계에 있어서 미주알고주알 캐묻는 남자도 있다.

"당신은 연애를 해본 경험이 있죠? 없다고는 못하겠지…… 그렇다면 몇 사람과 연애했죠? 그리고 어느 정도의 관계에까지 이르렀죠?"

이런 것을 집요하게 캐묻고 나서는 스스로 불쾌하게 생각한다.

이런 단계를 벗어나 연애가 본 궤도에 오르면 두 사람의 교제는 생활의 일부분이 되어 행복한 생활에 빠지게 된다. 바로 이러한 때에 문제가 발생한다. 하찮은 행동으로 상대의 의혹을 불러일으켜 오해를 사기도 한다. 이것이 마침내 풍파를 일으킨다. 이렇게 해서 의혹의 질투가 연애의 제2기에 등장한다.

사실이 아닌 의혹은 두 사람이 합심해서 물리쳐야 한다. 이러한 의혹은 정식으로 결혼을 하지 않은 불안정한 연애기간 중에 흔히 일어난다. 그러나 지나친 의혹은 자신감이 없는 데서 생긴다. 따라서 그 어떤 열등감을 갖고 있는 사람은 이런 유형의 질투에 빠지기 쉽다.

> "노골적인 질투는 사랑하는 이에 대한 불신이며
> 완곡한 질투는 자신에 대한 불신이다."
>
> (레스피나스)

부부간에 있어서도 자신감을 갖지 못하고 만성적인 불안을 갖고 있는 여자는 질투를 하기 쉽다.

"요즘 야근한답시고 늦게 귀가하는데 그게 사실일까?"

이 정도는 그래도 괜찮은 편이다.

"당신! 전철역 앞에서 예쁘게 생긴 어떤 여자와 정답게 이야기하는 걸 보았는데 그 여자 누구예요!"

전혀 알지도 못하는 여자가 길을 물어온 것인데도……

"당신에게 확인하려던 참이었는데…… 이런 엽서를 보내 온 이 여자 도대체 누구예요?"

알고 보니 집요하게 보험을 권유하는 여자 보험판매원으로부터의 귀찮은 면담요청이었다. 질투심이 강한 아내의 의심은 정말 진땀을 빼게 한다.

그러나 이렇듯 얼토당토 않은 일이 아닌 의심이 가는 듯하기도 하고 그렇지 않은 듯하기도 한 애매모호한 것은 때로는 납덩이를 삼킨 것처럼 무거운 응어리가 되기도 한다.

프랑스의 작가 앨런 로브 그리예의 「질투」는 음산한 느낌을 주는 소설이다. 이 소설의 나레이터는 어느 남쪽 나라의 바나나 농원을 경영하는 사내이다. 보통의 경우라면 이 남자가 주인공이 되겠지만 그에 대해서는 아무런 언급도 없으며 그의 모습조차도 숨겨져 있다. 이 남자에게는 A라는 머리글자를 사용한 아내가 있으나 아이는 없다.

이 부부는 그리 멀지 않은 곳에 살고 있는 바나나 농원의 주인인 프랭크 부부와 친밀하게 지낸다. 그러나 언제부터였는지 프랭크는 병으로 쇠약해진 아내를 집에 두고 혼자서 방문하게 되었다. 그는 한 번 찾아오면 A부인과 시간가는 줄 모르고 담소를 즐긴다. 부인은 테라스에서 아페리티프(식사 전에 식욕을 돋우기 위해 마시는 술)나 커피를 마시며 프랭크와는 거의 의자를 맞대다시피 하고 남편과는 거리를 두고 앉는다.

이들은 램프도 멀리 한다. 프랭크가 빌려 준 소설에 관해 두 사람만이 통하는 말을 서로 주고받으며 의미있는 웃음을 교환한다. 프랭크가 찾아오지 않는 날이면 부인은 왠지 모르게 울적해 보인다. 편지를 쓰는 경우도 있다. 그리고 그 편지는 프랭크의 포켓 속에 있거나 한다.

어느 날 프랭크가 해변가를 드라이브한다고 하자 A의 아내는 쇼핑할 것이 있다고 하면서 함께 차를 타고 떠난다. 저녁에는 돌아와야 하는데도 다음날 저녁에서야 귀가한다. 자동차가 고장이 났는데 수리할 수가 없어서 아침까지 기다렸다는 것이다. 그럼에도 불구하고 며칠 후에는 수리할 줄 모른다던 프랭크는 차에 대한 자신의 식견을 자랑하며 자동차의 부품에 관해 구체적으로 설명을 늘어놓는다.

그렇다면 두 사람의 드라이브는 우연한 것이었을까? 아니면 미리 밀약이 되어 있었던 것일까? 그리고 정말 자동차는 고장이 났었는가? 도대체 프랭크와 아내와의 관계는? 수상하다고 생각하면 의심이 가는 곳이 한두 군데가 아니다. 그렇지만 이렇다 할 확증은 아무것도 없다.

답답하고 무거운 분위기의 의문부호를 남겨 놓은 채 이 소설은 끝을 맺고 있다. 소설을 처음부터 마지막까지 일관하고 있는 것은 의혹의 눈초리로 아내를 감시하고 있는 '얼굴 없는 주인공' 의 번들거리는 눈이다. 왠지 모르게 소름이 끼치고 기분이 나쁘다.


## 질투의 유형(망상형 · 투사형 · 증오형)

의혹과잉형 질투가 비정상적으로 고조되면 질투망상형이 되어져 심리적인 '시야 협착' 현상이 일어난다. 상대의 전혀 의미없는 언동이 모두 의미있게 비쳐져 의심의 함정에 빠지고 만다.

여기에서 전형적인 질투망상형을 예로 들어 설명해 본다.

아이가 없는 30대 후반의 아내. 그녀는 문득 남편에게 정부가 있을 지도 모른다고 의심하기 시작한다. '있지 않을까' 하는 의아심은 마침 내 '있을 것이다' 라는 단정으로 바뀌고 '있는 게 틀림없다' 라는 확신 으로 굳어져 간다. 그래서 증거를 잡기 위해 남편이 집에 돌아오면 그 의 옷이나 속옷까지도 냄새를 맡기 시작한다. 주머니는 물론 주머니 속 의 먼지까지 샅샅이 조사한다. 혼자 집에 있을 때 남편 앞으로 보내 온 편지를 몰래 뜯어보았지만 평범한 글과 내용으로 채워져 있다. 그래도 '혹시 이 글 속에 암호가 섞여 있는지도 모른다' 는 의심이 들자 육감에 짚이는 글귀를 서너 개 정도 골라 연결시켜 읽어 보기도 한다.

"밤중에 내가 잠자고 있는 틈에 혹시 남편을 좋아하는 여인이 몰래 숨어들지도 모른다."

이런 상상은 일반 사람들이 예상하지 못하는 결과를 초래하곤 하는 데, 이따금 신문의 사회면에 등장하는 기사를 보면 알 수 있다.

물론 여자의 육감은 과학적으로 증명하지 못하지만 적중률이 높다 고 여자들은 굳게 믿고 있다. 그러나 잘못된 육감은 상대방뿐만 아니라 자기 자신, 나아가 한 가정을 불행으로 몰고 가게 된다.

상상과잉이 질투망상으로까지 발전했을 때 무서운 결과를 낳는다. 상상력이란 마술적인 작용을 한다. 사소한 계기로 문득 의심을 품게 되 면 처음에는 이슬비처럼 작던 것이 커지고 확대되어 폭포수처럼 되어 버리는 것이다.

그러므로 만일 질투심을 느낀다면 정말 그것이 질투할 근거가 확실 한가 아니면 자신의 상상력으로 만들어낸 환상에 불과한 것인가를 냉 정히 객관적으로 반성해 볼 필요가 있다.

진정한 질투망상은 정신분열증이나 알콜중독, 늙은이의 노망에서나 볼 수 있는 이상심리라고 하겠지만, 이처럼 극단적이 아닌 성격적으로 질투하는 사람도 있다. 어릴 적 부모로부터 꾸중만 듣고 자라왔거나 변태적인 사랑을 받았거나 다른 형제들보다 사랑을 덜 받고 자랐거나 하면 질투의 경향을 띠기 쉽다.

그러나 질투는 더욱 복잡한 마음속에 잠재해 있는 묘한 심리작용으로 인해 일어나기도 한다. 제4형으로 '투사형'의 질투를 들 수 있다.

셰익스피어의 4대 비극의 하나인 「오델로」에 보면, 무용이 뛰어난 흑인장군 오델로가 정숙한 아내 데즈데모나를 질투에 눈이 어두워 목졸라 죽이는데, 교활한 간신이 근거 없는 말을 지어내어 오델로를 부추겼기 때문이다. 그러나 처음에는 "내 아내만은 절대로 그런 여자가 아니야." 했지만 문득 "혹시 사실일지도 몰라." 하고 의심을 갖게 된다. '나도 아내 이외의 다른 여자를 마음에 둔 적이 있지 않는가' 하는 생각이 그만 아내를 의심하게 된 것이다.

'내가 아내를 사랑하고 있는 것은 틀림없다. 그러나 내가 다른 여자에 대해 육체적인 충동을 느끼지 않았다고도 할 수 없다. 그렇다면 나와 똑같은 욕망이 아내에게도 있을 것이다……."

**인간에게는 이와 같은 심리작용이 있다. 프로이트는 이것을 '투사에 의한 질투'로 보고 '오델로 콤플렉스'라는 말을 만들어냈다.**

"당신! 요즘 어딘지 모르게 이상해. 솔직히 말해 주지 않겠소!"

이렇듯 귀찮게 구는 경우가 있다. 실은 새로운 여자가 생겨 그것이 선수를 치는 것일 수도 있다. 아니면 다른 상대를 그리워하는 마음이 생겨 이에 대한 불안을 느낀 나머지 상대방도 그러려니 하는 생각으로 그렇게 나오는 것인지도 모른다.

남편에게 정부가 있다는 망상도 부인의 억압된 욕구의 투사라는 것은 거의 틀림없다. 부인에게는 성적 욕구가 간절했으며 부인이야말로 정부를 갖고 싶다는 소원을 잠재적으로 간직하고 있었던 것이다.

"어젯밤에 영화를 보러 갔는데 옆자리에 앉은 남자가 추근거려서 영화도 못 보고 뛰쳐나오고 말았어요. 결국 입장료만 손해봤어요."

"그건 당신 혼자서 구경갔기 때문이야. 앞으로 나와 함께 가잔 말야. 그리고 영화를 보지 않고 뛰쳐나온 것은 아주 잘한 일이야!"

이런 식의 반응이 일반적이다.

젊었을 때 마음껏 바람을 피운 남자가 딸의 이성교제를 엄격히 통제하는 경우가 있다. 이런 남자는 자신의 여성관을 다른 사람에게 투사하고 있는 것이다.

이와 같은 투사형 외에 '사랑이 지나쳐서 미움으로 변해버리는', 즉 애정이 변하여 증오로 바뀌는 경우도 있다. 여기에서 제5형으로서 '증오형' 질투를 들 수 있다. '사랑하기 때문에 질투한다'라는 말을 쓰고 있는데 꼭 그렇지만은 않다. 애정이 없으면 질투는 생기지 않는다고 하더라도 질투 속에 애정보다는 증오가 더 많이 들어 있을 수도 있다.

질투는 곧 파괴의 심리이다.

로마시대의 시인 호라티우스는 말처럼, '악의의 순수함, 그것은 불순물이 섞이지 않은 질투'라든가, 영국의 시인이며 극작가였던 존 드라이든의 말처럼, "질투는 영혼을 죽음에 이르게 하는 황달병이다"라는 것을 보면 잘 알 수 있다.

적어도 질투 그 자체는 구원받지 못하는 감정이며 완전히 비생산적인 감정이다. 질투란 하면 할수록 자신에게 상처를 입히고 추하게 만들

뿐이다. 이 점에 대해 가슴에 손을 얹고 깊이 생각해 볼 필요가 있다.

## 사랑과 미움

앞에서 애정이 변하여 증오로 바뀌는 경우가 있다고 했는데 도대체 '사랑'과 '미움'은 어떤 관계에 있는 것일까. 사랑이 근원이었는데 왜 정반대의 미움으로 변하는 것일까. 일반적으로 사랑과 미움은 동서, 흑백처럼 서로 조화를 이루는 것으로 생각하기 쉽다.

프로이트는 사랑과 미움은 본래 이원적으로 동시에 존재하며 앰비밸런스(ambivalence, 양면가치 감정으로, 좋고도 싫다든가 예스와 노 하는 것처럼 반대의 경향을 나타내는 경우, 반대의 성격적 특성을 말한다. 예를 들어 남편이 부재중일 때 해방감을 맛보는 아내의 심리가 그것이다.)를 이룬다고 주장했다.

앰비밸런스란 스위스의 정신의학자 블러일러에 의해 사용된 말이다. 블러일러는 정신분열증 환자가 가장 사랑하는 어머니에게 난폭한 짓을 한다거나 존경하는 정신과 의사에게 흉폭성을 발휘하는 경우를 연구했는데, 이런 환자들은 한 사람에 대해 상반된 감정을 공존시키고 있기 때문이라고 주장했다. 이것을 프로이트는 보통 사람들에게도 이들과 마찬가지로 상반된 감정이 잠재해 있다고 생각했다.

보통 연애를 하는 동안에는 애정만 표면에 나타나 모든 것을 감싸주기 때문에 미움은 전혀 의식하지 못한다. 그러나 정확히 말한다면 상대에게 사랑을 느끼는 순간 동시에 미움도 싹트고 사랑이 커져 갈 때 미움도 함께 자란다고 할 수 있다.

이것을 라 로슈푸코는 직감적으로 꿰뚫고 있다.

"사람들은 이성을 사랑함에 따라 그만큼 미운 감정도 생겨난다."

참으로 두려운 일이다. 그러므로 연애의 경우 모든 사람들은 극단의 지경으로 자신의 감정을 내몰지 않는다. 그 직전에서 거의 '절충'에 의해 해결을 본다. 그러나 절충으로 미움을 해소시키지 못한 까닭에 심각한 갈등을 일으키거나 신경증에 이르는 사람도 있다.

사랑을 하게 되면 애정의 에너지가 나오는데, 이것이 제삼자에 의해 방해받으면 심한 노여움이나 비애를 느끼게 된다. 또한 이것이 위협을 받으면 몹시 불안감을 느끼게 된다. 뿐만 아니라 대항자가 나타나면 경쟁심 또는 질투심을 불태우게 된다. 그러나 상대로부터 거절당하거나 자신의 정열이 받아들여지지 않을 때는 에너지가 증오의 모습으로 바뀌는 경우도 있다.

원래 미움이란 사랑의 저 멀리에 존재하는 것이 아니라 아주 가까이 있는 것으로 지금껏 숨어 있던 것이 선명하게 모습을 드러내는 것이다.

네덜란드의 철학자 스피노자는 기하학적 정확성으로 말하고 있다.

**"사랑하는 사람을 증오하다가 마침내 애정이 완전히 식어지면
애당초 사랑하지 않았을 때보다 증오심은 더욱 강해진다."**

지난날 열렬히 사랑을 주고받던 연인으로부터 배반을 당하거나 거부를 당했다고 가정하자. 이럴 때 어떠한 태도를 취할 것인가. 변심과 배신에 대해 복수를 생각할 것인지 아니면 교제 이전의 상태로 돌아갈 것인지. 만일 증오심으로 불타 복수를 꾀한다면 아직 상대방을 변치 않고 사랑한다는 증거이다.

애정의 반대 개념은 증오가 아니라 '무관심'이다. 지금까지 쏟아부

었던 애정의 에너지를 회수하거나 철수시키는 것이다. 그것은 하나의 시늉이 아니라 진심으로 무관심한 상태가 되는 것이다. 이것은 역설적인 의미에서 상대에게 복수를 한 셈이다.

그러나 복수가 후련한 쾌재라고는 하나 아무래도 마음속에 앙금을 남기게 된다. 만일 무관심을 관용의 영역까지 높여 줄 수만 있다면 그것은 참으로 멋진 것이라고 하겠다.

이와는 반대로 관용은 고사하고 서로 증오의 화신이 될 때에는 문제가 심각하다. 남녀가 서로 결혼한다는 것은 함께 살고 싶다는 애정 때문이다. 그런데 서로 증오하기 위해 사는 듯한 부부도 이 세상에는 없지 않아 있다. 상식적으로 말해서 "그토록 미워할 바에는 차라리 헤어지는 것이 좋지 않은가" 하고 생각할지 모르지만 아마도 상대를 증오하고 저주하는 것이 그들의 삶의 보람인지도 모른다.

결혼을 인생의 묘지라고까지 말한 사람도 있다. 아마 결혼의 비극적인 면만 강조하다 보면 그렇게 보일 수도 있다.

우리는 '마음 먹기에 달렸다' 라는 말을 자주 쓴다. 그렇다면 '마음'이란 무엇일까.

이 '마음' 이란 우리가 살아온 지난날의 기억들이 합해진 것이다. 그 기억들이 부정적이면 나의 마음도 부정적으로 흐르고 긍정적이면 긍정적인 방향으로 흐르게 된다.

이제 우리가 가정을 위해 사랑하는 사람을 위해 어떤 마음가짐을 가져야 할 지에 대해 곰곰히 생각해 볼 일이다.

# 인류가 있는 한 남자와 여자는 존재한다

8

남자와 여자는 다르다
건강한 섹스는 자존심이다
한 달에 한 번 확인하자
악취도 사랑하면 나지 않는다
결혼은 한쪽의 희생을 강요해서는 안 된다
상처를 껴안는 사랑의 힘
평행선은 만나기 위해 존재한다
결혼은 가정을 만들어준다
결혼은 절대 쉬운 것이 아니다
결혼은 사랑의 나무를 키우는 것이다

# 남자와 여자는 다르다

프랑스에 이런 이야기가 있다.

어린 여자 아이에게 종이로 포장된 초콜릿을 두 개 보여주면서 물었다.

"두 개 모두 종이를 벗기면 인형 모양을 한 초콜릿이 있단다. 이쪽 것은 남자인형이고, 이쪽 것은 여자인형이란다. 넌 어느 쪽을 갖고 싶니?"

여자 아이는 잠시 양쪽의 초콜릿을 바라보다가 말했다.

"저는 남자인형 쪽을 가질래요."

"왜 그렇지?"

그 여자 아이는 당연한 것을 묻느냐는 듯한 표정을 지으며 서슴없이 말했다.

"저, 남자인형쪽 초콜릿에는 고추만큼 초콜릿이 더 붙어 있잖아요."

한 번 웃어 보자는 뜻에서 소개한 내용이지만 남자와 여자가 다르다는 '사실'에 대해서는 이처럼 어릴 때부터 모든 것을 다 알고 있다는 것을 보여준 아주 작은 사례이다.

그렇다면 왜 남자와 여자가 다른가.

그리스의 대철학자 플라톤은 태고시대에는 인간이 남녀 모두가 일체였던 것이 그 후 두 종류로 나누어지게 되었다고 하는 신화를 제시하고 있다. 덧붙여 말하면 섹스란 원래 라틴어로서 '분할'을 의미한다. 그래서 나누어진 남녀는 앞으로 영원히 그날까지 떨어져 나간 '반쪽'을 그리워하며 헤매는 운명이 되었다는 것이다.

이러한 플라톤의 가설에 새로운 해석을 달게 되면 길고 긴 역사가 흐르는 동안 문화적, 사회적 조건의 영향을 받아 남자와 여자는 생각하는 방식, 느끼는 방식, 표현하는 방식이 변질되어 왔다는 사실이다. 이처럼 크게 변모되리라고는 누구도 상상하지 못했던 일이 지금까지 이어져 오고 있는 것이다.

이렇게 해서 오늘날 남자가 여자를 볼 때, 여자가 남자를 볼 때 '왜 여자는?', '왜 남자는?' 하고 상대방의 심리와 행동에 대해 풀지 못한 수수께끼가 생기는 것이다.

독일의 작가 칼 쿡코는 이렇게 말하고 있다.


**"신은 왜 남자와 여자를 창조하였을까?**

**그것은 완전한 인간의 개념을 우리 개인의 의식 밖에 두고자 함이다."**


서로 끌어들이려는 마음을 지닌 인간을 창조한 신의 지혜는 참으로 심오한 것이라고 말하지 않을 수 없다. 애써 그렇게 만들었기 때문에 우리는 그 뜻에 거역하지 말고 '견인의 법칙'에 따라 살아가는 것이다.


## 건강한 섹스는 자존심이다


인간이 종족 보존의 일환으로 섹스를 시작하였다고 하지만 사실 그 이전에 사랑을 확인하는 방법이었다는 것을 현대를 사는 우리는 모두 잊고 있다. 그러나 예전에 사랑을 확인하는 방법이 섹스라고 해서 요즘처럼 감정가는 대로 몸으로 실천하지는 않았다는 데 요즘과 다른 면이 있다.

요즘처럼 아침 출근시간에 전철에서 많이들 보고 있는 신문(주로 스포츠 신문이지만)에 버젓이 등장하는 섹스에 관한 기사들 사이에 놓이다 보니 성에 대한 불감증 같은 현상이 널리 퍼져 있는 것이 사실이다.

겉으로 드러나 있는 성 문제가 10%라면, 보이지 않고 드러나 있지 않은 성 문제는 90%인 것을 사람들은 느끼지 못하고 있다.

그렇다고 지금 성 문제를 논하자는 것이 아니다. 왜 섹스가 진실한 사랑과 같은 선 상에 놓이지 못하고 마음은 접어둔 채 몸이 원하는 대로만 움직이는 변질된 사랑만 존재하게 되었는지 아쉬울 뿐이다.

사랑하는 사람과 함께 있다 보면 손을 잡게 되고 손을 잡다 보면 자연히 다음 단계의 스킨십을 하게 된다. 그러나 이것이 섹스라는 단계까지 지속되기 위해서는 우리의 사랑이 얼마나 가치있는 것인가를 다시 한 번 생각해 보아야 할 것이다.

사실 섹스 자체는 속성상 자극적인 것을 원하고 쾌락을 추구하게 된다. 그러나 남자든 여자든 궁극적으로 원하는 것은 아름다운 성이고, 이것은 두 사람의 사랑을 결속시켜주는 든든한 연결 고리인 것이다.

쾌락과 아름다운 성에는 분명한 차이가 있다.

처음에는 호기심에서 포르노 잡지나 포르노 비디오를 찾다가도 여기에 계속 빠져들면 그때는 성도착증에 빠져들게 된다. 이런 과정에서 사랑이 가져다 주는 기쁨은 맛볼 수 없게 된다.

**그러나 사랑하는 사람과 나누는 아름다운 성은**
**두 사람의 사랑을 더욱 확인시켜 주고 이를 확인하는 순간**
**도취와 사랑의 환희를 경험하게 되는 것이다.**

사실 부부라는 것은 마음 놓고 사랑의 행위를 해도 된다고 공식적으로 인정해 준 사이지만 수많은 시간 동안 매일 반복되는 사랑 행위를 하다 보니 서로에게 익숙해지게 된다.

사랑이란 이상한 마력을 가지고 있어서 항상 새로운 것을 원하게 된다. 서로에게 익숙해지기 시작하면 어느 새 이것이 사랑인지 정인지 무엇인지 알 수 없는 관계 속으로 빠져버리게 된다.

그러므로 결혼하고 세월이 지나면 지날수록 부부간의 사랑이 식어 남자는 호기심어린 눈으로 바깥을 향하고 여자는 마음을 잡지 못해 권태기라는 병적 증상을 보이게 된다.

그런데 이를 개선하고 또 다른 사랑의 세계를 만들어 내는 것 또한 부부 사이의 사랑의 힘이다.

앞에서도 얘기했지만 부부간의 섹스는 모두가 인정한 사랑의 방법이다. 이것을 어떻게 부부가 현명하게 사용하느냐에 따라 부부 사이의 사랑은 얼마든지 영원할 뿐만 아니라 새로운 기쁨을 맛보면서 살 수 있게 된다.

그렇다면 섹스가 어떤 역할을 해야 하는지 알아보자.

물론 모두가 인정하듯이 섹스는 육체적인 만족을 가져다 주어야 한다. 사람은 누구나 신체적인 접촉을 통해 성적인 긴장을 풀고자 하는 욕망이 있기 때문에 이를 섹스를 통해 푸는 것은 당연하다.

두 번째로 섹스는 사랑하는 사람으로부터 자신이 특별히 가치있는 사람이라는 것을 느끼게 해주어야 한다. 이것이 동반되어야 섹스는 사랑하는 사람과의 아주 특별한 사랑 행위로서 인정받게 되는 것이고, 서로 친밀감을 더 느껴 두 사람 사이에 사랑의 탑은 아주 굳건하게 설 수 있는 것이다.

세 번째로 건강한 섹스는 자존심을 느끼게 해준다. 이것은 결코 결혼이라는 것을 하지 않고서는 느낄 수가 없는 아주 중요한 느낌이다. 결혼을 했다는 것은 모든 사람으로부터 두 사람의 사랑이 공식적으로 인정받은 것이고, 이에 수반되는 모든 사랑을 나누는 모습은 아름다운 삶의 모습으로 인정받는 것이다. 마음놓고 사랑하고 사랑하는 사람으로부터 온몸으로 사랑받는다는 것을 느낄 때 인간은 인간으로서의 가치를 온몸으로 느끼게 되는 것이다.

사랑하는 사람으로부터 특별한 가치를 느낄 수 있고, 사랑을 온몸으로 느낄 수 있도록 하는 섹스는 오직 결혼한 부부만이 자유롭게 표현할 수 있는 아름다운 사랑 행위인 것이다.

이따금 미혼 남녀들이 자신의 감정에 충실한다는 이유를 대면서 서로의 몸을 찾지만 여기서는 결코 상대방으로부터 특별한 사람이라는 가치를 느끼지도 못할 뿐 아니라 자존심을 느끼기는커녕 그 순간부터

불안감과 긴장감 때문에 몸과 마음의 상처를 입게 되는 경우가 비일비
재하다.

이것은 결혼한 부부만이 느낄 수 있고 느껴야만 하는 아주 소중한 것
임을 사랑하기 때문에 결혼한 모든 부부들에게 신이 준 특권이라고 할
수 있다.


## 한 달에 한 번 확인하자


외국에 여행다니다 보면, 아니 외국 영화만 봐도 우리가 쉽게 볼 수
있는 장면 가운데 하나가 머리가 허옇게 센 백발 노부부가 함께 손잡고
춤을 춘다든가 카페테리아 같은 곳에서 따뜻한 햇살을 받으며 서로 사
랑하는 눈빛으로 이야기를 나누는 모습이다.

이런 노부부의 모습을 보면서 한 번쯤 미소짓게 되는 것은 두 사람
사이에 감도는 사랑의 느낌을 우리도 함께 느끼기 때문이다.

결혼이라는 제도가 우리 인간에게 남겨준 기쁨 가운데 하나가 바로
이런 모습일 것이다.

이제 모든 부부들은 한 달에 한 번씩 할 일을 만들자. 이 일은 전혀
어렵지도 않고 돈도 들지 않는 아주 쉬우면서도 재미있는 일이 될 것이
다. 따뜻한 향기가 감도는 차를 끓이고, TV나 모든 세상으로부터의 소
리를 차단한 채 두 사람만의 시간을 갖는 것이다.

이때 두 사람이 나눌 수 있는 대화는 무궁무진하다. 두 사람이 만났
을 때의 장면을 떠올려 서로의 사랑을 확인해 보는 것도 좋을 것이고,
자신도 모르는 사이에 무의식적으로 서로에게 소원해진 것은 없는지

이야기해 보는 것도 좋을 것이다. 그러나 서로의 대화가 끝날 무렵 두 사람의 대화가 먼 훗날 머리가 백발이 되고 주름살이 가득한 얼굴이지만 그때도 이런 시간을 가질 수 있기는 바라는 마음을 서로 교환하는 것이다.

그러면 이렇게 말하는 사람도 있을지 모른다.

먹고 살기도 바쁜데, 어떻게 한 달에 한 번씩 이런 한가한 시간을 가질 수 있느냐고.

그러나 이런 시간은 결코 많은 시간도 아니고 헛된 시간도 아니다. TV보는 시간 한 시간만 줄이면 얼마든지 가능한 시간이다. 이 짧은 시간이 두 사람의 먼 인생길을 놓고 볼 때 굉장한 사랑의 힘을 갖추는 시간이 될 것이라는 것을 모든 부부들이 공감할 것이다.

단 한 가지 주의할 것이 있다.

**한 달에 한 번 나누는 대화의 시간 속에 절대로
'돈'과 관련된 이야기는 하지 말아야 한다.**

어느 앙케이트 조사에서 나온 결과를 보면 부부 사이에 가장 많은 대화가 '돈'에 관련된 이야기라는 것이다. 거의 7, 80%를 차지한다고 하니 돈의 위력은 어디를 가나 막강하다고 할 수 있다.

물론 현실을 외면하고 살 수는 없다. 결혼 전에 화산이라도 폭발할 듯 열렬한 연애를 한 남자와 여자라도 결혼만 하면 그때부터는 자신들도 모르는 사이에 돈의 노예가 되고 만다.

분명한 것은 돈보다 강한 것이 사랑이라는 것이다. 결혼한 순간 자연스럽게 잊고 마는 현상이지만 이제 한 달에 한 번만은 돈 얘기가 아닌 서로의 사랑이 바탕이 된 미래의 두 사람 모습을 찾는 작업에 열중하기 바란다.

돈과 사랑은 절대 어울리지도 않고 어울릴 수도 없는 관계이다. 돈과 사랑은 서로 궁합이 맞지 않는 관계이고, 태양과 달처럼 함께 공존할 수 없는 것이라는 사실을 잊지 말자.

돈이 뒷받침되지 않은 사랑 때문에 고민한다면 이것은 사랑의 힘을 무시한 처사라는 것을 잊지 말아야 한다.

"남편이 돈만 많이 벌어다 주면 나가서 무슨 짓을 해도 상관없어요."

많은 여자들 가운데 이런 말을 내뱉듯이 하는 사람들이 있다.

진정한 사랑의 힘을 느끼지 못한 사람만이 할 수 있는 말이다. 이때의 사랑은 결코 부부 사이에 섹스도 아니고 두 사람 사이에 오고 가는 사랑의 교류가 없기 때문이다. 남편으로부터 사랑을 받고 있다는 것을 느끼고, 아내가 얼마나 자기를 사랑하고 있는지 온몸으로 체험하게 된다면 결코 그런 말은 나오지 않을 것이다.

이제 우리가 외국 영화에 등장하는 노부부의 모습처럼 한 달에 한 번씩 우리 부부만의 영화 속 주인공이 되어보자.

아마 이 순간만큼은 이 세상의 모든 것으로부터 동떨어진 사랑이라는 세계 속으로 빨려들어가는 것을 느끼게 될 것이다.


## 악취도 사랑하면 나지 않는다

결혼한 지 3년 정도 된 한 여자가 남편한테서 너무 냄새가 나서 도무지 옆에 갈 수 없다고 상담을 한 적이 있다.

사실 심한 겨드랑이 액취증 환자는 사람이 옆에만 가도 냄새가 나서 심한 경우에는 사회 생활을 할 수 없는 경우도 있다. 그러나 요즘처럼 의학이 발달한 시대에 이것 때문에 결혼 생활에 문제가 있다는 것은 문제의 원인이 다른 데 있다는 말이 된다.

상담한 결과 역시 사랑하지도 않는 사람과 결혼 했다는 데 원인이 있음을 알게 되었다.

"실은 사랑하던 사람이 있었는데, 그때는 어린 마음이었는지 말 한 마디 못하고 헤어지고 말았어요. 그러다 시간이 흘러 결혼 적령기를 넘기다 보니 주위에서 권한 지금의 남편을 소개받아 결혼하게 되었어요."

그렇다면 지금의 남편이 어떤 문제가 있는 사람인가 하면 전혀 그렇지는 않았다. 성실하고, 가족이라면 끔찍하게 생각하고, 직업도 안정되어 결혼 생활에 큰 문제는 없다는 것이었다. 그러나 시간이 지나면서 매일 똑같이 벌어지는 일상 생활과 똑같이 행해지는 부부관계는 아내로 하여금 자신의 존재가 무엇인가 하는 문제를 생각하게 되었고, 하루 종일 집안 일에 얽매어 있는 자신의 모습이 그렇게 한심스러워 보일 수 없었다는 것이다.

분명 결혼은 연애와 달라 호기심이나 긴장감이 없다. 안정된 삶이라는 명분으로 결혼을 강요하는 것은 사랑이라는 감정을 갖고 사는 인간에게, 특히 감성이 예민한 여자들에게 너무 가혹한 행위이다.

요즘 많은 젊은이들의 결혼관을 들어보면, 남자의 경제력을 1위로 꼽는 경우가 많아지고 있다. 분명히 말하지만 돈 없는 사랑은 존재하지만 사랑 없는 결혼 생활은 결코 행복한 성공을 이룰 수 없다고 말해두고 싶다.

즉, 결혼 자체가 무덤이 아니라 사랑 없는 결혼이 무덤이 될 수 있다는 것을 잊지 말아야 한다.

아무리 사랑하는 사람이 만나 결혼해도 결혼한 이후의 삶은 매일 똑같은 일상이 반복되는 현실이다. 그러나 똑같은 일상이 반복되어도 부부 사이에 사랑이 뿌리가 되어 있다면 얼마든지 일상에서의 삶을 사랑으로 윤택하게 만들 수가 있다.

그러나 사랑이 없는 결혼 생활을 반복하다 보면 자신도 모르는 사이에 결혼 생활에 회의가 생겼을 때 이를 헤쳐나갈 수 있는 힘이 없는 것이다.

그러나 결혼은 앞에서도 얘기했듯이 공식적으로 사랑을 나눌 수 있는, 모든 사람들이 인정하고 인류가 만들어놓은 가장 오래된 제도이다. 즉, 사랑을 만들어갈 수 있는 자리인 것이다. 어떻게 사랑이라는 감정을 마음대로 만들어갈 수 있는지 의아해 할지도 모른다.

내 남편만큼 마음대로 사랑하고 마음대로 사랑을 나눌 수 있는 사람을 어디에서 찾을 수 있는지 생각해 보면 마음의 눈을 밖이 아닌 내 남편에게로 돌려야 할 것이다.

결혼은 두 사람이 진실한 자기를 찾아가는 과정이면서
두 사람이 서로를 알아가는 과정이다.

결혼은 연애 때처럼 긴장감도 없고 하루 못 만났다고 해서 간절할 이유도 그리워할 이유도 없다. 그러다 보니 서로에 대해 무관심해지고 상대방의 무관심이 사랑이 없기 때문이라는 자기식의 결론을 내리게 된다.

이렇게 되면 두 사람의 결혼 생활은 이미 어긋나기 시작하는 것이다. 결혼하면 마음껏 사랑하고 항상 사랑하고 영원히 사랑하면서 지낼 것이라고 생각한다. 이것은 분명 정답이다. 다만, 잊고 있는 것이 있다면 '나' 라는 주체가 빠져 있다는 것이다.

나 자신을 돌아보고 내가 지금 어떤 감정을 느끼고 있는지 자신을 깊이 돌아볼 수 있어야 한다. 여자는 결혼하면 이름을 잃어버린다고 한다. '누구 아내', '누구 엄마' 라는 호칭으로 불리워지는 것을 자연스럽게 받아들인다.

아이가 어느새 자라 서류를 떼어갈 시기가 되면 그때 서류에 기입하는 자신의 이름이 그렇게 생소하게 보일 수 없다고 말한 한 상담자처럼 여자는 결혼하면서 자신의 이름을 잃어버리는 경우가 많다.

그런데 여자들은 처음에 이를 자연스럽게, 아니 기분좋게 받아들이다가 세월이 흘러 아이들도 커버려 자신의 손이 필요하지 않게 되고 남편이 사회적으로 안정된 위치에 오르면서 나를 돌아볼 시기가 되면 '나' 는 어디론가 사라져 버린 이후이다.

결혼은 진실한 '나' 를 찾아가는 과정이고, 부부가 서로를 알아가는 과정이라고 했다. 그렇다면 '나' 를 버린 상태에서 어떻게 부부가 서로를 알 수 있겠는가.

나를 버린 우리는 존재하지 않는다. 부부라는 것은 '나' 와 '너' 가 만나 두 사람이 함께 한 가정을 만들어가는 아주 중요한 기둥이다.

지금 사랑이 없는 결혼 생활을 하고 있다고 생각하는 사람들이 있다면 당장 일어나 배우자에게 말을 걸어라.

"자기야, 우리 지금부터 사랑 만들기 시작하자."

물론 배우자는 당황할 것이지만 이것이 사랑 만들기의 시작이며, 첫

단추가 된다는 사실을 명심하고 손을 내밀어야 한다.

손바닥도 마주 쳐야 소리가 나듯이 부부 사이에 사랑은 두 사람의 몫이자 권리임을 잊지 말아야 한다.

## 결혼은 한쪽의 희생을 강요해서는 안 된다

상담소를 찾는 사람들을 보면 많은 경우가 이혼을 앞두고 마지막으로 찾아오는 경우도 있다. 그나마 이렇게 상담을 청해오는 부부는 서로 해결점을 찾기 위한 노력을 하는 것이니 그 용기가 참으로 대견하다.

이런 부부들 가운데 한 경우를 살펴보면 결혼 전에 가진 잘못된 꿈이 얼마나 허망한지를 알 수 있다.

아이를 둘 놓고 남편도 사업이 잘 되었으나 언제까지 잘 나갈 것으로만 알았던 남편의 사업이 부도가 나 더이상 남편을 믿고 결혼 생활을 할 수 없다는 것이 여자의 이혼 이유였다. 결혼 전에 평생 고생시키지 않을 뿐만 아니라 최고의 여자로 살 수 있게 해준다고 해놓고 이렇게 되었으니 이것은 전적으로 남자의 책임이라면서 아내는 끊임없이 남편을 공격했다.

물론 결혼 전에 사업이 잘 나가던 남자는 큰 소리를 쳤고, 이제 사업이 망한 처지에 아무 할 말이 없다는 남편은 더이상 아내를 설득해 가면서 결혼 생활을 유지할 힘도 없어 보였고, 아내의 끝없는 추궁에 더이상 견뎌낼 의지가 없어 보였다.

끝내 두 사람은 이혼했고, 나중에 들려온 소식에 여자는 다른 남자를 만나 새로운 결혼 생활을 시작했으며, 남편은 아이들을 키우면서 어렵게 사업을 재기해 지금은 예전 못지 않게 회사를 되살려냈다고 한다.

이 부부의 문제는 결혼이 우리가 함께 이끌어 나가는 공동체라는 것을 인식하지 못한 데 원인이 있다.

특히 부부 싸움을 하면서 이미 코너에 몰린 배우자를 끝없이 몰아세우면 상대방은 도망갈 구멍을 찾다가 이것조차 찾아내지 못하면 극한 상황을 연출하게 된다.

결혼이 서로 다른 두 인격체가 만나 하루 이틀 사는 것도 아니고 평생을 살아가다 보면 부딪치는 일이 생기는 것은 당연하다. 게다가 끝없이 변하는 세상을 살아야 하기 때문에 의외의 일들이 일어나곤 한다.

인간은 원하고 계획을 세울 수 있을 뿐 그 결과는 하늘에 달렸다는 말처럼 아무리 우리가 원한다고 해도 그 결과가 항상 원하는 대로 이루어지는 것이 아니다.

그런데 결혼생활을 하면서 나만 주장하고 상대방을 생각해 주지 않으면 결코 바람직한 방향으로 이끌어갈 수 없다. 행복한 결혼 생활이란 부부가 함께 행복을 느꼈을 때 이루어지는 것이지 어느 한쪽의 희생 위에서 행복을 느낀다면 이것은 잘못된 결혼관인 것이다.

나만 강조한 아내의 잘못된 생각에도 문제가 있지만, 이를 방만하게 방치해 둔 남편에게도 문제가 있다. 결혼이란 돈으로 채워질 수 없는 것인데, 돈으로 아내의 사랑을 사려고 한 것과 마찬가지이다.

기나긴 결혼의 여정을 봤을 때 그 순간 순간 아주 작지만 가정을 흔들 수 있는 걸림돌이 무수히 많이 존재한다. 이런 걸림돌이 생길 때마다 무사히 건너가거나 헤쳐갈 수 있는 힘은 부부간의 사랑이고, 사랑을 확인하는 대화가 이루어져야 한다.

부부 간의 대화에는 지켜야 할 것이 있다.

우선 상대방의 입장을 그대로 받아들인다는 자세가 선행되어야 한다. 상대방의 입장을 무조건 이해하려고 들지 않는다면 아무리 대화를 해도 나아지지 않는다. 특히 받아들일 자세가 갖춰져 있지 않은 상황에서 섣부르게 상대방을 가르치려고 하는 것은 상대방의 자존심을 건드릴 수 있기 때문에 매우 조심해야 한다.

대화를 할 때 과거의 잘못된 일을 들추어내서는 안 된다. 가능한 한 현재와 앞으로 어떻게 만들어갈 것인가에 대한 미래를 이야기하는 것이 바람직하다. 부부간의 대화에서 언급되는 과거 가운데 긍정적이고 미래 지향적인 내용은 거의 없다. 과거를 들추어낸다는 것은 상대방이 그것을 이행하지 못했기 때문에 내 의견이 맞다는 것을 내세워 상대방을 코너로 몰기 위한 구실 밖에 되지 않는다.

특히 부부 싸움이 일어났을 때 과거를 들추어내면 그것은 100% 상대방의 잘못을 지적하기 위한 것이므로, 전혀 두 사람의 대화에 도움이 되지 않는다. 이런 대화는 대화가 아니라 한쪽의 일방적인 잔소리로 끝나는 경우가 많으므로 각별히 주의해야 한다.


**대화할 때 배우자의 손을 잡아보면 아무리 가슴에 쌓였던 앙금도
어느새 봄눈 녹듯이 녹는 것을 느끼게 된다.
스킨십은 서로의 사랑을 확인할 수 있는 가장 큰 무기이다.**


하루종일 일하고 들어온 남편에게 아내가 사소한 일로 잔소리를 해댔을 때 남편의 태도를 보자.

"남들은 뭐 별나게 사는 줄 아니? 너만 별나게 왜 그래. 하루종일 일하고 들어온 사람한테 이래도 되는 거야?"

이렇게 말하면 부부 사이에 더이상 대화가 이루어지지 않는다. 지금 뭔지 모를 이유 때문에 잔뜩 화가 나 있는 아내에게 건네는 말 한 마디와 행동은 그 원인이 무엇이든 부부 관계를 어떻게 만드느냐 하는 중요한 요소가 된다.

"자기, 오늘 집에서 많이 힘들었나 봐. 이리 와봐. 오늘은 내가 자기 다리 주물러 줄게."

물론 하루종일 밖에서 일하다 온 남편이 얼마나 힘든지 알면서도 이렇게 건네오는 말 한 마디에 아내는 어느새 태도가 바뀌게 된다.

대화할 때 상대방의 약점을 절대 건드리지 마라. 이미 서로에게 무엇이 약점인지 알면서도 이를 어떻게 사랑으로 감싸주어야 하는지 아는 사이가 부부다. 가능하면 상대방의 장점을 계속 강조하면서 앞으로 이런 점을 살리는 방향으로 노력해달라고 하면 상대방은 긍정적인 반응을 보일 것이다.

그런데 서로 뻔히 아는 약점을 꺼내면 이것은 방어할 수 있는 것이 없기 때문에 상대방을 코너로 모는 결과밖에 생기지 않는다.

부부는 너와 내가 만난 사이지만 결혼이라는 것을 함으로써 우리가 된 아주 특별한 인연이다. 이 인연을 얼마나 아름답게 행복하게 만드느냐는 주인공인 여자와 남자 두 사람만의 몫임을 절대로 잊지 말아야 한다.


## 상처를 껴안는 사랑의 힘


"과거의 아픔 상처를 껴안는 데서 현재와 미래로 전진할 수 있는 힘이 나온다."

이 말은 만화영화 '라이온 킹'에 나오는 대사 한 토막이다. 이 영화를 보기 전에는 만화영화이면서 다른 영화보다 더 사람들의 가슴에 감동을 준 이유가 매우 궁금했다. 그러나 영화를 보고 난 후의 느낌은 이 영화가 얼마나 인간적인 모습을 하고 있으며, 사람 사는 냄새를 풍기고 있는지 알게 되었다.

이 구절을 들으면서 사람들이 얼마나 어리석고, 수많은 부부들이 얼마나 끊임없이 배우며 살아야 하는지 생각해 보았다.

결혼하고 행복에 겨워 떠나는 신혼여행지에서 서로 다른 비행기를 타고 돌아오는 신혼부부들이 있다는 얘기는 어제 오늘의 이야기가 아니다. 결혼에 대한 잘못된 판단과 잘못된 생각에서 일어난 일들이다.

요즘 부부들을 보면 이혼이라는 말을 쉽게 입에 올린다. 특히 젊은 부부들의 이혼 비율은 매우 높게 나타나고 있다.

물론 더이상 결혼 생활을 이어갈 수 없을 정도로 결정적인 잘못을 하여 이혼을 하는 경우도 있을 수 있다. 그러나 요즘 이혼하는 사유를 들어보면 결혼하기 전에 왜 미리 서로의 성격을 파악하지 못했나 아쉽기만 하다. 이것은 서로를 확실하게 정탐할 수 있는 여유없이 너무 짧은 연애 기간이나 결혼을 아주 쉽게 결정하고 아니면 그만이라는 사고방식이 만연되어 있는 탓이기도 하다.

그러나 결혼은 새로운 인생을 시작하는 것이기 때문에 그렇게 쉽게 결정하고 쉽게 깨버릴 수 있는 것이 아니다. 특히 노력도 해보지 않고 예전의 너와 나로 돌아가면 된다고 생각하겠지만 아무리 서류상으로 깨끗해져도 예전의 너와 나로 돌아갈 수 없는 게 결혼이다.

어떤 사람은 결혼을 일컬어 이렇게 혹평하기도 한다.

"남자와 여자 서로에게 얼마나 실망하느냐 하는 것을 시험하는 제도이다."

결혼한 이후 남편에게 실망하고 아내에게 실망하면서 산다는 얘기인데, 이것은 사랑이 깔려 있지 않기 때문에 빚어지는 결과이다. 아무리 사랑하는 사이라도 완벽하지 못한 것이 인간인데 어찌 매 순간 감동하면서 살 수 있겠는가. 실망하는 부분이 생기는 것은 당연한 일이다. 다면 실망되는 부분을 얼마나 사랑으로 감쌀 수 있느냐에 따라 부부 사이의 관계는 달라지는 것이다.

자식을 다 키워놓고 노년에 부부가 함께 손잡고 여행하는 모습을 생각해 보면 아주 하찮은 일 같지만 이것이 얼마나 어려운 일인지 알 것이다.

부부가 함께 그려나갈 수 있는 부부의 모습은<br>
어느 화가도 대신 해줄 수 없는 명작이 될 것이다.<br>
수많은 고통의 시간과 어려움을 헤쳐 온<br>
부부만이 만들어낼 수 있는 그림이다.

서로의 존재를 이해하면서 자기의 사랑을 표현하고 사랑을 마음껏 받아들이며 이를 바탕으로 사랑의 산물인 자식을 키우면서 우리의 미래를 만들어가는 것, 이것은 아주 평범하고 상식적인 일이다. 그러나 이렇게 평범한 일을 이루어내는 것이 얼마나 어려운지 알아야 한다. 단, 아주 중요한 것은 이 평범한 일이 굉장히 즐거운 일이라는 것이다.

그 안에는 수많은 고통과 충돌과 갈등이 존재하지만 이를 해결해 나가는 남자와 여자의 사랑이 얼마나 위대한지 새삼 느낄 수 있고, 그 결

과를 생각해 보면 나도 모르는 사이에 입가에 미소가 번지는 것을 느끼
게 된다.


## 평행선은 만나기 위해 존재한다


남자와 여자에 대한 무수한 표현 가운데 하나가 끝없이 이어지는 평
행선 같은 존재라는 말이다.

남자와 여자가 얼마나 평행선을 달리는지 부부관계에 대한 남자와
여자들의 수다 내용을 살펴보면 쉽게 알 수 있다.

우선 남자들의 말을 들어보자.

"도무지 여자들은 알 수가 없어. 하루종일 밖에서 일하고 들어온 사
람을 붙잡고 사랑하느냐 왜 요즘은 사랑한다는 말을 하지 않느냐 하면
서 마음이 변했다고 몰아세우니 견딜 수가 없어."

"그뿐인가. 돈 벌어다 주지, 일요일이면 아빠의 날이라고 아이들과
하루 종일 지내야지, TV 좀 보고 있으면 애들 교육상 안좋다고 꺼버리
고 가지. 요즘 무슨 낙으로 사는지 모르겠어."

"그 정도면 낫게. 이제 아내도 마음대로 안을 수 없단 말이야. 분위
기가 중요하다고 하질 않나, 여자들도 함께 느껴야 한다고 하질 않나,
요즘 같으면 내가 뭣 때문에 사는지 모르겠단 말이야."

그러나 여자들의 생각은 다르다.

"하루가 멀다 하고 회식이다 모임이다 하면서 늦게 들어오죠, 들어
오면 얼굴 보도 얘기할 시간이 어디 있어요. 피곤하다고 그냥 잠들어버
리기가 일쑤죠, 예전에 데이트했던 곳에 가서 차 한 잔 하자고 하면 웬

사랑 타령이냐고 무안이나 주죠. 내가 누구하고 사는지 모르겠다니까
요."

"그뿐인가요. 돈 벌어다준다는 핑계로 일요일만 되면 완전히 상전이
따로 없어요. 온 집안이 남편 눈치 보느라고 정신 없다니까요. 애들하
고 함께 시간 좀 보내달라고 하면 여자가 집에서 뭐하느냐고 하니 도무
지 말이 통하지 않는다니까요."

"그건 또 어떻구요. 아무리 남자들이 욕구를 참지 못한다고 하지만
어떨 때는 여자 의견은 아예 무시한다니까요. 자기 볼 일만 보고 등 돌
리면 여자는 가슴에 찬 바람 부는 소리 들리는데 그걸 아는지 모르는지
등 돌린지 1분도 안 돼서 코고는 소리 들리는 거 있죠. 어떨 때는 이 남
자가 나를 정말 사랑하기나 하는 걸까 하는 의심마저 든다니까요."

이런 얘기를 들어보면 분명 남자와 여자는 평행선을 달리고 있는 것
이 분명하다. 여자들은 남자들의 생리적인 현상을 이해하지 못하고 남
자들은 여자들의 감정을 헤아릴 줄 모른다.

서로 다른 인격체라는 것을 알고 이를 인정하는 바탕 위에서
서로의 의견과 감정 교류가 이루어지지 않고서는
이런 평행선은 영원히 만날 수 없게 된다.


다만 이런 남자와 여자의 이야기들이 부부 사이에 이루어지지 않고
주로 같은 부류끼리, 즉 남자는 남자끼리 만나서 술 한 잔 걸쳤을 때나
나오는 말이고, 여자는 여자끼리 수다를 풀면서 스트레스를 해소할 때
나오는 이야기다.

물론 모든 남자와 여자가 이런 대화를 항상 하는 것은 아니다. 특히

여자들은 부부 사이의 문제를 얘기하는 것에 일정한 선을 그어놓고 하는 심리가 있기 때문에 남녀의 문제는 더욱 그 해결점을 찾기 어렵다.

더구나 결혼하면서 남자들이 잊고 있는 것이 있는데, 본인들이 연애할 때 아내의 사랑을 차지하기 위해 했던 행동을 결혼한 이후 멈춘다는 사실이다. 이미 내 아내가 되었으니 이제 나는 다른 일에 신경쓰면 된다는 식이다.

그러나 여자는 그렇지가 못하다. 여자는 아무리 나이가 들어도 마음만은 항상 연애 시절의 그 상태이다. 그러므로 끊임없이 남편의 사랑을 확인하려고 하고 이를 강조하는 것이다.

이제 서로 다른 인격체라는 것을 서로 인식하고 이를 받아들이는 자세가 선행되어야 한다. 서로의 있는 그대로를 받아들이지 못하고 나의 입장만 강요하면 남자와 여자는 영원히 평행선을 달리게 될 것이고 서로에게 끝없이 상처를 입히게 될 것이다.

아무리 훌륭한 목표도 노력하지 않으면 얻어지지 않는다. 특히 인간이 만들어낸 결혼 생활을 멋지게 이루어나가려면 부부가 끝없이 노력해야 한다.

이 세상에 저절로 얻어지는 것이 없다는 것을 알면서도 사랑하는 남자와 여자가 두 사람의 사랑을 위해 노력하지 않는다는 것은 있을 수 없는 일이다.

사랑의 힘은 무한정하고 탄력적이기 때문에 약간의 노력을 시작만 해도 서로 탄력을 받아 그 힘은 우리가 상상하는 것 이상으로 발휘될 것이기 때문이다.

# 결혼은 가정을 만들어준다

가끔 심심치 않게 연예가 소식 가운데 하나가 잘 나가는 여자 연예인이 자신을 돌봐준 은인과 사랑에 빠져 세간에 오르내리곤 한다.

물론 미혼 남녀가 서로 사랑에 빠지는 거야 당연히 기쁘게 축하해 주어야 할 일이지만 주로 남자 쪽이 유부남이어서 문제가 되곤 한다.

모든 사람들의 초점은 여자 연예인에게 주목되어 여자의 사랑을 놓고 좋은 걸 어떡하냐는 쪽과 공인의 몸으로 어떻게 그런 행동을 할 수 있느냐고 질책하는 쪽으로 나뉘곤 한다.

그러나 그 어느 누구도 상대 남자의 부인에 대한 생각과 그 가족들이 겪어야 할 고통에 대해서는 미처 생각조차 못하는 것 같다.

부인이 간통죄로 소송을 걸기 이전까지는 한 연예인의 사랑을 놓고 왈가왈부하다가 소송이 들어가면 그제서야 "아하! 그 가족들이 있었지." 하는 식이다.

여기서는 어느 누가 잘못했고 잘했고를 판가름하자는 것이 아니다. 다만 한 가정을 이루는 것이 손바닥 뒤집는 일처럼 쉬운 일인 것 같으면서도 이를 유지해 나가는 것이 얼마나 어려운 일인지 한 번쯤 생각해 봐야 할 것이다.

왜 인간은 결혼이라는 제도를 만들어 스스로를 옭죄는 지 모르겠다고 항변하는 사람도 있을 것이다.

사실 우리 몸이 느끼는 대로 감정 가는 대로 살면 얼마나 편하고 즐겁겠는가. 좋아하는 사람이 생기면 만나 마음껏 사랑하다가 사랑이 식어지면 서로 헤어지면 아주 편할 것 아닌가.

그러나 결혼과 가정이라는 단어는 단지 우리 스스로를 옭아매는 역할에만 그치는 것이 아니라 서로 부대끼면서 서로의 고통을 감싸주고 아픈 곳을 매만져 주는 곳이 바로 우리 가정이고 이를 이룰 수 있는 것이 '결혼' 인 것이다.



인간이 쓰는 언어 가운데 '가정' 이라는 단어보다 더 달콤한 말은 없다.

우리가 아무리 밖에서 어려운 일이 있어도 가정 속으로 돌아오면 가슴을 활짝 열고 따뜻한 공기로 우리의 상처를 어루만져 주는 곳이 바로 가정이다.

## 결혼은 절대 쉬운 것이 아니다

하나의 유행처럼 번지는 현상이면서도 가능한 한 유행이 되지 말았으면 하는 것이 바로 쉽게 결혼하고 쉽게 이혼하는 풍습이다.

사실 결혼은 순풍에 돛을 단 것과 같은 것일 것이라고 생각하면 완전히 자기 착각에 빠지고 만다. 결혼 생활만큼 폭풍이 몰아치는 바다도 없을 것이다.

다만 이 또한 삶의 일부이므로 얼마든지 헤쳐나갈 수 있다.

바로 서로 사랑하고 믿고 보듬어주는 가족이 있기 때문에 가능하다.

신은 인간에게 자기가 짊어질 수 있을 정도의 고통을 주신다고 했다.

고통이 버겁다면 이를 함께 나눌 사람을 찾으면 된다. 그 사람은 멀리 있는 것이 아니라 바로 내 남편이고, 내 아내이다.

영원한 행복은 사람들 대부분을 이기적이고 현실적으로 만드는 경향이 있으며, 또한 자신들의 행복과 관계 없는 것은 그것이 무엇이든 관심을 갖지 않게 만드는 경향이 있다.

이런 점을 잊지 않으면 우리 가정의 행복을 파괴하기 위해 곳곳에서 도사리고 있는 위험 요소들은 얼마든지 피해갈 수 있을 뿐만 아니라 우리 앞에 닥쳐와도 잘 헤쳐나갈 수 있다.

현실은 결코 아름다운 것이 아니므로 모든 일이 제대로 돌아가지 않고 힘든 날들이 언제 우리 곁으로 파고들어올지 모른다.

여자들의 경우 끊임없이 반복되는 집안일이 너무 힘겹게 느껴질 때도 있을 것이고, 청소하고 설거지하고 다림질하고 요리하는 일들이 때로는 하찮게 보일 수도 있다.

이제 우리도 마음을 비우는 작업을 해보자. 이런 일들을 통해 우리에게 주어진 삶이 얼마나 기쁘고 아름다운 일인지 깨닫게 되는 것이다.


'모든 것들은 지나간다.'


이 말은 데레사 수녀가 자주 사용하던 말로 이 안에 담긴 지혜를 우리도 배워야 한다. 청소하고 설거지하는 사소하고 하찮아 보이는 일들이 이 가정을 만들어가는데 얼마나 큰 일인지 알아야 한다. 이것은 또한 가사를 담당하고 있는 아내 혼자서만 알아서 되는 것이 아니라 가정을 이루고 있는 구성원들이 모두 함께 느끼고 이를 담당하는 사람의 노고가 얼마나 큰지 느껴야만 한다.

이는 가족이 항상 대화하는 분위기에서만 가능한 일이다.

## 결혼은 사랑의 나무를 키우는 것이다

지금까지 남자와 여자를 둘러싼 많은 관계들을 살펴보았다. 그렇다면 남자와 여자의 관계는 어떻게 결론지을 수 있을까. 우리는 남자와 여자가 다르다는 것을 느끼는 것을 단순히 말로만 느끼는 것이 아니라 머리로, 가슴으로 철저하게 인식해야 한다는 점을 강조했다.

출발점은 분명한데 가다보니 생각지도 않은 곳으로 가는 게 남자와 여자의 관계이다. 남자와 여자가 출발하면서 눈앞에 그린 도달점을 향해 어떤 길로 가느냐는 함께 출발한 남자와 여자에게 달려 있다.

그 둘의 관계를 정리하다 보면 우리가 도달해야 할 곳이 어디인지 알게 될 것이다.


남녀 관계의 완성이라고 할 수 있는 결혼은 사랑이라는 한 그루의 나무를 심고 이를 어떻게 자라게 하느냐에 따라 나무의 생명이 달려 있는 것이다. 심는다고 해서 다 자라는 것이 아니듯이 나무를 심고 이를 어떻게 관리하느냐가 매우 중요하다.

결혼의 뿌리는 사랑으로 시작된다. 남자와 여자가 만나 사랑을 하게 되고 두 사람이 이제 하나의 가정을 이루자고 할 때 두 사람은 서로의 사랑에 대해 일체 의심을 하지 않는다. 아니 세상 어느 누구보다 두 사람의 사랑이 가장 크고 단단하다고 믿고 있다.

분명 결혼은 이런 남자와 여자의 사랑의 확인으로 시작되는 것이다.

이제 사랑의 뿌리는 남자와 여자가 정성스럽게 뿌려주는 사랑의 물과 비료를 받아들이면서 조금씩조금씩 자라게 된다.

그런데 물과 비료만 주면 저절로 자랄 것이라 믿었던 나무가 어느날인가부터 잎도 누렇게 변하고 말라가는 것이다.

즉, 영원한 사랑을 맹세했던 두 사람의 사랑은 이제 결혼의 현실 앞에서 사랑의 농도가 시시때때로 변하는 과정을 밟게 된다.

서로 의견이 맞지 않아 티격태격할 때도 있고, 직장 생활의 피곤함으로, 끊임없이 반복되는 가사의 숨막힘으로 여자와 남자는 그들이 심어놓은 나무에 물을 주면서도 처음처럼 뜨거운 애정이 담겨 있지 않는다. 다만 나무가 시들지 않게, 그러다 죽어버리면 안 되므로 최소한의 물주기만 할 뿐이다. 처음에는 잎사귀에 진딧물 하나 생기면 큰 일이라도 난듯 약을 치지만 이제 진딧물 따위는 눈에 들어오지도 않는다.

그럼에도 나무는 조금씩조금씩 자라고 있다.

어느덧 한 그루의 나무는 어른만큼 자라 자신의 가슴 곳곳에 사랑의 가지를 만들어낸다. 남자와 여자는 나무의 가슴을 뚫고 뻗어나오는 새로운 생명의 가지를 본 순간 자신들의 소홀함을 자각하고 다시 한 번 사랑의 물을 주고 나무를 해롭게 하는 벌레도 잡아주는 일을 한다.

이제 정성들여 키운 나무가 어느 정도 자랄 즈음 예상치도 못한 폭풍우가 몰려와 나무를 뿌리채 뒤흔들어 놓는다.

이때 나무는 그동안 자신이 받은 사랑의 무게로 그 거센 폭풍우를 고스란히 받으면서도 꿋꿋하게 견뎌낸다. 폭풍우가 쏟아낸 그 많은 양의 비는 이제 사랑의 비가 아니라 사랑의 자리를 훑어낼 듯이 밀어닥치고 천둥과 번개의 위협 앞에서 나무는 새로운 사랑의 시련을 맞고 있는 것이다. 이런 과정은 예외없이 모든 나무에 적용이 된다.

이런 시련을 쉽게 이겨내느냐 꺾이고 마느냐는 오로지 남자와 여자의 나무에 대한 사랑의 무게에 달려 있는 것이다. 나무가 굳건하게 버텨주는 것은 뿌리가 튼튼한 까닭도 있지만 남자와 여자가 굳게 잡은 사랑의 손이 거센 폭풍우를 막아줄 튼튼한 울타리가 되고 있기 때문이다.

이렇게 사랑으로 심어진 나무는 내부의 병과 외부의 시련 속에서 때로는 곧게, 때로는 살을 에이는 아픔을 견디면서 튼튼한 나무로 자라나는 것이다.

그 나무가 크게 자라 그늘을 이루고 열매를 맺고 그 씨앗이 떨어져 새로운 나무가 자라는 과정이 바로 남자와 여자의 사랑만들기 과정이고 결혼이 완성되어 가는 과정이다.

분명 결혼은 인생의 시작도 끝도 아니다. 누구는 사랑의 결혼을 사랑의 시작이라고 하고 누구는 인생이 무덤이 결혼이라고 하였다.

이것은 남자와 여자가 만나는 기나긴 과정을 모두 보지 못한 말들이다. 결혼은 남자와 여자가 함께 가야 하는 긴 여행길이다.

이 여행길에서 남자와 여자가 어떤 관계로 가느냐에 따라 여행의 종착점이 달라지는 것이다. 여행이 즐겁고 성공하려면 내부적으로 고개를 드는 방해 요인과 외부에서 밀고 들어오는 수많은 공격들을 감내하고, 이겨낼 수 있는 힘을 길러야 한다.

남자와 여자가 다르다는 것을 인정하는 것 자체가 반은 이룬 셈이다. 누군가를 있는 그대로 인정하고 받아들이는 것, 이것은 하루아침에 이룰 수 있는 것이 아니다. 끊임없이 학습하고 이를 자신의 것으로 받아들이는 과정 속에서 성공할 수 있다.

남자와 여자의 성공적인 관계를 앞당기려면 자신을 돌아보는 깨우

침의 시간을 어떻게 보내느냐에 달려 있다. 자신을 돌아보지 않고 상대방을 바꾸려는 노력은 헛된 시간 놀음에 불과하며, 자신을 돌아보는 깨우침의 시간이 밑바탕에 깔려야 남자와 여자의 관계는 두 사람이 원하는 하나의 길을 함께 갈 수 있는 것이다.

나무를 심고 성공적으로 키워내는 일은 결코 짧은 시간에 이루어지지 않는다. 기나긴 시간을 가다 보면 출발할 때의 마음가짐이 얼마나 탄탄해야 하며, 수많은 흔들림 속에서 꿋꿋하게 버텨낼 힘을 길러야 하는지 알게 된다.

특히 남자와 여자가 함께 보내야 하는 시간 속에는 성공을 맛보는 시간보다 인내의 시간이 더 필요하고 시련의 시간이 무수히 많은 모습으로 다가온다. 이를 하나하나 비켜나가고 때로는 맞부딛치면서 견뎌내는 과정 속에서 남자와 여자의 사람은 두 사람만의 커다란 나무로 자라게 되는 것이다.

이제 여행을 떠날 준비가 되어 있는 남자와 여자에게 가장 커다랗고 든든한 동반자가 있다면 바로 두 사람만의 새로운 세계를 만들어내는 가능성을 안고 있는 사랑이다.

그러나 인간이 만들어낸 사랑은 항상 제자리에 있지 않고 끊임없이 움직이며, 시시때때로 모습이 변한다는 사실을 잊지 말아야 한다. 사랑이 움직이지 않으면 새로운 희망에 대한 가능성이 없겠지만, 분명 사랑은 끊임없이 움직인다.

이제 우리는 수많은 가능성의 세계를 여행하게 된다. 도전하는 마음으로, 그리고 서로를 인정하는 자세로, 그리고 자신의 지혜를 퍼올리는 시간으로 끊임없이 앞으로 나아간다면 아름다운 변화를 맛보게 될 것이다.

# 벗길수록 재미있는 남자, 벗을수록 재미있는 여자

여자에게 있어서 남자만큼 알고 싶은 대상도 없을 것이다. 반면에 남자에게 있어서 여자만큼 신비롭고 그 속을 알 수 없는 대상도 없다.

인류가 존재하고 남자와 여자가 존재하는 이유를 입을 가진 사람은 모두 한 마디씩 하고 있다. 그만큼 남자와 여자는 인류의 존재와 함께 영원히 함께 가야 할 운명 공동체이다.

사랑이라는 단어 하나만으로도 행복해 하고 슬퍼하고 가슴아파하는 수많은 남자와 여자들의 사랑 모습은 아마 수많은 심리학자들이 평생 머리를 싸매고 연구해낸다 하더라도 내가 사랑하는 나의 사랑 모습은 오직 한 가지이다.

사랑에 관한 조언을 구할 때 전문가의 말에도 귀기울여야 하지만 때로는 이웃집 여자의 얘기가 맞을 때도 있다. 누구를 조언자로 하든 큰 문제는 되지 않는다. 다만 지금의 내 마음 상태를 위로받는 것에서 끝난다면 아무리 좋은 조언도 좋은 결과를 낳지 못한다.

지금 우리는 사랑의 포화 상태 속에 살고 있다. 모든 사람이 사랑의 대가처럼 말들을 하고 자신의 말이 진리인양 떠들어댄다.

중요한 것은 나에게 필요하고 내 가정을 행복한 보금자리로 이끌어갈 수 있는 조언자를 구해야 한다는 것이다.

이 책은 그런 의미에서 가려운 데를 긁어주고 상처난 곳을 찾아 이를 아물게 하는 치료법을 제시하고 있다.

이제 내 앞에 놓인 밥상을 어떻게 할 것이냐는 오로지 나에게 달려 있다. 아무리 좋은 진수성찬도 먹기 싫으면 그림의 떡일 뿐이다.

이제 인류 대대로 이어져 오고 인류가 존재하는 한 영원한 과제인 사랑 앞에서 나는 얼마나 아름다운 사랑을 할 것인가를 선택해야 한다.

사랑은 결코 혼자만의 사랑이 아니다. 나 아닌 다른 사람과 어떤 모습으로 만들어가느냐에 따라 사랑은 그 모습을 드러낼 것이다.

남자의 진짜 모습을 알고, 여자의 속내를 들여다보면서 우리는 서로에게 맞는 사람을 만들어가야 한다.

결혼한 부부들에게 있어서 이것은 더욱 큰 과제이다. 이미 다 알고 있다고 생각했는데, 살면 살수록 알 수 없는 것이 남편이요, 아내인 것이다.

남자와 여자가 서로 다르다는 것을 인정하고 어떻게 두 사람의 사랑 관계를 풀어나갈지 함께 고민하는 시간을 가져야 한다.

어린 시절 한겨울에 한옥에 살 때이다. 이불 속 아랫목은 살을 데일 듯이 뜨거운데 윗목에 떠다 놓은 자리끼에는 얼음이 얼어 있었다. 어떻게 뜨거운 데서 얼음이 얼까 의아해 하곤 했다.

한 공간 안에 있으면서도 불과 얼음이 함께 존재할 수 있는 것, 이것이 우리가 살아가는 삶의 모습이라면 서로 다른 남자와 여자의 살아가는 모습 역시 사랑의 모습이 되지 않을까 생각된다.